一个钢镚儿 2

◎ 巫哲 / 著

北京燕山出版社
BEIJING YANSHAN PRESS

图书在版编目（CIP）数据

一个钢镚儿. 2 / 巫哲著. -- 北京：北京燕山出版社，2019.8
ISBN 978-7-5402-5424-7

Ⅰ．①一… Ⅱ．①巫… Ⅲ．①长篇小说－中国－当代 Ⅳ．①I247.5

中国版本图书馆CIP数据核字(2019)第171519号

一个钢镚儿2

作　　者	巫　哲
责任编辑	朱　菁
责任校对	岳　欣
策　　划	紫　总　派拉斯特
装帧设计	何嘉莹　蓝　瀚
社　　址	北京市丰台区东铁营苇子坑路138号（100079）
网　　站	http://www.bjyspress.com/
电　　话	（010）65240430
传　　真	（010）63587071
印　　刷	北京盛通印刷股份有限公司（010）52249888
开　　本	880×1230毫米　1/32
字　　数	325千字
印　　张	8.5
版　　次	2019年8月第1版
印　　次	2020年9月第5次印刷
定　　价	35.00元

出版发行　北京燕山出版社　BEIJING YANSHAN PRESS

版权所有　翻版必究

一 / 个 / 钢 / 镚 / 儿
A COIN

Contents 目录

1	第九章	Chapter Nine
24	第十章	Chapter Ten
54	第十一章	Chapter Eleven
76	第十二章	Chapter Twelve
137	第十三章	Chapter Thirteen
178	第十四章	Chapter Fourteen
220	第十五章	Chapter Fifteen

第九章 Chapter Nine

晏航跟着老爸去过很多地方,但还是第一次坐飞机。

老爸恐高,以前带他去坐摩天轮,升到一半他还没什么感觉的时候老爸就差点儿把遗言都给交待了。

晏航笑了笑。

飞机还没有起飞,他看着窗外被阳光晒得发白的地面出神。

"要毛毯吗?"崔逸问,"飞一个半小时,你可以睡一会儿。"

"一个半小时,飞三个来回差不多能等待奇迹出现有点儿睡意吧,"晏航说,"我就愣会儿行了。"

"我给你联系了医生,"崔逸说,"到地方以后你先好好休整一个星期,然后去聊聊?"

"嗯。"晏航点了点头。

"我以为你会拒绝呢,"崔逸笑了笑,"这么配合。"

"能好受点儿谁不愿意啊,"晏航说,"我也不是真的就想死。"

崔逸没说话,在他肩上拍了拍。

今天的飞机晚点了半小时,还算快的。

广播里让大家把手机关机的时候,崔逸看了他一眼:"关机了?"

"去找你的时候就已经关了,一直没开。"晏航说。

"跟朋友都道别了吗?"崔逸问。

"……朋友啊,"晏航顿了顿,一想到初一他的情绪就一阵低落,"没有。"

崔逸愣了:"没跟朋友说一声要走?"

"没有。"晏航说。

崔逸看着他没说话。

"我……其实,"晏航说得有些犹豫,声音很轻,"我不知道该怎么道别。"

"你没跟人道过别?"崔逸也放轻了声音。

第/九/章

"嗯,"晏航偏过头看着窗外开始慢慢移动的景物,"我去哪儿也没有认识过什么人,不需要跟谁道别。"

"哦。"崔逸应了一声,想想又叹了口气。

"我都不知道该怎么说,"晏航说,"他才会不难过。"

"谁?"崔逸问。

"一个小孩儿。"晏航笑了笑。

崔逸家在一个平静的二线城市,晏航没有跟老爸来过,但是到过旁边的小镇子,风景很好,有一条比初一树洞旁边那条河要美得多的河。

他们在那里只住了小半个月,晏航每天都会在河边坐一会儿。

走的那天他看到了两条挖沙船,清澈的河水瞬间被搅成了黄汤。

如果早一天走就好了,那他记忆里就永远都是那条河清澈怡人的样子。

"我给你租了房,跟我家在同一个小区,"崔逸说,"其实我一个人住,你住我家也没问题,但是我估计你不愿意。"

"嗯。"晏航笑了笑。

"先带你过去,一会儿休息好了想出门的时候再给我打电话,我带你去吃饭。"崔逸说。

"谢谢。"晏航说。

"不客气。"崔逸说。

这个标准回答把晏航逗乐了。

崔逸住的这个小区是个旧小区,不过很大,内部环境非常好,绿化做得非常卖力,小区里引了水,还有小树林。

他帮晏航租的这套房在小区最里头,顶楼的一套一居室的小户型,靠近一座不高的小山,很静。

"行吗?"崔逸打开门,把钥匙给他。

"非常行了。"晏航看了看,卧室的阳台对着山,能想象早起的时候面对着一片绿色会是很清爽的感觉。

"那你先歇会儿,"崔逸说,"屋子之前叫了人来收拾过,可以直接住,东西都齐的,我还买了点儿日用品,要还缺什么小区里有个超市。"

"嗯。"晏航应了一声。

· 3 ·

崔逸没再说别的，转身很干脆地离开了。

晏航坐到沙发上，闭上了眼睛。

崔逸这个人让他很放松，没有多余的长辈对晚辈的客套，说完就走。

所谓的休息，其实也就是坐一会儿，在屋里转转，看看还要买点儿什么，毕竟这次……也许是他在一个地方停留得最久的一次了，需要的东西就会多一些。

这套房子是精装修，所有的家具电器一应俱全，铺的还是晏航最喜欢的木地板。

晏航光着脚在屋里转了转，又去阳台站了一会儿。

然后回到屋里，把自己的行李拿了出来。

衣服，书，小玩意，没了。

卧室里有个小书架，晏航把书放了上去，码了整齐的一排。

这些书都是老爸给他找来的，如果是平时，有些他不需要的书，搬家的时候就不会带走了。

但这次他把书都带上了，这些书都带着老爸的痕迹，扔了就没了。

书架上还有一个马口铁的小盒子，晏航拿起来看了看，是空的，盒盖上印着小花仙……不知道是房东的还是前任房客的。

小花仙就小花仙吧，晏航把自己的小玩意儿放了进去。

除了以前的那些，还多了一支钢笔和一小截红绳子。

看到这些东西的时候，晏航突然心里一惊，赶紧往脚踝上摸了摸，小石头还在，他又松了口气。

在把小石头放进盒子和继续系在脚踝上斗争了半天之后，他还是选择了后者。

简单的行李整理起来都用不了五分钟，他又去厨房看了看，自己做饭是一点儿问题都没有了，冰箱里甚至还放了一整件冰红茶。

这肯定是老爸交待的。

他盯着冰红茶，这么些天来一直努力去忽略的对老爸的想念突然没有防备地涌了上来。

他关上冰箱门，靠在墙边发了很久的愣。

老爸现在到底是生是死人在哪里，他根本连猜都没有角度可猜。

第/九/章

他太清楚老爸的本事了,如果他还活着,不想让人找到,那还真的就不太容易找了。

前两天他找过梁兵,但梁兵那里并没有更多的线索。

唯一能知道的就是老丁想让梁兵堵住老爸的退路,毕竟那边是大街,人很多,无论是逃跑还是求助都太容易。

但老爸没从那边走。

至于为什么,晏航大概能猜到,因为再往里都是老旧小区和旧街道,监控不全,以晏航对老爸的了解,他偶尔出去转悠,看看哪儿没有监控就是顺便的事儿,毕竟是个睡觉都留了三分清醒的老狐狸。

只是那些血。

那么多的血,说明他伤得很严重,他是怎么能带着那样的伤,避开监控消失的?

晏航现在能判断出来的,就是有人接应。

那个出门前打来电话的人,就是接应他的人。

是谁?

晏航回到客厅,这件事他暂时不可能分析得出什么有用的内容来。

他看了看时间,该吃晚饭了,崔逸还在等他一块儿去吃饭,虽然他现在完全可以辟谷半个月,但崔逸得吃。

晏航拿出手机想打个电话,手机拿出来之后他又犹豫了。

初一应该已经知道他走了吧。

他没有告别,甚至没有留下任何信息。

他害怕,他不知道该怎么去面对这样的分别。

他对任何地方,任何人,都没有留下过什么记忆,唯有那里,还有初一,可偏偏是这样的记忆,让他根本不知道应该怎么说怎么做。

而初一并不知道。

初一只知道他不告而别。

晏航拿着手机,在手上来回地转着。

转了好几分钟之后,他看到茶几上放着一个小纸袋。

是张电话卡。

应该是崔逸给他准备的。

·5·

这个人非常细心，他刚才在浴室看了看，不光洗发水沐浴露牙膏牙刷全都准备好了，连剃须膏都有。

跟老爸真是巨大的反差，这样的两个人居然会是朋友，而且还是这种可以……托孤的关系。

虽然他俩对起假名的口味非常一致。

晏航把新的卡放进了手机里，旧卡他并没有扔，放到了那个小盒子里，而且他知道自己会一直给那张卡充值。

但他也知道自己不是为了老爸，因为如果老爸要找他，一定不会直接联系他，只会先联系崔逸。

大概是为了初一吧。

明明连道别都找不到合适的姿势，却会留着联系的工具。

有点儿好笑。

崔逸就住在旁边的那栋楼，接了他的电话就在楼下等着他了。

他下楼的时候崔逸正拿着手机对着楼前的一朵花拍照。

"拍花？"晏航过去问了一句。

"嘘。"崔逸说。

刚嘘完就有一只蝴蝶从花上飞了起来，扑着翅膀往花坛里头飞过去了。

"不好意思。"晏航说。

"拍着玩，"崔逸说，"朋友圈里的仙女儿都发花花草草，我总发烤串儿实在太不和谐了。"

晏航笑了笑。

"走，吃饭去。"崔逸把手机收好。

"吃什么？"晏航问了一句。

"烤串儿，"崔逸说，"或者你有什么想吃的？"

"就烤串儿。"晏航说。

崔逸应该是这家烤串儿店的常客，一进去服务员全都认识他，点完烤串儿之后老板还亲自送了个大果盘过来。

"今天居然不是一个人来的？"老板说。

"嗯，"崔逸指了指晏航，"我干儿子。"

第 / 九 / 章

"长得还挺像。"老板说。

"你这情商是怎么能把店开了十几年的?"崔逸叹了口气。

老板愣了愣才反应过来,笑了起来:"我意思就是,都帅,都帅。"

"赶紧去烤。"崔逸挥挥手。

老板走了之后,他看了看晏航:"你跟你爸还真是长得一模一样。"

"你们认识多久了?"晏航问。

"比你认识他年头要长,"崔逸笑笑,"他笑傲江湖最嚣张那几年。"

"你们怎么会认识的?"晏航又问。

"这个啊,"崔逸停了一会儿,眼神有些飘,像是在回忆,最后却只是笑了笑,"说来话太长了。"

晏航没再问下去。

"你下月生日了是吧?"崔逸问。

"嗯,"晏航看了他一眼,"我爸告诉你的吗?"

"不是,我一直记得,"崔逸说,"就是不记得是几号了,你出生的时候我还去看过,一丁点儿,特别丑,没想到长大会是这样。"

"……哦。"晏航不知道应该怎么接话了。

"你要是想找个地儿上班,我可以帮你问问,"崔逸说,"有这个想法吗?"

"我一直想去西餐厅,"晏航说,"正规的,就是不知道行不行。"

"你英语是不是挺好的?"崔逸说,"你爸跟我吹过牛。"

"还行。"晏航笑了,他想象不出来老爸跟别人吹他的时候是什么样子。

"我帮你问问,"崔逸把盘子推到他面前,"吃。"

初一贴在树后头,盯着晏航家的门。

不,那里已经不是晏航家了。

房东大姐说了,他早上就已经搬走了。

已经搬走了。

虽然晏航一开始就跟他说过,他们在一个地方呆不久,前几天他也已经有过强烈的预感,觉得晏航会走。

但他没想到会这么突然。

晏航甚至没有给他留下一个字,就这么走了。

一个钢镚儿 /2
A COIN

初一非常难受。

非常难受。

他没有体会过这样的感受,这种难受甚至压过了老爸卷入杀人事件,压过了他被人说是杀人犯的儿子。

除了难受,还有一种说不上来的堵。

早上晏航才走的。

就是今天早上。

在他坐在回来的班车上时,晏航走了。

他如果早一天回来,早一点儿联系晏航,是不是就不会这么突然。

起码能再见一面吧。

问问他还会不会回来,问问他要去哪里。

而现在,他甚至没有留下晏航的一张照片。

手机里唯一存着的,只有他偷拍晏航时拍到的那个巨大的冒着热气的锅盖。

难受。

他没有过朋友,现在才第一次知道,失去一个朋友会有多么难受。

夜深了,街上已经没有了人,他从树后头出来,跑过了街。

从兜里拿出了刚在地上随便捡的一张卡片,上面印着24小时开锁。

他看了看四周,把卡片往锁旁边的门缝里塞进去,再轻轻地晃了晃,往里一插,门打开了。

这个锁非常古老,所以房东在里面装了三个插销和一个挂锁安慰租客,不过现在没人住,自然也就不会锁。

初一进了屋子,把门关好,站在客厅中间。

黑暗里他能闻到很淡的几乎快要捕捉不到的烟味儿。

他走进晏航的卧室,艰难地按亮了手机,看着已经空荡荡的屋子。

什么都没有了,虽然晏航的卧室里本来也没什么东西,但现在却空得令人喘不上气来。

手机的亮光依次照亮空了的床,空了的桌面,空了的椅背,空了的衣柜。

转了一圈之后他猛地停下,手机却黑了,他一边着急地按着手机的按键,一边往桌子旁边走过去,伸手在桌面上摸着。

第/九/章

在手碰到那个小瓶子的同时,手机亮了。

那支迷魂香晏航没有带走。

初一看着手里的这支迷魂香,突然有种欣喜若狂的感觉。

他轻轻晃了晃瓶子,起码还有大半瓶!

打开盖子,喷了一下,空气中弥漫着很淡的香气,让他马上就能想起和晏航在一起的那天。

他把这支迷魂香放进了裤兜里。

虽然他不知道为什么晏航走的时候没有告诉他,没有跟他道个别,但这支迷魂香,他可以强行默认是晏航专门留给他的。

期末考当天,初一是在姥姥和邻居吵架的声音里下的楼。

从家里去学校的这条路,他感觉自己挺长时间没走了似的,有些陌生。

路上碰到了李子豪。

李子豪有些反常,平时碰上了,李子豪一定会过来损两句,拍两巴掌,但今天却只是看了他一眼。

初一看向他的时候,他的眼神甚至有些躲闪。

一直快走到学校了初一才猛地反应过来。

大概是因为他打了梁兵。

挺好。

初一觉得有些愉快,至少以后李子豪应该不会再轻易找他麻烦。

不过这种愉快在进了学校之后就有些保持不下去了。

初一并不觉得自己听力有多好,但从校门口走到教室这短短的一段路,他至少听到了四次自己的名字被一种带着惊恐和嫌弃的语气说出来。

一个突然爆发了暴力本性的杀人犯的儿子。

大概就是此时此刻自己在众人眼里的形象。

这种氛围里,初一差点儿连期末考这三天都坚持不下来。

从小到大,他都努力让自己隐身,不被人看到,不出现在众人的视野里,他习惯了自己一个人在角落里安静地待着。

而现在这一切都被打破了,无论他走到哪里,都能感觉到目光。

最后一科考完,他回到家,连姥姥让他去买烟,他都有些不愿意。

无论是杀人犯的儿子,还是暴力解决问题的"老实人",都让他难以适应。

· 9 ·

"磨叽什么!"姥姥叼着烟瞪他,"你爸把这个家搞成这样了!你还跟着抖上威风了是吧!跑个腿儿是不是能把你下边磨破皮儿了啊!"

初一跳了起来,抓过姥姥扔在桌上的钱出了门。

下楼的时候他抓着楼梯栏杆猛地晃了几下,又踹了两脚。

身体里的烦躁让他只觉得后背全是汗。

走到小卖部门口的时候,几个人从里头晃了出来。

是梁兵,还有他的小弟。

"哟。"梁兵一抬眼看到他,眼神顿时变了。

初一习惯性地停下了,往后退了一步。

梁兵顺手往旁边抄起了小卖部的拖把冲了过来。

初一转身想跑开的时候,拖把抡到了他腰上。

他身上全是那天跟梁兵打架时还没好的伤,洗澡的时候他都能看到身上有大片淤青。

拖把抡到腰上最大的那片淤青上了。

本来已经模糊了的疼痛瞬间苏醒,一片钻心。

"现在没人给你撑腰了吧!"梁兵紧跟着一脚踹到了他后背上,"我看你还狂!"

初一被踹得脖子猛地往后一仰,跪到了地上,再顺着惯性往前一扑,手撑地的时候在满地的石渣上蹭起一阵灰尘。

"哎!"小卖部老板跑了出来,"干什么!在这儿就打上人了!梁兵你也太混了!"

"闭嘴!"梁兵瞪了老板一眼。

小卖部就在几栋楼旁边,来来往往的邻居不少,都是十几年的邻居,这会都往这边看了过来。

梁兵扔下了拖把,看了初一一眼,转身带着小弟往街上走了。

初一慢慢站了起来,捡起了地上的拖把。

撑腰?

他从来就不需要谁来给他撑腰,晏航帮他也不是撑腰,那是朋友。

但是既然这事儿已经开了头,初一一脚踩住拖把头,手抓着杆子猛地一扳,拖把杆咔地一声断掉了。

那就这么着吧。

他拎着棍子往梁兵身后走了过去："梁兵。"
梁兵转过身。
初一抡起棍子对着他的脸砸了过去。
棍子砸到梁兵脑袋上时，震得他虎口发麻。
四周响起一片惊呼。
梁兵像是被打蒙了，站在原地一动不动，几秒钟之后，血从他发际线那儿流了下来。
"你……找死……"梁兵震惊而又迷茫地说了一句。

一个小弟回过神，扑了过来，初一再次抡起棍子，迎着他也扑了过去，一棍子砸在了他肩膀上。
棍子应声而断。
半截棍子飞到小卖部老板跟前儿，他才跟被扎了似地跳了起来："初一！"
初一准备抡出第三棍的时候，老板拦在了他面前："初一！你干什么！"
"哎哟我的天哪！"一个大妈尖着嗓子惊恐地喊了一嗓子。
"你以后，"初一指着梁兵，"见了我，绕着走。"
梁兵似乎没有从那一棍子里回过神来，瞪着他半天都没动。
"走啊，"老板回过头冲梁兵吼了一声，"还想打啊！"
梁兵这才抬手往自己脸上摸了一把，盯着自己满手的血又看了一会儿，才梦游似地说了一句："走。"

老板拿走了初一手里的棍子，看着他："你疯了？"
"没。"初一笑了笑。
"那你还打上人了？"老板还是瞪着他。
"啊，"初一应了一声，走进了小卖部，从兜里掏出钱放到收银台上，"烟。"
老板拿了烟给他，始终一脸震惊的表情。
初一把烟放到兜里，转身走出去，没有往回家的方向走，而是走到了小街上。

一个钢镚儿/2
A COIN

两棍子砸完，梁兵似乎是被他砸蒙了，他却突然像是喝了一盆清凉油，清醒得都能感觉自己俩眼睛冒着光。

他已经没办法再做以前的初一了，那不做就不做了吧。

晏航走了，什么也没告诉他。

但晏航是他这么多年生活里最漂亮的那一抹风景。

他羡慕晏航的嚣张和洒脱，他被他的温柔吸引，哪怕知道晏航也会脆弱地陷落在黑暗里，他还是想要像晏航一样。

像晏航一样。

初一在街上没有目的地转了几圈，最后进了一家文具店。

买了一个最便宜的线圈本，然后回了家。

"买包烟一个多小时！"姥姥坐在沙发上，"你是现去种的烟叶吧！"

初一没出声，把烟放到姥姥手边，坐到了小书桌旁边。

打开了本子。

他打算写点儿什么，不算日记吧，就是想记点儿什么。

——明天理发。

——去打拳。

——晏航。

晏航，晏航，晏航。

初一起了个大早，在家里人都还睡着的时候，他起身拿了自己的钱袋子出了门。

钱袋子就是一个袋子，里面有他攒下来的一点儿钱，不过在经历了老妈随手用同学随手抢以及正常的开销之后，这里头攒下来的钱真的很少。

他在楼道里把钱都拿出来数了数，有不到三十块，对于一直没什么花销的他来说，也够用了。

但要去理发够不够，他就不是太清楚。

毕竟长这么大他还没去过理发店。

小时候是老爸直接用推子给他推个光头，上学之后不剃光头了，但也就是拿剪子绕着脑袋咔嚓一圈，三年级之后老爸到了这个公司给人开车以后特别忙，没人再管他的头发，也许姥姥和老妈都是长头发，姥爷是秃头，所以不知道还有理发这种程序。

第/九/章

  那会儿开始到现在,初一都是自己对着镜子剪头发,也没个设计什么的,就以不遮眼睛不扎脖子为标准,反正平时也没谁看他。

  我天天看啊。晏航说过。

  初一叹了口气,有些后悔没早点儿去理发,晏航连他理发之后什么样子都没看到。

  不过没关系,他打算理完以后就自拍几张留着,以后有机会再给晏航看。

  ……还有机会吗?

  初一一边往街上走,一边琢磨着要理个什么样的发型,晏航说过,别太短,太短了总得修。

  那就稍微长一点儿吧。

  其实他脑子里对发型这个东西无论长短都没有任何概念。

  不过在两个理发店门口站了一会儿之后,他发现比起发型,价格才是他最没有概念的东西。

  剪个头68块!

  48的那家还得算是便宜的了!

  抢钱啊!

  用的纯金剪子吗?

  理完了成仙吗?

  虽然他一开始是觉得开在大街上和商业广场上的理发店可能水平会更高一些,但最后还是在偏僻一些的小街上找了一个普通理发店。

  一看就没有旅港归来的发型师,发型师也不叫Tony和Kevin的那种店。

  25块。

  在之前的48和68的衬托下,这个25块看上去非常甜美。

  可以,就这儿了。

  "洗头还是剪头?"一个小姐姐问他。

  "……剪。"初一回答。

  "那先洗吧。"小姐姐说。

  初一觉得有点儿迷茫,那之前的问题意义何在?

  小姐姐很酷,洗头的时候一言不发,在他头上来回抓着,只问了三个问题。

· 13 ·

"力度行吗?"

初一没听清。于是没有回答。

"水烫吗?"

初一还是没听清。

"还抓吗?"

初一觉得大概自己是此生第一次进理发店,有点儿紧张过度,把听力都紧张没了。

最后小姐姐把他交给发型师的时候他才猛地反应过来她问的是什么,可惜问题已经超时了。

发型师叫阿超。

阿超同样一言不发,拿起剪刀,揪起他的头发就咔嚓一刀。

初一感觉自己眼睛都吓出美瞳了,赶紧说了一句:"别,太短。"

"嗯。"阿超从镜子里看了一眼,非常冷酷地继续手起刀落。

初一也懒得再说了,说得费劲,再难看也总不会比自己剪的更丑了。

……不知道晏航在的话会不会给他设计一下发型?

晏航可能会帮他设计一个很好看的发型。

晏航自己的发型就很好看,晏航的衣服也很好看,虽然基本都是看上去超级随意的运动休闲,但晏航就能穿得很好看,晏航还用香水,非常臭美的一个人。

初一想想就莫名其妙地想笑,过了一会儿又觉得笑不出来了。

发闷。

晏航走了啊。

他关于这个暑假跟晏航一块儿泡着的各种想象全都落空了啊。

之前还以为就算晏航会走,也会在暑假之后。

初一瞪着镜子里那把剪刀出神。

"好了。"阿超在他脑袋上又剪又推又削完了还吹了一通之后,拿走了一直勒在他脖子上的那块布。

初一赶紧站起来,从镜子里看着自己的头。

很……帅嘛。

没剪得太短,脑门儿上有点儿刘海,比他自己剪的狗啃款强多了,看上去很

第 / 九 / 章

精神,而且也不是他最受不了的蘑菇头,那边职校的男生十个有九个半是蘑菇头,每次看到都难受。

他记下了阿超的名字,打算下回再来还找这个人。

走出理发店的时候,风吹过来,他觉得自己整个人都变轻了,之前这么长时间,每天都沉重得脑袋都举不起来。

虽然兜里就还剩了三块钱,但他这会儿走路都带着蹦,走了一半感觉有人在看他,他才有些不好意思地低了头。

河边没有人,不过河里有,有条船,几个工人正在清理河沿的淤泥和垃圾,当初晏航跟他一块儿找笔的那一片已经清理干净了,河水在阳光下闪着光。

初一站在那儿看了一会儿,拿出了手机。

手机休息了几天,不再自己乱跳了,但迟钝得意念交流都快不行了,他呲着牙试了几次想要自拍一张,但都没成功。

最后手机直接黑了,他努力地反复按着开机按钮,一下下的感觉自己是在给手机做心肺复苏。

不过一直到他回到家里,手机也没有苏醒。

家里气氛依旧,本来就挺压抑,老爸这一消失,就更难熬了。

其实姥姥和姥爷的状态还好,姥姥抽烟看电视,姥爷出去下棋,顺便跟一帮老头儿扯扯自己女婿杀人的事儿。

主要是老妈。

出事之前一直在张罗着找工作,出了事之后她找工作的事就没了下文,每天坐在家里发愣。

初一进门时,老妈往他这边扫了一眼。

他突然有些紧张。

他在这个时候花了25块去剪了个头,这是件非常容易引起怒火的事儿。

"哟,理发了,"老妈果然冷笑着开了口,"挺衬钱啊。"

初一没说话,坐到了小书桌旁边。

"跟他爸一块儿败家呢,"姥姥说,"供你吃供你喝,还供你上学,家里出这么大事儿了,过得还挺潇洒。"

初一没再细听姥姥和老妈的话,翻开了那个小线圈本,盯着昨天自己写的

· 15 ·

字出神。

过了好一会儿,他才转过头:"我不,上普,普高了。"

老妈愣住了,姥姥似乎也一下没反应过来,捏着颗瓜子儿瞪着他。

"也不,不上大,学了。"初一说。

"说得挺长远,你考得上吗?"姥姥回过了神,继续嗑瓜子儿。

老妈突然跳了起来,两步冲到了书桌旁边。

初一迅速趴到桌上抱住了头。

老妈的八卦连环掌以八倍速落到了他身上,噼里啪啦都快听不出来是在扇巴掌了。

初一咬紧牙关。

老妈在他头上肩上背上胳膊上一通扇,最后停手的时候说了一句:"你说什么?"

"我也考,不上,"初一说,"不念了。"

老妈大概是力气已经用光,转身回到沙发边一屁股坐了下去。

初一直起身,靠在椅子上继续盯着本子。

家里只有电视机的声音。

不知道过了多长时间,初一拉开了抽屉,把他藏在抽屉里面的手机拿了出来,走到了老妈面前。

老妈看清他手里拿着的手机时眼睛都瞪大了。

"跟你换,"初一说,"你的给,给我,你用这个。"

"哪儿来的?"老妈问。

初一不出声。

"二萍给他的呗!"姥姥一摔瓜子壳,"不然还能有谁!"

"给我扔了!"老妈劈手就要过来抢。

初一迅速收回手:"我手机坏,坏了。"

老妈盯着他,满脸阴沉得就像飘着台风红色预警。

"你不用我就,就用了。"初一说。

老妈还是盯着他。

初一等了一会儿,转身回到书桌边,拿出自己的旧手机,抠出卡来放进了新手机里,然后开了机。

第 / 九 / 章

看到桌面之后,他把手机放回了兜里,旧的那个塞进了抽屉里,毕竟是老爸给他的。

他舍不得扔掉。

屋里还是一片沉默,初一没有再继续拿手机出去找个地方自拍。

从说出不想上普高到拿出手机再到现在,他基本已经用掉了所有的勇气,现在除了紧张和不安,没有了别的情绪。

整个人像是虚脱了一样。

他趴到了桌上,闭上了眼睛。

下午快吃饭的时候,姥爷从外面下棋回来,家里才算有了声音。

"做饭了没?饿死了。"姥爷说。

"那就饿死吧。"老妈说。

"吃枪药了?"姥爷说,"这点儿事至于嘛!一个个跟要死了一样,大不了改嫁,天底下就那一个男人啊?"

"你怎么还不死呢?"姥姥说。

"早着呢!"姥爷说。

初一站了起来,进了厨房,打开冰箱看了看,拿了点儿肉和菜出来,还有一大兜馒头。

他把馒头蒸上了,切肉的时候他眼前晃过晏航的手。

手指看上去修长有力,处理食材的时候就像是在跳舞,每一个小小的动作都能让人盯着想要反复播放。

他轻轻叹了口气。

突然想起晏航。但是晏航随便一句话,就能让他放松下来。

他甚至没有太想老爸,对老爸更多的是愤怒和担心。

虽然没有晏航的日子里,他也就是这么过的。

但晏航出现了,又消失了,一切就都变了,以前能忍的,能扛的,能压着再也不去想的东西,一点点变得尖锐起来。

他不知道自己是不是太自私,比起想要找到老爸,他更想要找到晏航。

晚饭随便炒了两个菜,一家人沉默地吃完之后,初一就出了门。

他算是了解老妈的,老妈打完他之后就没再理过他,而这个状态也许会持续很长时间,几天,几个月,一年两年都不是没可能的。

他轻轻叹了口气。

自己还是经历的事儿太少,不知道有些改变一旦发生,就是连锁反应,激起的浪远远比自己想象的要大得多,随便一波就能盖掉他只有……

一米五八的身高。

初一站在拳馆的测量仪上,看着上面的数字。

悲哀啊初一!

离两米是不是有点儿太遥远了啊!

"今天一个人来的?"有人在他身后问了一句,"你叔叔没一块儿来了?"

初一先迅速用手挡住了数字,然后才回过了头,看到了是拳馆的一个教练,之前跟晏叔叔聊得挺好。

晏叔叔是个神奇的人,似乎只要他愿意,跟谁都能聊得起来。

"嗯,"初一应了一声,"以后都我,我自己了。"

"这样啊,"教练笑了笑,"那你可以……"

初一知道教练的意思,拳馆可以请教练单独上课指导。

但是。

"我没,钱。"他如实回答。

"哎,"教练笑了起来,"没事儿,那你自己练,有什么不懂的可以问我们的。"

"谢谢。"他笑了笑。

晏叔叔教他的时间不长,但是教过他一些基础的东西,也告诉过他练习的大方向,他只要按这些去练就行。

"不是非得练成个拳手,"晏叔叔说,"这玩意儿时间长了,反应速度和力量都会提高,跟人打架的时候肯定能占着便宜,你看晏航的反应多快,而且还能长个儿。"

初一在沙袋跟前儿非常认真地回忆着晏叔叔说的话,每一句都照做。

一拳拳打在沙袋上的时候,他有一种从未有过的痛快感觉。

虽然身上还有伤,但已经感觉不到肌肉牵拉时带起的疼痛,只有汗水和呼吸里力量喷发时的那一声"嘭"。

中间教练过来两次,大概是砸得太欢了姿势跑偏了,教练来纠正了一下他出拳的角度。

第 / 九 / 章

一个小时之后，初一靠着沙袋停了下来。

看着旁边练习的两个对战的人。

也就那样，跟晏航比起来还是差点儿。

"就晚上打扫收拾啊，你问问能不能行吧，原来的阿姨说晚上要做饭带孙子，"一个穿着拳馆制服的小姐姐打着电话从他旁边走过，"都这样，晚上的特别难找……"

初一转过头，心里动了动。

看着小姐姐一直走到了前台讲完电话之后，他才去洗了个脸，然后鼓起勇气走了过去。

"你好，"他小声说，"我想问，问问。"

"什么事？"小姐姐看着他。

"你们是，是要找，人晚上打，扫吗？"初一问。

"是啊，"小姐姐说，"七点到十点半，主要就是扫地拖地，还有更衣室淋浴房那边的卫生，你是要介绍人来吗？"

"我，"初一有些没底，轻声说，"我行吗？"

"你？"小姐姐愣住了，转头看了看旁边一个年纪大些的女孩儿，又转头看着他，"你是想打暑期工吗？"

"嗯。"初一点点头。

小姐姐大概是没碰到过这样的情况，有些迷茫："不过我们这里没招过暑期工，而且招的都是下岗的阿姨……"

"怎么了？"之前那个教练走过来问了一句。

"哦，我们不是要招晚上打扫卫生的阿姨嘛，"小姐姐指了指初一，"这个小男孩儿想来。"

教练有些吃惊地看了看初一："你不是来打拳的吗？"

"不，耽误。"初一有些紧张。

他不像晏航那么有底气，晏航走南闯北什么都见过，还有流利的英语加身，出趟门拿个晏几道的身份证就能随便找到工作，他没有那个本事。

"哎，你是不是……"那个年纪大些的女孩儿突然看着他，"你爸是不是……我家那边前阵儿……"

初一整个人顿时往下一沉，这个拳馆离家都四站地了，他没想到还能碰上

· 19 ·

住在那边的人。

"什么?"教练看着她。

"就前阵儿,我们家那边不是……杀人嘛……"那个女孩儿说得有些犹豫。

"我……"初一转过身,往门口走过去,"算了。"

"晚上活儿挺累的,淋浴室那边还得等人都洗完了才能进去打扫,弄完可能都很晚了,"教练在他身后说,"你行吗?"

初一猛地转过头:"行的。"

"给他登记一下吧,"教练跟小姐姐说,"反正也没招到人。"

"好的。"小姐姐点了点头。

初一看着教练:"真的?"

"这是我们老板,"小姐姐说,"他说行就肯定行啦。"

晏航推举完最后一组杠铃,坐了起来,看着崔逸在旁边器材上玩双杠。

"那个医生,"崔逸一边往上撑一边说,"聊了有快俩月了吧?感觉怎么样?"

"你是在显摆你现在还能说话不带喘吗?"晏航说。

"回答问题。"崔逸跳了下来,坐到了他旁边。

"还行,"晏航说,"我一直按医生说的做调整,药也都吃着的。"

"嗯,得她说你能去工作了,你才能去上班,"崔逸说,"酒店那边我已经说好了,你什么时候去都行。"

"这么摆谱是不是有点儿不合适啊?"晏航问。

"一个服务员能摆出多大谱来?"崔逸笑了笑,"多你一个不多,少你一个不少的,你听我的就行。"

"嗯。"晏航躺到了仰卧板上,准备再练一会儿。

其实他以前多数是跑步,老爸要拉着他去健身房的时候他才会去玩玩,现在每星期跟崔逸来三趟,不知道是因为无聊,还是因为想老爸了。

"图书馆的证我给你办好了,"崔逸说,"你想看书的时候就去。"

"谢谢,"晏航说,"真的。"

"这么客气我都不知道该说什么了。"崔逸笑了起来。

晏航笑了笑,没再说话。

第/九/章

从健身房出来,崔逸没忍住,拉着他去吃了烤串儿。

"这么练完了就海吃一顿,"晏航边吃边说,"之前那两小时的意义何在啊?"

"主要是心理满足。"崔逸说。

吃完从店里出来,等着崔逸去开车的时候,晏航伸了个懒腰。

身上有些疲惫,但情绪还不错。

再一次从黑暗里走出来,他有些感慨。

回头看着烤串儿店的招牌时,突然就想到了初一。

想到跑完步之后他们拎着一大兜烧烤回家吃宵夜……初一还挺能吃的。

他笑了笑,拿出手机,对着烧烤店的招牌拍了一张照片。

想了很久,最后只发在了微博上,也没再去看评论。

他其实有些害怕看到那些因为"失踪人口回归"而感慨的内容,哪怕是玩笑的口气,也会让他觉得怅然。

会让他忍不住想到初一。

暑假快过完了,初一在干什么?

梁兵还找他麻烦吗?

同学会议论吗?

家里的情况怎么样?

初一回到家的时候照例是一片安静,现在每天回来得都晚,家里人都睡了,挺好的。

他洗了个澡,坐到书桌前,翻开了那个小线圈本。

上面已经乱七八糟地写了好几页,他慢慢翻了一下,有些已经不知道是想表达什么了,有些却还能想起当时的心情。

"一个有工作的初一……"

"女淋浴室比男淋浴室干净多了……"

"肩膀好酸……"

"腿疼,侧踢力量不够……"

"晏航晏航晏航晏航……"

"快要有钱了……"

"166.5?!初一发芽了?!"

"快开学了,作业作业没写没写没写……"

· 21 ·

一个钢镚儿 2
A COIN

"晏航晏航晏晏晏几道……"

"今天捡到一颗花斑石头……"

"树洞上面有一个马蜂窝！！！"

这个马蜂窝不知道是什么时候长出来的，上周他去还没看到，昨天去的时候说话就全被马蜂偷听到了。

他叹了口气，拿出笔。

"昨天梦到晏航了。"

写完这句他有些不好意思地把笔放下了，趴到桌上拿出了手机。

随便点了两下，本来想点个游戏出来玩一玩，但看清的时候，却发现自己点开的是朋友圈。

晏航依然沉默不知所踪。

对话框里还静静地放着自己上个月发过去的新发型照片。

他自拍了能有两个小时，手机都拍没电了才终于挑出了一张。

发给晏航之后他等了很长时间，不断地打开微信，生怕没听到提示音，但晏航那边始终也没有回应。

唯一还能让他松口气的，大概就是晏航没有拉黑他，也没有删掉他。

盯着晏航的名字看了一会儿，他又打开了微博。

系统又强行给大年初一加了几个关注，他执着地挨个儿给删掉了，只留下了刑天小哥哥一个。

正想退出去的时候，他又扫了一眼刑天的名字。

接着就抓着手机猛地站了起来。

心跳得很剧烈，要不是嗓子眼儿不够地方心脏都能蹦到天灵盖上去，气儿也有些倒不过来了。

刑天名字下面的最新内容变了！

刑天更新了微博！

点刑天名字的时候初一的手抖得跟摸了电门似的。

家里没有Wifi，流量信号不太好，进了刑天的微博之后就是空白，一直转不出内容来。

他举着手机跑到厨房，爬到案台上把半个身子都探出了窗口，内容才终于

第 / 九 / 章

加载出来了。

一个字也没有。

但就一张照片,已经让他差点儿想吼出声来了。

照片是一个烧烤店的招牌,上面就四个字:小李烧烤。

小李!烧烤!

他哆嗦着把照片放大,一厘米一厘米地看着,想要找到跟晏航有关的东西。

但是没有收获。

照片拍得挺清楚,但就是一个招牌而已,要拍个橱窗估计他还有可能在玻璃上找着晏航的影子,一个招牌而已。

他蹲在案台上,把照片又来回看了几遍。

照片是上星期发的了,初一有些郁闷,好几天了,他居然才看到!

下面的评论都好几百条了!

小姐姐们都这么闲吗!

初一点开了评论,一条一条仔细地看着。

从第一条看到了最后一条,他也没发现谁知道这是哪里。

小李烧烤。

这个极其凑合的店名,怕是每个城市都有不止一个,哪怕是叫小初烧烤呢……

第十章

Chapter Ten

第 / 十 / 章

今天拳馆的客人走得早,初一打扫完卫生之后,比平时回家的时间还早了半小时。

外面大厅也已经没人了,只还有等着到点儿锁门的前台小姐姐在门口坐着,一脸笑容地正在打电话。

估计是跟男朋友打的,笑得特别羞涩。

小姑娘一谈恋爱就特别羞涩,这学期开学没多久,初一就发现了。

前桌的女同学冲李子豪就这么笑来着。

初一觉得挺神奇,上学期他俩还吵过架,一个暑假过完,就好上了,好上之后也就眉来眼去了半个月吧,现在出了校门就手拉手一块儿走了。

李子豪连伪混混发展史都顾不上研习了。

初一叹了口气,前途荒废了啊。

不过现在李子豪那帮人就算要研习,也不会再找他,初一两次把梁兵打得满脸是血的事儿现在学校这一片全知道了,甚至还有所发散。

他现在的日子比以前好过多了,所有人都离他远远的。

以前的孤单是他在躲,现在的孤单是别人躲,两种滋味差别还是很大的。

老爸是在逃杀人犯的这顶帽子扣在他脑袋上,就算有一天案子告破,就算老爸是无辜的,也很难摘得掉,毕竟警察不会敲锣打鼓上他们这儿来宣布结果,顶多报纸电视上提几句,看到了的一声哦,没看到的照旧。

在老爸"光环"之下,初一打梁兵的事儿被无限放大,要不是梁兵还成天在这片儿晃悠,大家一定会坚信梁兵已经被他杀了。

初一坐在拳台边上,发了一会儿的呆才发现自己跑题了。

恋爱啊。

初三开学之后恋爱的人很多,不知道恋爱到底什么感觉,一个个欲罢不能的样子,被老师请家长的都三对儿了,还是前赴后继地跃跃欲试。

他以前没想过这些事儿,想了也没意义,他之前都没有女生个儿高,还是个结巴……所以他到现在了也只能靠猜测,大概是人都会寂寞吧,寂寞到一定

· 25 ·

程度，就会想找个人一起待着。

比如他就想跟晏航待着，不说话也行……哦，现在是在想谈恋爱的事儿，跟晏航没什么关系……

不过如果晏航一直在，他也不需要去琢磨谈恋爱的事了。

但是晏航呢？初一站了起来，把地上歪了的垫子摆正，对着沙袋开始出拳，晏航那么帅，那么潇洒，看他的那些粉丝小姐姐们就知道，晏航谈个恋爱太容易了，可能之前都谈过了呢。

不，不不，没有，晏航说过没有收到过礼物，这种帅哥要是真有过女朋友，怎么可能没收到过礼物？

初一笑了笑，连续对着沙袋挥拳。

晏叔叔说得对，这些练习看着无聊，但的确管用，他现在出拳自己都能感觉到速度的提高，一脚踢到沙袋上时，已经能明显感受到力量。

至于长个儿，他不知道有没有用，自己长个儿是到时候了还是练的……还真不确定，反正班上的男生过了一个暑假回校的时候都跟被搋过似的，全抻长了，李子豪仿佛一根海竿，直奔一米九，成为全班最高的那个。

他虽然也抻长了很多，但还是在矮的那拨里。

不过对于三四个月没见着他的小姨来说，他比暑假又增加了一点儿的身高就非常惊人了。

中午放学的时候小姨办事路过说要带他去吃饭，车就停在学校路对面，他一直走到车旁边小姨都没看到他，拉开了车门了，她才吓了一吓："哎哟！这是谁家大小伙子啊！"

"打劫。"初一用手指戳着她胳膊。

"我的天，"小姨笑了起来，在他脸上拍了拍，"这几个月没见啊，一眼都认不出来了！这大个儿，都比我高了啊。"

"那是你太，太矮。"初一上了车，笑着说。

"可以，厉害了，"小姨开了车，"小狗都能笑话别人个儿矮了……有一米七了吧？"

"没量，"初一说，"大，概吧，晚上睡觉腿，腿疼，我妈说长，太快了。"

"是，你姨父也是这会儿拔的个儿，骨头疼得睡不着觉，"小姨看了看他，"衣服都小了吧？校服穿不了了吧？"

"嗯。"初一低头看了看，现在他身上穿是老爸的旧衣服，老爸也不太买

衣服，外套不知道从哪儿弄来的，上头印着字，XX空调。

裤子倒是很帅，裤子是晏航之前给他的运动裤，现在天儿凉了正好能接着穿，其实不太舍得，总怕穿坏了。

"吃完饭小姨带你买几套衣服去，"小姨说，"大小伙子了，要模样有模样，要身材也即将有身材，穿个工作服太不像话了。"

"我有，有钱，"初一说，想想又有点儿得意，"我打，工呢。"

"真的？"小姨有些吃惊，"在哪儿？"

"一个拳，馆，"初一捏着裤腿儿轻轻搓了搓，"打扫卫生，有一，千多呢。"

小姨过了好半天才说了一句："小狗这是长大了啊，真是……"

"我请，请你吃饭。"初一拍了拍口袋。

他这几个月都在存钱，每月拳馆发了工资，他拿八百给老妈，自己留五百，都存在卡里了。

存钱不是为了别的，他如果只是想去上个职高中专的话，老妈可能一怒之下不再给他交学费，他得自己想办法先预备着。

如果没按老妈的要求走下去，他以后可能都得靠自己了。

而且老妈的性格，就算按着她的要求走，也不知道时候什么就会惹怒她。

像晏航一样，自己挣，自己花，会安全得多。

小姨没有拒绝他请客的要求，他俩去吃了一顿小火锅。

"最近有什么消息吗？"小姨问，"警察那边有没有再找过你们？"

"没有。"初一轻轻叹了口气。

"唉，"小姨皱着眉，"你爸也真是……不过你别有负担，他无论做没做，无论做了什么，都不关你的事。"

"嗯。"初一应了一声。

你首先是你自己。

不知道为什么，他想起了晏叔叔的这句话。

现在他清楚地懂得这句话的意思，但要做到却并不容易。

"走吧，"小姨喝了口茶，"逛商场去，给你买衣服。"

"不去商，场了吧，"初一想了想，"去步，步行街。"

"怎么？"小姨笑了起来，"要给我省钱吗？走吧，商场也有打折的呢，反正就给你买运动服，去哪儿都是那几家。"

· 27 ·

一个钢镚儿 /2
A COIN

难得一天休息,晏航本来想回去睡觉,但几个同事拉着他要出来玩,他已经拒绝过两次,已经找不到什么理由了。

如果是以前,他连理由都不会找,说不定就是十天半个月的交情,没必要。

但现在不同了,没有人再带着他到处跑,他会在这里生活的时间不再随心所欲,他就得学着适应这样的生活。

学会认识很多同事、邻居,学会每天都看到熟悉的人,学会像一个普通的人那样走在街上的人群里。

这本来是他曾经期待过的生活。

但不知道是因为在他最容易有深刻回忆的那些年里他始终在路上,还是因为少了老爸,现在这样的生活真的来到的时候,他却始终难以全情投入。

同事吃完饭说去找个地方打牌,路过服装店的时候,两个女孩儿又没忍住进了店。

他跟另一个男同事坐在那儿看她们试衣服。

"好看吗?"一个女孩儿换了衣服走到他俩跟前儿。

"好看,"男同事点头,"特别显白,而且你本来就特别白。"

女孩儿笑着又看了看晏航。

"白。"晏航点头。

这俩正处于暗送秋波的阶段,他就不打算多说话抢戏了。

不过另一个叫张晨的女孩儿过来的时候,晏航就觉得尴尬,他虽然没谈过恋爱,也没机会好好感受过所谓的"好感",但还是能觉察得到一些东西。

"怎么样?"张晨一叉腰。

"你再踩着它,"晏航伸脚把旁边的一个小凳子勾到她旁边,"拿把刀就能说台词儿了。"

"此山是我开,"张晨往凳子上一踩,"此凳是我占,要想过此路,必须夸我美。"

晏航冲她竖了竖拇指:"美。"

"谢谢。"张晨说。

"一点儿都不押韵。"旁边男同事说。

"我跟你说,就你这种情商,"张晨叹了口气,一边往镜子那边走一边说,"都不用宫斗剧,脑残偶像剧整死你都不用两集。"

第十章

"这个嘴损的。"男同事叹了口气。

晏航笑了起来。

俩女孩儿试了半小时衣服,一件没买。

在导购复杂的眼神里走出店门的时候晏航叹了口气:"这算是消食运动吗?"

"聪明,"张晨打了个响指,"还算是精神抚慰,刚我俩在试衣间已经自拍完毕了,有些衣服不需要买,拍了照就行了。"

"……哦。"晏航笑了笑。

接下去的活动是打牌。

他们找了个茶室,然后开始打麻将牌。

晏航觉得挺没意思的,有这时间他宁愿意去跑跑步,或者翻几页书,哪怕是愣着都行。

但几个人的兴致都还挺高,他就只能咬牙挺着不扫兴,一边打着牌,一边听他们聊着餐厅里的事儿。

崔逸给他介绍的这家餐厅,是个五星级酒店的西餐厅,是他之前打工的那些杂牌小餐厅没法比的。

也许是崔逸替他吹过牛,面试的时候,领班跟他打电话约时间用的就是英语,面试过程里也跟斗法似的一直各种说英语,他第一次觉得面试真痛苦。

好在小心翼翼地安全通过了,没给崔逸丢脸。

但正式上班之后才发现别的服务员的英语可能也就够点个菜的。

顿时觉得自己非常亏。

"陈姐是不是怀孕了啊?"张晨说。

陈姐就是他们领班,一个特别严格的大姐,不过长得非常漂亮,晏航还挺喜欢听她训话的。

"好像是,"另一个女孩儿说,"那是不是差不多该辞职了啊?她之前的领班就是怀孕辞职的。"

"应该不会,她工作狂啊,"张晨说,"我真是觉得她能工作到进产房前一刻,就没见过这么拼的人。"

"那也总得有人替她,"脑残偶像剧里活不过三集的低情商男同事说,"不知道会是谁了,希望不要像她那么凶。"

"他。"张晨指了指晏航。

· 29 ·

几个人一块儿看了过来，晏航没抬眼，看着自己手里的牌："你不能因为我帅，就什么都指我。"

几个人都笑了，低情商说："就是，他凭什么啊？"

"上周新来那个老总微服私访的时候，"张晨说，"要没有晏航，咱们就得挨批。"

"没那么夸张，"低情商说，"不就是各种挑毛病，还问了问配菜嘛……"

"那你也没答上来啊，你都没听懂人家说什么，"张晨托着下巴，"当时我就觉得，啊，这个晏小哥，简直帅爆了。"

"你……"晏航出了牌，正想说话的时候，手机响了。

他拿出手机看了看，是崔逸，他接起了电话。

"在外面玩吗？"崔逸问。

"嗯，跟几个同事，"晏航说，"怎么？"

问出"怎么"这两个字的时候，他有些紧张，崔逸平时除了叫他去健身房，一般不会给他打电话。

这个电话打过来的时间还正是他在办公室忙活的时间，晏航顿时脑子里一片让他窒息的猜测。

"那你要回的时候给我打个电话吧，"崔逸说，"我……"

"我现在就回。"晏航放下牌站了起来。

"急事儿？"张晨小声问。

他点了点头。

"那你赶紧去，"张晨说，"一会儿算了账我明天上班的时候帮你把钱带过去。"

"你拿着吧，"晏航拿了外套冲几个人笑了笑，快步走了出去，压低声音，"是我爸有消息了吗？"

"没有，"崔逸说，"你不要紧张。"

"哦。"晏航应了一声，站在了路边，说不清自己听到这句话时是松了口气还是有些失望。

他想有老爸的消息，可又怕是坏消息。

这段时间他状态基本正常，但依旧会在睡不踏实的夜里梦到老爸和血，然后一身冷汗地惊醒。

"要不我过去找你吧，"崔逸说，"你在哪儿？"

第 / 十 / 章

"我们酒店后面的那个万达对面的路口。"晏航说。
"那很近,我马上过去。"崔逸说完就挂了电话。

晏航有些说不上来的不踏实,为了安抚自己,他到身后的零食店里买了一盒棉花糖,蹲在路边的台阶上慢慢吃着。
吃了两口,他感觉有人在看他。
转过头时看到了一个穿着校服的小男生,大概小学二三年级的样子。
衣服有点儿脏,脸上也有点儿脏。
看到他转头时,小男生有些不好意思地低下了头。
他转开头,小男生又抬头看着他了。
他不知道自己为什么会在这么一个小孩儿身上看到初一的影子,他把手里的棉花糖递了过去:"我请客。"
小男生看着他,没有动。
"我不喜欢吃蓝色的,"晏航说,"你帮我吃了吧。"
小男生犹豫了一下,过来往盒子里看了看,拿了一颗蓝色的放到了自己嘴里。
"过来,蹲会儿。"晏航招了招手。
小男生走过来跟他并排蹲下了。
"粉的也帮我吃了吧,"晏航说,"我只吃白色的。"
"好。"小男生点了点头。
俩人就这么蹲在台阶上慢慢地吃着棉花糖。

过了没多大一会儿,崔逸的车开了过来,晏航把盒子放到了小男生手里:"谢谢你陪我。"
小男生大概没听明白,捧着盒子看着他。
"我得走了,"晏航起身,在他脑袋上抓了抓,"都归你了。"
"谢谢哥哥。"小男生说。
晏航笑了笑,跑过去上了崔逸的车。

"警察联系了我。"崔逸一边往前开着车一边说。
"联系你?"晏航愣了愣。
"不是这次的案子,"崔逸说,"是……以前的。"
晏航看着他。

· 31 ·

"你爸跟你说过没，"崔逸看了他一眼，"就你妈妈……"

"说过一点儿，"晏航说，"他不就是……为这个才让那个老丁找上的吗？是老丁吧？"

"嗯，"崔逸按了一下点烟器，"但是不止他一个。"

晏航盯着点烟器，手轻轻抖了一下。

"另一个可能有点儿线索了，"崔逸摸出烟扔到他腿上，"具体情况我也不太清楚，虽然应该不会有事儿……但你还是注意安全。"

"什么意思？"晏航点了烟。

"你爸如果还活着，"崔逸皱了皱眉，"肯定要一直追下去，逼急了谁知道呢？要不你爸也不会让我去接你了。"

小李烧烤。

初一低头拿着手机，在搜索栏里写下这四个字。

他不知道已经搜了多少次了，但还是没有放弃，拳馆有Wifi，网速比他用流量要快得多，他一般练累了休息的时候就会搜一搜。

晏航做菜很好吃，嘴也比一般人要挑，他愿意去吃的烧烤，味道应该不错，这样的店，可能会在类似本地论坛的地方被提到。

虽然像大海捞针，初一还是想试试。

反正现在也没有别的办法。

除了这样搜，他还得去各种美食点评软件去找，他也不知道为什么自己非得找到晏航。

晏航还留着他的微信，但是一直没有联系过他，很有可能就是晏航并不想再联系他，他就算找到了晏航在哪个城市，也什么都做不了。

但就是还想找，就算什么都做不了也还是想找。

至少能看看天气预报呢。

至于晏航为什么不告而别，为什么不肯再联系他，他都没有去细想。

不敢。

"初一。"何教练在拳台上叫了他一声。

"嗯？"初一走了过去，"要收，收拾？"

"现在收拾什么，"何教练笑了笑，"这个时间要收拾也不是你啊，上来。"

"干嘛？"初一愣了愣，往拳台上看了看。

第十章

拳台上还有两个人,不过不是他认识的那几个,何教练平时带的几个学员他都知道。

"跟那个人练几把。"何教练指了指那边一个人。

初一顺着看过去,是个跟自己年纪差不多的男生。

"什么人?"初一低声问。

"我死对头新收的徒弟,"何教练也压低声音,"刚练了几个月,觉得自己牛得能绕月飞行了,你去干他。"

这是来踢馆的,初一见过几次,一两个月就会有一次。

所谓的死对头,不是真的仇人,就是认识的几个教练,爱在一块儿切磋,踢馆当然也不是真的踢,但输赢还是会关乎教练的面子,输了肯定会被嘲笑。

"你是,不是,"初一看着他,"喝酒,了?"

"嗯?"何教练看着他。

"还,还是不,想再收,收人了啊?"初一说。

他没有过系统训练,就是一直自己练习,何教练闲着的时候会过来指点他一下,有时候别的学员也会教他。

但也就是这样而已,现在让自己去跟人家正经练过还牛得要绕月了的人过招?

还干他?

这怎么干,他也不想干这个人好吗,长得又不好看。

"小林,"何教练没再跟他多说,冲一个他的老学员一招手,"给初一拿拳套。"

"来了,"小林立马拿了拳套走了过来,"我帮你。"

"不是,"初一看着他,"我要被,被揍了,报,销医,医药费吗?"

"不报销,我用内功给你治,"何教练说,"你要赢了给你涨工资。"

"涨,多少?"初一马上问。

"财迷。"小林笑了起来。

"五百。"何教练说。

"我去干,他。"初一戴好拳套,双手一撞,跳上了拳台。

绕月飞行长得不大讨喜,脸上的表情很嚣张。

晏航也嚣张,但嚣张得很帅。

大概本来就帅吧。

· 33 ·

绕月飞行已经走了过来,站在中间轻轻蹦了几下,抬着下巴看着他。

他走了过去,跟月月碰了碰拳套。

"都是新手,"死对头说,"放开打,不要紧张。"

"初一给他们看看什么叫扫地僧。"何教练说。

"你就会吹。"死对头说。

"当!"何教练喊了一声。

当什么鬼当?

初一还没回过神,月月已经轻巧地跳了过来,在他刚想防护的时候,一个直拳打在了他脸上。

这一拳非常漂亮,扫地僧上场之后连蹦都没蹦一下就被击倒了。

这个拳馆要倒闭了。

初一倒在拳台上了才反应过来,何教练叫的那声"当",是开场锣。

"读秒读秒。"何教练扒着护栏。

还读秒?

初一赶紧在死对头过来读秒之前蹦了起来。

月月依然是嚣张的表情,大概是因为一拳把扫地僧打倒在地很有成就感,眼神里都是不屑。

"注意步伐。"何教练在旁边说。

步伐?

步什么伐?

他根本就没有练过步伐和移动。

能上脚踢吗?他倒是每天都踢沙袋……

看来作为一个扫地僧,所有的招式都得自己在扫地的时候悟出来。

五百块呢,不是一个五百,是很多个五百。

"当!"何教练又喊了一声。

这次初一没再愣着了,但毕竟没有实战经验,只能在月月又一次直拳怼过来的时候迅速抬手挡了一下。

其实要不是之前那个"当"他不知道是当个什么鬼,第一拳他应该也是能挡得住的,他打拳的实战经验没有,被拳头砸的经验却非常丰富。

在月月第二次用摆拳进攻时,他弯腰躲了过去,然后直起身的瞬间迅速利

第十章

用身低优势一个勾拳出手。

这个角度月月是能护住自己的，但是初一这一拳力量很足，毕竟是个扫地僧，拳头直接从月月防护的双拳之间穿过，打在了他下巴上。

"一！"何教练喊。

初一能猜到这是在计有效点数，但是这么喊一声，特别像以前军训的时候，教官喊一，他们就一块儿踢一脚正步……

月月又一拳过来，他马上防守，这一拳打在了拳套上。

但紧跟着又一拳过来，打在胸口，接着又一拳在胳膊上，他的防守姿势变了形，最终又被打了一拳在脸上。

得亏是业余的拳套厚。

初一定了定神，为了五百块，他决定拼了。

月月也不过就练了几个月，他也几个月没闲着，基本动作他都会，无非就是不知道该怎么运用。

那月月已经给他示范了，跟着做就行。

他学着月月的样子，左右脚交替蹦着虚晃了两下，然后右直拳打脸，左拳防守，一记右直拳打胸口，再紧跟左摆拳，但打的不是胳膊，打在了月月头部，在月月晃动的时候，他同时一个右直拳打在了月月脸上。

组合拳，么么哒。

"漂亮！"小林喊了一声。

"好！"何教练鼓掌。

月月被自己升级版的招这么一通进攻，顿时有些不服气，立马再次进攻。

初一一边躲一边防，往后快退到了护栏的角落里时，何教练拍了拍手："不要一直退！进攻进攻扫地扫地！"

他立刻把之前月月的进攻照着样子做了一遍，虽然没有完全达标，但也击中了。

初一在被揍方面很有经验，他被打的时候也会一直注意着对方的动作，虽然是为了提前预判方便保护好自己，但这种经验放在眼下这种对战中居然也相当管用。

两轮进攻下来，月月有些急了，初一看得出他脚底下的步子没有之前稳，在他想抓住机会再来一轮的时候，死对头喊了一声："当！第一回合结束。"

"这,么快?"初一愣了愣,回头看着何教练。

"过来。"何教练招了招手。

他走到角落,何教练冲他竖了竖拇指:"早看出来你小子有天赋。"

"打几,几回合?"初一问。

"你们这种小新手,两回合就行了,就是玩玩,切磋一下,"何教练冲小林一偏头,"给他讲讲。"

"刚打得挺好的,学得真快,"小林说,"你躲避的时候不要一直后退,试试弯腰,你……矮,而且你可以利用这一点,其实他防你不是太好防。"

"嗯。"初一点头。

"还有就是保持心态,我发现你还挺冷静的,"小林看了一眼月月,"那个小孩儿有点儿急,一急就容易动作变形,盯紧他,多从下面攻击。"

"好。"初一撞了撞拳套。

冷静?当然冷静了,这种场面他见多了,而且每次他都是招架的那个,这么多年的磨练,想不冷静都难。

"五百块。"小林拍拍他的肩。

"五百块。"初一跳了跳。

如果晏航在就好了。

如果晏航能看到他是怎么现学现用跟月月打拳,肯定会很惊喜。

他的动作肯定没有月月好看,但他每一拳打出都是结结实实,而这种感觉,跟打梁兵时完全不一样。

虽然会有不服气,会有挑衅,会有轻视,但没有愤怒和恐惧,非常畅快淋漓。

第二回合"当"的时候,他跟月月碰了碰拳。

一共两回合,一回合三分钟,休息一分钟,加起来没到十分钟的对战,初一感觉自己已经出了一身汗。

何教练跟死对头核对了一下点数,初一居然多一个点。

"你是怎么数的?"死对头说。

"一二三这么数的,"何教练很愉快,"我的扫地僧怎么样?"

"挺好个苗子,你没让他跟着你练?"死对头看了看初一。

"他没钱,"何教练说,"他在我这儿打工来着。"

死对头有些吃惊地又看了初一眼:"小伙子,要不跟我练吧?我不收你钱。"

第十章

"不了,"初一笑了笑,"我要打,工,刚涨工,工资了。"

何教练说话还是算数的,说赢了给加五百工资,还就真的加了,一加就两三个月没有变过,初一一跃成为拳馆里工资最高工作时间最短的扫地僧。

非常有钱了。

他去给自己换了个流量套餐,这样在家也能顺利地继续寻找"小李烧烤"的线索。

没有什么捷径,他只能一直用最笨的办法,所有在点评软件里有的城市,他都一个个去搜,搜出来的每一个小李烧烤,他都会仔细地去看看图片。

有些有门脸儿照片的,就能对着晏航的那张照片看看,没有门脸儿的,他就把地址记在线圈本上,打算全找完以后要是没有,就挨个用全景地图去看。

一天天的就像是一件必须要完成的程序,没有失望还是期待,总之就是不找到他不会停下。

他长这么大,做任何事都没有这么下过功夫。

这劲头要是用在念书上,他考个大学是肯定没问题了。

"我后天去上班了。"老妈吃饭的时候说了一句。

初一抬眼看了看老妈,感觉已经很久没有听到老妈的声音了,他白天在学校,只有中午在家吃饭,放了学就去拳馆,再回家的时候全家都已经睡了。

"去哪儿?"姥姥问。

"以前水站的同事给介绍的,一个卖净水机的店,"老妈说,"每月有底薪,卖了机子还有提成。"

"卖净水机啊?"姥姥喷了一声,"那能有多少钱,你这死眉塌眼儿的能卖得掉机子?"

"要不姥,姥你,你去?"初一看了姥姥一眼。

老妈愣了愣,看着他。

姥姥也非常震惊,愣了起码三秒才一抡胳膊拿着筷子往他脑袋上抽了过来。

初一一把抓住了姥姥的手。

"反了天了!"姥姥喊了一嗓子,站起来就要拿凳子。

初一速度一脚把凳子踢开了。

"你看到你儿子了没!"姥姥震惊得声音都提高了一倍,瞪着老妈,手指着初一,"你教出个什么玩意儿!"

一 / 个 / 钢 / 镚 / 儿 /2
A COIN

"我没教过,"老妈夹了口菜,"我早管不了他了,也不想管。"

一直没有说话的姥爷突然跳了起来,扳着桌沿儿一掀。

桌子被他掀翻了,碗盘砸了一地。

一家人都定在了原地,看着姥爷。

初一感觉姥爷大概都不知道自己在干什么,又想表达什么,反正他经常这样,突如其来,换取一片迷茫。

然后他自己也站那儿不知道下一步要干什么了。

初一起身,拿了手机出了门。

离下午上课的时间还早,他也没什么别的地方可以去,便去了河边。

北风吹得很急,初一往年都很注意天气,他不太喜欢冬天,因为他那两件穿了好几年的羽绒服扛不住风,冬天对于他来说太遭罪。

但今年他却没太注意,什么时候秋风凉了,什么时候北风刮了,他都没注意,也许是因为今年他自己偷偷买了两三件新衣服,没有感觉到寒冷。

也有可能他脑子里的事儿太多,已经没有空间去琢磨天气了。

他忙着打工,忙着打拳,忙着寻找小李烧烤。

小李要知道有人这么执着地每天寻找他家这个烧烤店,一定会非常感动,到时他就去让小李给他办个VIP吃串儿卡。

初一张开胳膊迎着风活动了一下,拿出手机,拍了几张河边的风景,避开了河沿。

之前清理过的河沿上的垃圾们又回来了。

初一看着一大片垃圾,还好现在天儿冷,没什么味儿。

他转过身,树洞安静地等着他。

"不想过年,"他把脸贴到树洞上时,才真的感觉自己长高了,虽然不像以前晏航那么吃力,但也得好好摆个马步了,"想快,快点儿中考,我想去,个外地的学,学校,然后接,着打,打工,放假了就,去旅游。"

说完他忍不住笑了,有一种解放了的感觉。

"如果我走,走了,"他摸了摸树干,"我会想,你的,你是知道我,所有秘,秘密的……洞,洞精。"

想了想,他从兜里摸出了小皮衣钢镚儿按在了树干上:"这是镚,镚精,你俩认,识一下吧。"

第十章

说完他又等了一下,等它俩认识完了之后,才把钢镚儿放回了兜里,转身靠在了树干上,轻轻叹了口气。

学校的气氛已经很紧张,初三的自习课没有了,体育课也取消了,只有初一很平静。

他除了为了保证自己至少能考个中专之类的,会听听课,别的时间依旧平静地发着呆。

现在没有人再嘲笑他的成绩,没有人再念叨着他如果考不上高中会怎样怎样,初一觉得还挺好的,期中考的成绩老妈都没问过,马上期末考了,也没有人提起。

倒是去拳馆的时候,何教练问了一嘴:"你是不是明年要上高中了?"

"嗯。"初一扶着拖把点了点头。

"那你得改名儿叫高一了啊,"何教练说,"你这就还半年了,还继续打工吗?没时间复习了吧。"

"我不,不复习,"初一说,"我复习,算是浪,费时间。"

"家里不管你?"何教练问。

"不管。"初一笑了笑。

"你们这些小孩儿啊,一个个的都有主意,"何教练说,"不过也挺好,自己选的路,走不动也没人可埋怨了。"

"走得动。"初一说。

走得动。

他从来没像现在这么有劲,别说走,跑也跑得动。

跑到小姨车旁边的时候,小姨一看他就叹了口气:"你这一天一个样啊,你要不每月给我发张自拍吧,我怕久了没见不认识了。"

"英俊,吗?"初一问。

"好英俊好帅气啊,"小姨笑着说,又指了指后座,"给你家带了点儿年货,我看你家估计也没人管这事儿了吧?"

"我管,"初一说,"以前也,是我跑腿儿。"

"你现在不是忙着攒钱当首富么,拿上吧,"小姨说,"过年有时间了给我打电话,我带你吃大餐去。"

"嗯。"初一拉开后车门,把一大兜年货拿了出来。

· 39 ·

如果有一天他真的能离开这里,爷爷奶奶,还有小姨,就会是他最想念的人了。

人很奇怪,这里对于他来说,有太多灰暗的记忆,但到最后,他能记住的,却都是好的。

爷爷对他很好,奶奶对他很好,小姨对他很好,何教练和小林还有前台小姐姐,都对他很好。

还有晏航。

以往过年,老爸会拿些钱回来,公司会发点儿年货,他再跑跑腿儿,再买一些,大年夜放挂鞭,吃饭发呆,然后跟姨姥小姨那边吃顿饭,顺便吵几架,合适了可能还能打一架,年就这么过了。

今年就没这么复杂了,家里这个情况,根本不需要过年。

初一去给老妈买了条围巾,不知道为什么,他本来想找到以前那一家店,但年代有些久远,那一片都已经拆了。

老妈的围巾,姥姥的两条烟,姥爷一顶厚呢帽子,东西都不贵,但这是他打从被老妈退掉当年的那条围巾之后,第一次给家里的人买礼物。

他还从自己存的钱里拿了一千出来,包了个红包,放在围巾里。

吃完年夜饭,他把礼物拎出来放到了桌上,一样样拿了出来。

"这是给,我姥姥的,"他拿出烟,"以后少,少抽点儿。"

"那你还给我买烟?"姥姥喷了一声,把烟拿过去看了看,又喷了一声,"有钱了呢,上你姥这儿显摆来了。"

"小卖部买的,"初一看着他,"你退,掉换钱呗。"

还没等他把帽子拿出来,姥爷已经自己伸手到袋子里拿了:"这帽子还行,不过没我现在这个好,现在的东西就是不行,我这帽子戴了十多年了,也没坏。"

"那你别要,还给他。"老妈说。

初一把装着围巾的盒子放到老妈面前:"新年,快乐。"

老妈看了他一眼,打开了盒子,看到里面的围巾时候皱了皱眉,盯了一会儿才拿了出来,看到围巾下面的红包的时候,她叹了口气。

礼物送完了。

除了老爸的那一份。

初一没再说话,拿了遥控器,打开了电视,对着春晚开始发呆。

第十章

"点啊——"晏航冲崔逸喊了一嗓子,他挑着一挂鞭站在山边,等着那头的崔逸点。

小区物业在山边给业主清了一块空地出来让大家集中放鞭炮,这会儿四周的鞭炮都点着了,就他俩还在这儿杵着。

"这个引信有点儿短啊——"崔逸喊着回答,打着了打火机研究着,"我给它弄长点儿——"

"老崔!"晏航有些无奈,"我真没发现你胆儿这么小——"

"这叫谨慎——万一崩着我了呢——"崔逸喊。

"我来!"晏航把挑着鞭的杆子放到了地上,走了过去,冲着崔逸的耳边喊,"你去挑着!"

崔逸过去把杆子挑了起来。

其实放地上就行,但不知道为什么,这个小区的人,都举着杆子,大概算是小区文化?

晏航看了看引信,的确是有点儿短,用打火机点估计会炸手,他摸了根烟出来点上了,再拿着烟头往引信上一碰。

这个引信不光短,还烧得特别快,大大超出了晏航的预料,看到闪出的火花的时候,他赶紧把鞭炮往旁边一甩。

但没注意方向,是往崔逸那边甩的。

鞭炮炸起来的同时,崔逸跳了一下,转身扛着杆子就跑。

晏航愣了愣,没忍住乐出了声,蹲地上看着崔逸笑得都快站不起来了。

崔逸跑了十多米之后才想起来把杆子扔到了地上,跑回来对着他屁股一脚踢了过来:"小屁玩意儿!你是不是故意的?"

"崔律师,"晏航笑得不行,"你今儿可真让我开眼了,老爷们儿怕炮怕成这样的我就见过你这一个。"

"走!"崔逸拎着他衣服,"回去吃饭。"

年夜饭在崔逸家吃,就他俩,没有别人。

晏航开了个单子,崔逸按着要求把材料都买齐了,他花了两个小时做了一桌菜。

很久没费这么大劲做菜了,以前过年,他跟老爸都是去饭店吃,热闹些,有过年的气氛。

今年他还琢磨着自己一个人该怎么过年,要不要跟领班申请一下三十儿的班,没想到崔逸居然会是一个人。

跟老爸一样是孤儿?

还是家太远了回不去?

或者是跟家里闹翻了?

他并没有问,他已经习惯了什么都不问。

"我已经很多年没有回过家了,"崔逸拿起酒杯,"这么多年还是第一次不是一个人过年。"

晏航跟他碰了碰杯。

"谢谢。"崔逸说。

"不客气。"晏航喝了一口酒。

崔逸跟老爸习惯一样,过年一桌大菜,喝二锅头。

吃完饭崔逸往沙发上一坐,冲他招了招手:"来,给我磕个头。"

"这种便宜就别占了吧?"晏航过去坐在了他身边。

崔逸笑了起来,从兜里拿出两个红包,递了一个给他:"这个是我给你的压岁钱。"

"谢谢叔,"晏航接了过来,"崔叔新年快乐。"

"这个是你爸给你的,"崔逸把另一个红包也递了过来,"让我一直给到你22岁。"

晏航愣了愣,半天才把红包接了过来,眼睛猛地有些发酸。

"按上完大学工作的节奏,你22岁才算上班,到时我就不给你压岁钱了。"这话是老爸什么时候说的,晏航都有些记不清了。

崔逸和老爸的红包他都没有拆,陪崔逸看完春晚回到自己住处之后,他把红包压到了枕头下面。

已经过了零点,外面本来就不算太密集的鞭炮声慢慢低了下去。

晏航站在阳台上,看着外面被淡淡烟雾裹着的山。

又过了一年了啊。

真是永生难忘的一年。

他点了根烟,坐到了旁边的椅子上,看着夜空出神,手指在脚踝的小石头上轻轻摸着,顺便摸了摸上面的绳子,检查了一下有没有磨损。

第 / 十 / 章

不过初一挑的这个绳子跟他人一样,特别皮实,除了有点儿起毛,一切完好。

初一啊。

晏航把腿架到阳台沿儿上,看着小石头。

初一这会儿在干什么呢?

小李烧烤。

初一趴在床上,过年这几天拳馆不营业,他既不用去学校,也不用去拳馆,只好呆在家里。

外面都是鞭炮声,响成一片特别热闹。

只有他家,今年连鞭炮都没买。

小李烧烤。

这是他找的第几个城市他已经不记得了,总之手边的线圈本上,除去他随手写下的那些话之外,就全是全国各地的小李烧烤们。

晏航到底在哪里呢?

是在下一个小李烧烤里,还是在线圈本上的那些小李烧烤里?

晏航在哪里呀,晏航在哪里?晏航就在那小李烧烤里……

初一脑子里跟卡了带似的一直唱着。

这是今天的第六个小李烧烤。

初一轻轻叹了口气,点进了这家小李烧烤的照片。

一堆烧烤。

各种肉,各种菜,各种海鲜……

然后是一个刷着红漆的门脸儿,门脸儿上写着四个黑字,小李烧烤。

初一看了一眼,手猛地抖了一下。

晏航就在那……小李烧烤里!!

这一瞬间初一脑子都快转不过来了,眼睛也不知道该看什么,手指一直有点儿哆嗦,这感觉让他想起了旁边桌的女同学,说去看男神演唱会的时候激动得什么都看不见了,一直筛糠。

为了确认,初一打开了相册,他怕晏航会删博,所以把照片存了下来。

点开照片看了看,都是红底黑字,字体……他又切换回那张门脸照看了

· 43 ·

看，字体是一样的！下面门脸儿……切回照片，照片上拍的主体是门头，两边的墙只有很小的一角，但也差不多能看出来是红色的。

但还是不敢确定，毕竟找了这么久，相似的门脸也见过不少，又都是最最普通的搭配。

来回切换了好几次，初一终于找到了确定的细节，那就是他发现晏航拍的那张，李字下面的子，钩上缺了一小块，露出了下面的白色，而店里那张，虽然离得远，但也能看得出那一勾是圆的，没有尖儿。

就是这家了！

初一感觉自己现在有点儿兴奋得不知道该怎么办才好，他扔下手机跳下了床，对着空气挥了几拳。

还是不能发泄，他又蹦着一路挥拳，从卧室里挥到了客厅里。

姥姥正在客厅里看电视，看着他的时候眼神仿佛在看一个神经病，带着不屑和震惊："也不知道吃了什么毒药。"

初一心情非常好，愉快地对着姥姥挥了两拳，还给配了音："唰唰！唰！"

"有这劲头出去揍人啊！"姥姥喊，"吃点儿屎都能给你膨胀了！出门儿别怂啊！"

初一想说早揍了，但最后还是"唰唰唰"地挥着拳又蹦回了屋里。

告诉姥姥这样的事没有任何意义，他不想向任何人说明自己，而且姥姥也未必能理解，可能还会翻出更难听的话。

何况他还有事儿要做。

他趴回自己的小床上，拿起手机。

晏航拍下的小李烧烤在一座滨海城市里，他先打开天气，添加了这个城市。

实时温度6度，今天的最低温是零下2度，晴，北风4-5级。

盯着天气看了一会儿，初一笑了笑，点开了城市地图。

输进去小李烧烤的地址之后，他把地图切换到实景，一点点地看过去，感觉自己就像是走在这条街上，站在了这个店的门口。

他在地图上划拉着，调好角度，就是这里吧，晏航那天拍照的时候就站在这里？

初一把手机架在床头，趴在胳膊上看着。

第/十/章

他之前一直觉得,像自己这么执着的变态,找着地方了,肯定会有强烈的想要马上过去看看的冲动。

但现在发现,他并没有这么想。

就在打开地图看到实景的那一瞬间,他突然就平静下来了。

他一点点地看着这条街道,这个店看上去也不是什么非常牛的店,不至于专程去吃,那晏航就有可能住在附近。

这条街就是他经常会路过的地方。

似乎这样就够了。

初一盯着手机,这样就够了。

就在这条街和附近的几条上来回看着,两边的商店、单位、酒店、小区,他觉得非常满足。

看了半个小时之后,才把手机放到床头,翻了个身躺在床上,看着天花板上因为眼睛发花了而闪动着的或亮或暗的斑块。

其实不够。

只是他不敢去想更近一步的事。

他和晏航之间,卡着一桩人命案,卡着两个消失了的爸爸。

他之前一直不敢去细想的那个问题,依然还卡在心里。

老爸被找到之前,他根本不知道晏航还愿不愿意再见到他。

"你去超市吗?"崔逸打了个电话过来问。

"嗯?"晏航看了一眼时间,晚上九点,他其实正在琢磨是叫个外卖吃宵夜,还是自己做点儿,不过家里已经没有存粮了。

崔逸这么一问,他坐了起来,打算去超市买点儿材料:"去吧,买点儿吃的。"

"那太好了,"崔逸说,"帮我带点儿面条回来,搁我们楼下保安那儿就行,我明天去拿。"

"……崔律师,"晏航非常无语,"你真厉害啊。"

"最好是宽面条,"崔逸说,"我喜欢吃宽面条。"

"你跟我一块儿去能断腿吗?"晏航问。

"能,"崔逸笑了,"我这儿一堆文件要看,没时间出门了。"

"宽面条是吧?"晏航站了起来。

· 45 ·

"对。"崔逸说。

晏航打开冰箱看了看,按说一般人家里,过完年起码得吃半个月剩菜,但他和崔逸两个人,别说就过年一块儿吃了一顿,就算是合伙,也剩不下什么东西。

他盘算了一下要囤点儿什么,然后出了门。

对面超市这个时间人还挺多的,这片儿住的年轻人多,下班晚,要买点儿什么都是吃完饭了才出来。

晏航推着个车,慢慢遛达着。

走了没几步,车被人一把抓住了。

他抬眼瞅人之前,先扫了一眼手,是女孩儿的手,他莫名其妙松了口气,也许是之前崔逸的那番话,让他一直很警惕。

手的主人是满脸笑容的张晨。

"你居然来买菜!"张晨看了看他车里扔着的东西,"太神奇了。"

"不买菜吃什么啊?"晏航说。

"你们单身小伙子不都吃快餐吗?方便面、方便粉、方便饭。"张晨笑着说。

"我好歹是个在西餐厅工作的单身小伙子。"晏航说。

"你会做饭吗?"张晨拿起一块奶酪看了看,"是不是要进军西餐啊?"

"随便拿的,"晏航看了看她空着的手,"你怎么会在这儿?"

"我奶奶住这边儿,明天我休息,就过来陪陪她,顺便做顿饭……"张晨说着看了他一眼,"你知道披萨要买什么材料吗?"

"知道,"晏航推着车往前走,"来吧。"

"谢谢。"张晨跟了上来。

披萨啊。

晏航做过很多品味的披萨,但现在这会儿脑子里却像卡了了壳似的,只想得起之前给初一做的那些。

无论他怎么回忆,都跳不出去了。

回忆就像被卡在了一个小小的通道里,能想起来的就只有这么一点儿,来来回回就是在初一居住的城东临河区。

啊。

第十章

居然还能记得是临河区。

当然记得,那里的记忆无论好坏,差不多都是他十几年来最深刻的一段了。

"是吗?"张晨在旁边说了一句。

"嗯?"晏航回过神看了她一眼。

她手里拿着一包红肠:"是这种吗?"

"这种熏肉味儿重,你喜欢的话就行,不喜欢的话……"晏航看着架子上的一堆肠,指了指,"那个也行。"

"就这个吧,我喜欢,"张晨说,"你是不是有事儿啊?有事儿的话你给我大致说一下就行,我可以自己找。"

"我没事儿,"晏航说,"怎么了?"

"你严重走神啊,"张晨笑了,"不过你好像一直这样,神秘忧郁的帅哥形象。"

"你写小说呢?"晏航顺手拿了包奶酪递给她,"这个用的时候往下削就行。"

"好。"张晨点点头。

其实张晨是个性格挺好的女孩儿,同事一帮年轻人里,她是人缘最好的,开朗,大大咧咧,能吃亏。

如果换一个人,晏航不会这么领着她买东西。

可也就是这样了,晏航以前觉得自己没朋友大概是因为没机会交朋友,后来有了机会,就有了初一。

到了这里之后,他会有更多的机会,去交更多的朋友。

但现在才发现似乎并不是这么回事儿。

除了几个稍微比以前关系近一些的同事,他依然没有朋友,也没有想要跟任何一个人往朋友那个方向走的兴致。

看来初一是一个特例。

"都说吃鱼聪明,"张晨在旁边说,"我侄子天天吃鱼,也没见多聪明。"

晏航不知道她之前的话题是什么,甚至不确定自己有没有搭过话,只能临时从这里往下接:"是吗?"

"嗯,今年要中考了,"张晨叹了口气,"我看没戏,上不了普高,鱼都白吃喽。"

"中考几月啊?"晏航问了一句。

"六月底。"张晨说。

"各地都一样吗?"晏航又问。

"嗯,都那几天,"张晨看了看他,"你家有小孩儿要中考吗?"

"……没有,"晏航笑了笑,"随便问问。"

"哦,"张晨想了想,"之前听他们说你没有学历?"

"没有。"晏航点头。

"太厉害了,"张晨一连串地啧啧着,"像你们这种自强不息……好像不太对,自学成材的人才,我真是特别佩服。"

跟张晨一块儿买完东西走出超市的时候,张晨指了指旁边一家甜品店:"吃宵夜吗?我请客。"

"不了,"晏航说,"我晚饭吃撑了,现在还吃不下东西。"

"那我自己去吃啦,"张晨挥挥手,"谢谢你帮我买菜。"

"不客气。"晏航笑了笑。

一直走到小区门口,他才想起来自己并没有吃晚饭。

进小区的时候门卫冲他敬了个礼,晏航冲他笑了笑,转头的时候看到大门另一边站着一个人。

他往那边又看了一眼。

那个人转身走了。

晏航没有动,又退回去两步,盯着那个人。

其实以他的经验,一眼就能看得出来这只是一个路人,站在大门旁边只是在看公交车站,这会儿也就是在往公交车站走过去。

但他现在就是这么容易紧张。

也不知道怎么了。

他甚至因为这份紧张而一直没有再发过微博,微信更是从离开就一直没有再用过。

他想过要不要联系初一。

想过很多次。

他想告诉初一自己很好,想告诉初一他走的时候只是不知道该怎么说,所

第十章

以是跟……树洞说的。

但最后还是没有联系。

他相信自己的判断,跟着老爸这么多年不是白混的,所以他不相信初一爸爸能干出什么大事儿来,但也正是因为这样,他才又很害怕会把完全无辜的初一继续牵扯进来。

他叹了口气,转身走进了小区大门。

把崔逸的面条放到楼下的保安室,然后回了自己那儿。

做个小披萨吃吧,就以前给初一做过的那种。

初一每天拿出手机的时候,都会习惯性地先看看天气。

晏航那边的温度一天天慢慢地升高,偶尔会有回落,然后再拔高,其实哪儿的天气都一个德性,但他就看这儿的看得特别有意思。

跟个神经病一样。

那边比他们这儿回暖要快一些,他们这儿还需要一件外套的时候,晏航那边应该可以只穿件长袖了。

海边啊。

初一靠到椅背上,看着黑板上方写着的口号,有时候会有错觉,这紧张的气氛就跟要高考了似的。

海边啊。

他还没去过海边,确切地说,他长这么大,去过的最远的地方,就是爷爷家。

别说飞机了,火车他都没坐过。

海边的风景只存在于风景视频和照片里,他亲眼看过的看得最多的风景,就是河景。

嗯,其实河景也是很美的。

海边啊……

初一记不清自己是哪天动的心思了,总之越接近中考,他的想法就越强烈,最后在看到报考指南里的学校介绍时,他突然就下了决心。

他想去海边上学。

而他想去的那个海边,有一个中专似乎挺合适。

也许是在确定小李烧烤在哪儿的那天他就有了这个念头,只是一直也没敢去想，强迫自己假装什么也没琢磨过而已。

而一旦发现这一切真的有可能实现的时候，这念头就压不住了。

何况他本来就一直希望离开家，离开这里，去一个没有他过往那些记忆的地方。

"你是不是有病？"老妈看着他，"你脑子里一天天都琢磨什么呢？跑那么远去上学？路费都比学费高了！"

"还有住宿费，"姥爷一边剥着虾一边说，"在这儿上学可以回家住，不用交住宿费呢。"

虾是初一专门跑到海鲜市场买回来的，希望家里人吃得愉快了能同意他去外地上学的要求。

"我可出不起那么多钱，"老妈说，"学费、路费、吃饭、住宿，买这买那……"

"不用你，"初一咬了咬牙，"不用，你出，我自己交。"

"哎哟！都听听，自己交！"姥姥一边咬着虾一边笑得一脸不屑，"这孩子，去扫了几天地还扫出个经济独立的错觉来了。"

初一没理姥姥，只是看着老妈："我存，了点儿钱……"

"你能存多少钱？你能存多少钱？你存了点儿钱还好意思说？"老妈拧着眉，"你知不知道现在我一个月才挣多少？你爸那边一点儿消息都没有，是死是活都不知道，你这儿存了点儿钱就想着往外跑？"

初一看着手里的馒头，没有出声。

"我不想说了，"老妈说，"你不上普高我都懒得管你了，还非得跑出去？以后家里跑个腿儿办个事儿的找谁啊？"

"这才是说到重点了，"姥爷边吃边说，"而且你妈也没钱，就那点儿钱还得留着，万一你爸……"

初一知道姥爷想说什么，这会儿就想把手里的馒头扔到他脸上。

老妈比他先动手，拿起手里的碗往地上一摔，吼了一声："这饭还吃不吃了！"

初一知道家里是不可能同意他出去上学的了，不仅仅是出不出钱的问题，哪怕是在本地，老妈恐怕也不会再出钱，毕竟这大半年来，他一直除了自己负责自己的开销，还会给她一些。

第十章

不过家里出不出钱初一不是太在意,也不是几岁的小孩儿了,自己想办法就行。

虽然他可想的办法并不多。

他在拳馆打工,也攒了一些,过去的费用应该差不多能够,至于之后的费用,还是打工吧。

"不在这儿上学了?"何教练看着他,"跑那么远?"

"嗯,"初一点点头,"我想去海,海边。"

"好浪漫啊,想去看海?"何教练说。

初一有些不好意思地笑了笑。

"家里同意了?"何教练多少知道一些他家的情况。

"不同意,"初一皱了皱眉,"但是我还,还是要去。"

何教练看着他,半天都没说话,过了一会儿才又问了一句:"那你钱够吗?"

"够。"初一说。

"过去继续找地方打工?"何教练又问。

"嗯。"初一笑了笑。

何教练没再说话,拍了拍他的肩,起身走开了。

初一也站了起来,打算去打扫卫生,他还能在这儿干不到一个月,突然觉得有些舍不得他的拖把和水桶……

仿佛自己的理想是个清洁工。

去拿拖把的时候,何教练在后头叫了他一声:"初一。"

"啊?"他回过头,看到何教练手里拿了一叠钱走了过来,顿时明白了是怎么回事儿,赶紧一边后退一边摆手,"不不不不不不不用……"

"拿着,"何教练抓住了他的胳膊,把钱塞到了他兜里,"我跟你说,我当年从农村出来,也就跟你这么大,自己一个人混。"

初一愣了愣。

"自己一个人,没得靠的,干什么都挺难的,"何教练说,"我就看你这劲头吧,老想起我那会儿……这钱你拿着,算我借的,以后你混好了,回来还我就行。"

初一沉默了很长时间,轻声说了一句:"谢谢。"

初一感觉自己家是全校初三考生里最不像有孩子要中考的家庭。

老妈甚至已经连看都不看他一眼了。

他有没有去学校,回家坐那儿是不是在复习,都没有人管。

考试当天都没有人问一句。

不过初一觉得没人问他很正常,他估计家里都没人知道他到底哪天考试。

倒是出门的时候碰到小卖部老板,老板给了他一包方便面。

"统一100,"老板说,"咱这里头好几个今天中考的,路过的我都给一包,好彩头。"

初一笑了起来,把方便面放到了书包里:"谢谢叔。"

有了这包方便面,他的心情好了不少,进考场之前,他把方便面拆出来啃掉了。

"你还真有心情啊?"李子豪看着他,"这会儿了还吃?"

初一拿出一瓶水喝了一口:"我还喝,呢。"

考试这两天半,要说紧张,初一并不紧张,他的成绩虽然不怎么样,但是目标不是普高,那就问题不大,再说他还挺认真地听了课。

可要说不紧张吧,却又是紧张的。

第一次去看大海。

第一次一个人生活。

第一次出远门。

第一次坐火车……真是土狗啊。

晏航一点儿都没叫错。

对了还有第一次去吃小李烧烤。

小李烧烤,他都能背得下来小李烧烤的地址了。

虽然家里没有谁同意他去看海,但成绩出来之后,初一还是在填志愿的时候写上了那所学校的名字。

之后又自己去买了个行李箱回来,把东西收拾好了放在床下。

一直到看到了这个行李箱,老妈才像是回过神来了一样,扑过去就要把箱子拖出来。

第十章

"你现在是真厉害了啊!"老妈喊着,"我说的话都是放屁了是吧!"

初一拦着老妈,没有说话。

"给我把这箱子扔了!"老妈吼,"谁给你的胆儿!这个家里谁同意你走了的?!"

"我,"初一抓住了她的手,"自己。"

"你算什么?你算什么!"老妈想要甩开他的手,"你自己你自己!你自己是个什么?!"

"妈,"初一还是死死抓着她,"我就是光,光着什,么也没,没有,也会走的。"

老妈愣住了,盯着他的脸,好一会儿才开口:"你是不是疯了?你为什么啊?!"

"你知道。"初一说。

"看到了吧,"姥姥不知道什么时候靠到了门边,"我早说了,你这儿子就是个废物,没什么用,以后指望不上。"

"你闭嘴。"初一一转头看着她。

"你说什么!"姥姥震惊地也看着他。

"让你,闭嘴。"初一说。

"你听到了吗?"姥姥看着老妈,"你听到了吗?你听到了吗?你听……"

"听到了!"老妈喊了一声。

"这个家要完!"姥姥叼着烟,转身一边往外走了一边喊,"这个家要完!"

老妈坐到了床沿上沉默地盯着他的箱子。

初一想说点儿什么,但又实在不知道还能说什么,他这十几年,跟老妈就没有过什么正常的交流。

这会儿哪怕他有些舍不得,看着老妈这个样子也挺心疼,但却找不到任何可以说的话。

"你想走就走吧,"老妈说,"但是别指望有什么事儿的时候家里能帮得上你,这个家就这样子,你自己知道。"

"嗯。"初一应了一声。

第十一章

Chapter Eleven

第十一章

收到学校的通知之后,初一两天时间就把所有的准备都做完了,其实也没什么可准备的,无非就是证件和钱。

就是行李打包得有点儿早,算上自己新买的衣服,他统共也就那几套,都收到箱子里了,每次换衣服都得开箱子拿。

不过他并不觉得麻烦,反倒乐在其中。

每次打开箱子的时候都会觉得兴奋。

他长这么大,这么多年,第一次感受到了"自己"。

那天跟家里人吵完之后,没有人再管他,也没人再理他,姥姥和老妈就像家里已经没有他的存在了一样,他在家或者不在家,回来还是不回来,都没有人理会,甚至他在家的时候,老妈做好了饭也没有人叫他。

虽然有些郁闷,但初一并不后悔自己的决定。

他本来想着在家也待不了多少天了,就把拳馆的兼职辞掉了,想在家里陪陪老妈。

大概是他自做多情了吧。

所以他大部分的时间还是会在拳馆待着。

"票买的哪天的?"小林问他。

"还没,有,"初一说,"去车,站的时候再,再买吧?"

"……那你还买得到个鬼啊,挂车窗外头去吧你。"小林说。

"不是春,运,"初一对买票的概念就是春运和五一十一了,小林这么一说,他猛地紧张起来,"也买,买不到,吗?"

"暑假啊,都是去外地上学的学生,"小林拿出了手机,"我帮你看看吧,得提前买。"

"哦。"初一盯着他的手机。

火车票果然有点紧张,小林看着日期:"你把钱给我,我直接帮你买了,你到时去车站取了就行。"

"好,谢谢。"初一点头。

· 55 ·

他其实是想着能越早走越好,但是他毕竟没有出过远门,有点儿担心自己一个人提前到了学校会不知道该怎么办,怎么报到?住哪儿?还是个结巴,问人可能都费劲……而且他也怕走得太早会让家里人不高兴,虽然他们可能都不知道开学的时间。

一直到临出发的前一天,他才跟老妈说了一句:"我明,明天去学,学校。"

他本来想说我明天走,这样简短一些,但最后还是挑了长一些的明天去学校,因为感觉"走"听上去可能会让老妈不舒服。

但是似乎效果差不多,老妈坐在沙发上只是哼了一声,连看都没有看他一眼。

这个态度他已经无所谓了,对明天将要开始的全新生活的期待,让他已经没有多余的情绪去对这样的态度产生什么反应了。

新的城市。

新的风景。

新的学校。

新的同学。

新的朋友……这个不太准确,他也没有旧的朋友。

唯一的朋友就是晏航。

晏航!晏航!哈哈哈哈哈哈哈!

哈什么呢?

初一倒到床上,轻轻叹了口气,他甚至都不知道他跟晏航之间,这个朋友的关系还存不存在了。

他闭上眼睛。

脑子里全是乱七八糟的内容。

一会儿兴奋,一会儿紧张,一会儿茫然,一会儿又有些低落,反反复复地循环着。

然后就睡着了。

被惊醒的时候他猛地坐了起来,睡着了?我在哪儿?我睡了多久?几点了?怎么回事儿?要误火车了?

蹦下床的时候听到了旁边床上姥姥的呼噜声,他才松了口气。

拿了手机轻轻走出了房间,到了客厅坐下。

凌晨四点多。

第十一章

他从昨天晚饭前一觉睡到了凌晨四点,晚饭都没吃。

有点儿饿了。

进厨房给自己煮了几个饺子吃了之后,他已经不想再睡了,睡不着了,还有几个小时就要离开的兴奋已经充满了他四周,整个人都有些晕,进出厕所的时候撞了三次门框。

在客厅沙发里坐着,愣到了六点,他站了起来。

决定现在出门,在所有人都没起来的时候出发。

六点半的时候老妈和姥姥就都会起来了,他不知道到时该怎么说,又会有什么样的场面。

他把行李拿上,换了鞋,站在门边闭上眼睛细细想了想东西带齐了没有,然后又往屋里扫了一眼,打开门走了出去。

四周很静,只有几个早起的老头儿正一边走一边往自己身上噼啪地甩着巴掌。

初一有些感慨。

就这么走了啊?

虽然只是去上个学,但他这会儿的感觉却像是要永别。

其实也可以算永别吧。

对有些事,有些记忆,就是永别了。

到车站的时候还早,正好到可以取票的时间,初一拿着身份证找到了取票机,小林告诉他在自动取票机上取就可以了。

他站在取票机前愣着。

不知道是自己太紧张了还是太土了,取票机上的字他差点儿没看懂,不知道该戳哪儿。

旁边机子过来了一个女孩儿,初一赶紧看着她的操作。

女孩儿熟练地取完票之后突然转头看了他一眼,有些防备地问了一句:"看什么?"

"不,不好意,思,"初一吓了一跳,赶紧往旁边退开,尴尬得舌头都快开岔了,"我不,我……"

"不会取票?"女孩儿问。

"啊,"初一很不好意思地看了一眼取票机,"没取,取过。"

"很简单的,"女孩儿走到了他这台机子面前,"你看。"

· 57 ·

初一愣了愣，犹豫着走了过去，看着她在机子上点了两下，然后按她说的把身份证放了上去。

接着票就出来了。

"给，"女孩儿把票递给他，"可以了。"

"谢谢啊。"初一都有点儿想抹抹汗了。

"我们去同一个地方啊，"女孩儿说，"我的车次比你早一点儿，你是去上学吗？"

"嗯。"初一点点头。

"加个好友吧？"女孩儿拿出手机，"都是老乡。"

初一拿出手机的时候紧张得差点儿把手机扔到地上，他长这么大，跟女孩儿说话的次数都不多，更没碰到过不认识的女孩儿要跟他加好友的。

"我叫贝壳。"女孩儿说。

"贝，壳儿？"初一问。

"嗯，"女孩儿笑了笑，"你呢？"

"田螺。"初一说。

女孩儿愣了，过了一会儿才笑了起来，半天才说了一句："你真是的，我真叫贝壳。"

"初一，"初一笑了笑，"真的。"

"好吧初一，"女孩儿笑着说，"我得上车了，到地方了再联系啊。"

"嗯。"初一点了点头。

初一坐在候车室里，低头看着手机上的天气。

今天开始，他就可以跟晏航的天气一样了。

微信有消息进来，他看了看，是何教练问他出门了没有。

——我已经在车站了，不过还有一小时才开车。

——这么激动哈哈，路上看好手机钱包。

——好的。

激动，还真是很激动。

初一觉得自己现在的情绪其实挺复杂，但所有的情绪都已经被激动和兴奋给淹没了，他几乎都没有空闲去体会别的。

他看了看朋友圈，没有什么新内容，确切地说是没有晏航的新内容。

第十一章

不过刚加上的贝壳发了一条朋友圈。
——上车啦!刚才碰到个很酷的小帅哥忘了拍照!
初一估计她说的是自己,愣了一会儿之后,有点儿不好意思。
这种感觉跟晏航直播的时候小姐姐们叫自己小帅哥不太一样。

"晏航!"领班在更衣室门口叫了一声,"还没走吧?"
"没,"晏航刚换好衣服准备下班,他走到门外,"有事儿?"
"是这样,明天的那个大厨的交流访问,"领班说,"你准备一下去跟着。"
"什么?"晏航看着她,"我跟着干嘛去?"
"翻译,"领班皱着眉,"我刚接了个电话,我们的翻译摔伤了在医院呢,这会儿来不及再找人了,得我顶上,你跟着我帮着我点儿。"
晏航还是看着她,这个安排有点儿太突然了。
"别紧张,"领班说,"你口语不是挺好的嘛,多好的表现机会,晚上你准备一下吧,明天早点儿过来。"
晏航想说其实我想要的表现机会是让我去后厨做个菜,去做翻译他还真没有做菜那么有自信。

"走吧,去庆祝一下。"崔逸说。
"我给你打电话是想问问你有没有这方面的经验,"晏航看着他,"不是想要庆祝,这事儿有什么可庆祝的啊……"
"我有什么经验?"崔逸往小区门口走,"你们酒店让你去打官司的时候你可以来问我。"
晏航叹了口气,跟着他往外走:"我怕出错。"
"金铃英语很好,有她在你不用紧张,也不是让你一个人扛着,"崔逸说,"你看着也不像是会怯场的人啊。"
金铃就是领班,英语的确挺好的,但是晏航还是觉得没底,毕竟从来没有干过,万一反应不过来全程静默,那就真丢人了。
"吃什么?"崔逸问。
"小李吧,"晏航说,"你不就最喜欢吃小李了吗"
"这话说的。"崔逸啧了一声。
晏航笑了:"小李烧烤。"

· 59 ·

小李烧烤味道其实跟全天下的烧烤味道都差不多，不过份量大是他家的最大卖点，所以每次去的时候人都挺多的。

晏航也挺愿意来吃，倒不是因为份量。

每次吃烧烤他都会莫名其妙地有些亲切感，本身烧烤这种形式就很亲切，再加上……又想老爸了吧。

还会想起初一。

快吃完的时候他又让老板给烤了一些打包。

"宵夜吗？"崔逸问。

"嗯。"晏航笑笑。

"吃的时候都凉了吧，不好吃了。"崔逸说。

"加工一下就行，会更好吃的，"晏航说，"加点儿黄油，很香。"

"是不是以前都这么吃？"崔逸看了看他。

"……嗯。"晏航很低地应了一声。

崔逸叹了口气，没说话。

一直到老板把打包的烤串儿拿过来了，他才拍了拍晏航的肩，站了起来："走，回去了。"

初一一直觉得自己的确是挺土的，但是出了门之后他才发现，自己不是挺土，是非常土。

拿着票进站的时候还凑合，往检票口里塞票倒是看一眼就明白，进了站之后车还没开来，他跟一帮人一块儿站那儿等着，努力让自己看上去是个坐车的老手，天天来回坐车的那种。

特别淡定。

车开过来了之后他才发现人家都是按地上标着的车厢数字站的，他站的地方跟他的车厢差了四节。

淡定老手的伪装顿时被撕破，他拎着箱子赶紧往那边一通跑，还好东西少箱子轻，还好他跑得快。

土狗。

初一上了车之后又有点儿想笑。

车上一切都挺新鲜的，椅子靠背、窗帘、小桌板，他都不动声色地试了一遍，挺好玩。

第十一章

很多人车一开就睡了,初一虽然四点就起来了,但却没有睡意,一直盯着窗外。

车窗外的一切,每一眼对于他来说都是陌生的远方,他根本没来过这边。

而车开出市区之后,就更陌生了,满眼的绿色让人心情一下亮了起来。

初一靠在车窗上,眼睛从近处一点点往远看,景物移动得越来越慢,他看着最远的天地之间出神。

小时候他就经常想,那边是什么?

云的那边,田的那边。

那边是新的世界。

那边是晏航。

从上车到下车,初一的脸就一直冲着窗外,看着他长这么大第一次看到的那些东西。

旁边坐着个大叔,几次在他转头的时候都张了嘴想跟他说话,但他都假装没看到。

他想看风景,而且他的确不愿意跟人聊天儿。

不是什么人都愿意跟一个说话不利索的人聊天儿的,只有晏航,虽然有时候也会嫌他说得慢,替他把话说完。

以……后……要……慢……慢……说……

中间有人推着车来卖盒饭。

初一犹豫了一下,觉得自己兴奋过度不怎么饿,但还是图新鲜买了一盒,放在小桌板上慢慢吃着。

味道还行。

大叔比他吃得快,吃完饭又想找他说话,他赶紧把脸往下埋,都快埋到饭盒里去了,把饭扒拉完之后又迅速转头看着窗外。

大叔只得转头跟过道那边的一个大爷说话去了。

初一松了口气。

但想想又觉得自己挺没出息的。

于是车到站的时候,他很积极地帮大叔把一堆行李拿了下来。

"谢谢啊,小伙子。"大叔说。

"不客气。"初一说,跟在大叔后头往车门那边挤了过去。

到地方了。

初一从车厢里走出来的时候感觉空气里的味儿都不一样。

海边的空气!

他在地图上查过,火车站离海边很近了,他闻到的不一样肯定就是海的气息。

是的!大海!

不过他没有时间先去海边,他得先去学校,把自己安顿好。

然后……他想出去走走。

他是最早一批到学校报到的学生,看上去非常积极了。

学校很大,走到宿舍感觉跟穿过了一个广场似的,教学楼和宿舍看上去都挺新,应该是刚翻修完,比他想象中的要好很多。

宿舍是八人间,有卫生间浴室,初一没有住过校,站在四张架子床中间的时候,他突然有些慌张。

同学。

对于他来说是有些陌生的,他有过很多同学,但从来没有真正体会过什么是同学。

而现在,他要和七个同学一块儿,住在这间宿舍里。

顿时就有些不知所措了。

八张床,看了看床边,都没有写名字,意思应该是随便挑,先来的就先挑了?

初一犹豫了一下,觉得还是上铺相对来说隐蔽一些,看上去也比较……有安全感。

他把箱子放到了靠窗边的上铺床板上。

正想着是去学校买铺盖还是去超市买铺盖的时候,宿舍门打开了,一个拎着箱子的男生走了进来。

在看人上,初一是非常有经验的了。

这人挺高挺壮,穿着条破洞牛仔裤,手腕上戴着条很粗的银色链子,链子中间还挂着个子弹头。

要不是初一身处学校里,他不会认为这人还是个学生。

一般这样的人……

"这箱子你的?"这个男生走到初一旁边,看了看上铺的箱子。

第十一章

"嗯。"初一点头。

"你换个床,"他敲了敲上铺的床板,"我要睡这儿。"

这句话基本是个连商量余地都没有的命令。

初一有点儿没回过神来。

男生有些不耐烦地把他的箱子往外拖了一下:"听到没,发什么愣?"

初一看了他一眼,过去把箱子拿下来,放到了另一个上铺,这个上铺和窗户之间稍微有点儿距离,不过也凑合了。

虽然很不爽,但他没有多说什么,这才第一天报到,他不想跟任何人在这种时候起冲突。

在这个人挑完柜子之后,他才过去挑了那个差不多算是对角的柜子。

"叫什么名字?"这人看着他。

"初一。"初一回答。

"什么破名字。"这人说。

初一没说话,在自己床边的凳子上坐下了,想一会儿收拾完东西就出去,宿舍里就他跟这人,实在呆不下去。

不过没等他动起来,宿舍门又打开了。

初一看了一眼进来的这个人,突然觉得自己是不是选错了专业。

学校专业挺多的,不过因为没有人帮他出主意,他全程都是靠自己研究,纠结了很久,详细地比较了各个专业,还结合自己一直学不进去的情况进行了认真地思考。

最终在数控、信息、幼师、外语,财务、物流等一堆专业里,给自己挑了个……汽修。

现在他怀疑自己的选择是不是有点儿不太合适。

痘痘看着像个社会青年,现在进来的这个,就像痘痘的亲兄弟,只不过没有长痘痘而已。

面部表情和身体语言都让初一能感受得到,自己的行李可能还要挪地方。

"谁的箱子?"无痘果然开了口。

大概是因为痘痘跟他气质相近,所以他跳过了同类,直接指着初一的箱子开的口。

"我的。"初一的不爽再次升级。

· 63 ·

不知道是不是因为自己这一年以来没有被人追赶,没有被人抢钱,没有被人讽刺,更没有被人打,他突然有些无法忍受这样的态度。

以前的他,一定会过去把箱子再次拿开,但在很多事情上,人真是能高不能低的动物,只不过一年而已,现在的他,却会因为这样的事而烦躁愤怒。

一路过来时的好心情都被这俩人给破坏了。

"这铺我要了,"无痘说,"你换换。"

初一看着他,没说话也没动。

无痘等了几秒,啧了一声,伸手就过去要拿他的箱子。

初一猛地跳了起来,过去一把抓住了他的手腕,没等他反应过来就往下拧着狠狠一拽。

无痘的身体立马挺直了,脸上的表情也变了,眉头都皱了起来。

"你,"初一盯着他,"换个床。"

无痘的眼神里显然惊讶超过了疼痛,那边的痘痘也吃惊地看着他们。

"我就,睡这儿。"初一说完松开了他的手。

无痘甩了甩手腕,又看了他两眼,把自己的箱子放到了初一的下铺。

"你叫初一是吧?"痘痘问了一句。

"嗯。"初一应了一声。

"我叫李子强。"痘痘说。

我认识你弟弟李子豪。

"你好。"初一说。

"张强。"无痘在旁边也自我介绍了一下。

这个世界上有那么多字,为什么都跟强过不去呢?叫壮也行啊。

"你好。"初一冲张强也问了个好。

之后三个人就陷入了尴尬的沉默里。

初一有点儿扛不住,起身把自己的行李收拾到柜子里,又把自己的毛巾杯子之类的放到了床上,打好标记之后他走出了宿舍。

一路往外走着,能看到不少新生过来,有跟强强们一样的社会哥,也有很多一看就挺纯良的小朋友。

走到校门口的时候,初一的心情慢慢又重新飞扬了起来。

他拿出手机,打开便签,看了看上面记录的内容。

第十一章

在学校门口的公交车站,坐七站地的车,然后换乘另一路车,再坐五站,下车之后往前二百米,左转,就是小李烧烤的那条街了。

这是挺漫长的一条路,初一挑的出门时间还正好是晚高峰,他挤在公交车的人堆里,一开始觉得简直比取经之路还要漫长,后来被挤得呼吸都不痛快了,有种已经取到经了的错觉。

下车之后他买了瓶冰红茶,一口灌下去一多半,这才慢慢缓了过来。

往前二百米。

他一边走,一边看着四周。

这些景象他在手机里看过无数次,现在从中间穿过时,那种隐约的熟悉让他觉得非常神奇。

从来没有来过的地方。

因为晏航在这里而变得如此熟悉。

前面路口有个宠物店,左转往前,就是小李烧烤了。

初一停了下来。

紧张。

紧张什么呢?

一个烧烤店而已,这会儿晏航也不可能在里头。

但还是紧张,突然袭来的紧张让他都有点儿想上厕所了。

土狗你怎么这么没出息……

初一在宠物店外隔着玻璃逗了能有五分钟的小狗,才又继续往前走了。

这条路有不少饭店,大大小小,什么风格都有,挺热闹的。

走着走着,初一就习惯性地靠到了路边,没有晏航在,就没有人把他从墙边拽出来,他只能自己注意着。

其实他挺长时间没这么走了,现在也许是因为到了新的环境,就算在实景地图上已经看了无数次,但身处其中时,还是会知道这是个他从来没到过的地方,四周是跟他以前生活环境里完全不同的风格。

这里比家那边要繁华不少,两边商店的门脸儿也都很洋气,来来往往的人看上去也都挺时尚的,当然,他长这么大主要的活动轨迹也就是从家到学校那一片,别的地方是洋气还是土气,他并不清楚。

反正自己是挺土的。

特别是跟晏航一比较,就很明显了。

初一脑子里转着的东西很多,有些是不由自主转的,有些是刻意转的,他不敢让脑子闲着,必须要琢磨点儿什么。

因为再走三十米,就到小李烧烤了。

现在他和小李烧烤之间还隔着三个服装店,一个奶茶店,一个饼屋,还有……记不清了。

还有二十米?

十米?

小李烧烤红色的门脸儿突然出现在他眼前的时候,他吓了一跳。

怎么就到了!

他麻溜儿地低下头,贴到了一棵树后面。

这个熟练的动作做完之后,他看着眼前的树皮,觉得自己有点儿莫名其妙。

还好这会儿天已经有些擦黑了,应该没有人注意到他。

于是他又从树后头走了出来,站在树旁边往里看着。

店里生意挺好的,桌子差不多都坐满了。

为了确认,初一又抬头看了看招牌上的字,没错了,就是这里。

他的心突然跳得很快。

再次往店里看过去的时候,下意识地就开始了寻找。

把每桌的人都扫了两遍之后才轻轻舒出一口气。

晏航没在里面。

他往旁边走了几步,抬起头看了看。

就是这里吧,晏航拍下那张照片的时候,就是这个角度。

这里靠近门边,应该是吃完了之后,走出来拿出手机,也可能是一直拿着手机,然后举起手机,咔嚓。

初一对着招牌拍了一张。

跟晏航的那张很像,他笑了笑。

"小哥,吃烧烤吗?"有人在他旁边问了一句。

初一吓了一跳,赶紧抬头看了一眼,一个大叔站在他跟前儿,穿着个围裙,上边儿印着"小李烧烤"四个字。

第十一章

"……不,"初一有些尴尬,"我不,不……"

"光拍照不吃啊?"大叔看着他。

"等人,"初一说,"拍张照,照片报,个地址。"

"直接发个定位多好,"大叔笑了,"年轻人连这都不会啊?"

"我穿,越来的,"初一说,"还没适,适应。"

大叔笑着往店里走:"先进来坐着等呗,一会儿人满了没桌了。"

犹豫只有一瞬间。

初一跟着他走进了店里,找了个小桌坐下了。

正好该吃晚饭了,虽然晚饭吃烧烤对于他来说有点儿太贵了,但也不是天天吃,就这一顿。

点菜的时候那个大叔问了一句:"不等朋友了?"

"有事儿来,不了。"初一说。

大叔看了他两眼,一副我很懂你的表情叹了口气:"现在的小嫚儿啊,不是那么好追的。"

"……啊。"初一不知道该怎么回答,只能配合着点了点头。

"没事儿,"大叔依旧很懂的样子,"别放弃,再约几次试试。"

"好。"初一继续配合。

理论上来说,哪儿的烧烤都应该是一个味儿。

但也许是今天的烧烤初一点的都是海鲜,也许是这是晏航来吃过的烧烤,总之初一觉得这家的烧烤特别好吃。

也许是店里只有他是一个人寂寞地吃着烧烤,大叔很同情他,还过来陪他坐了一会儿,还想送他啤酒。

初一很感动地拒绝了,吃完走人的时候,大叔还跟他喊了一句:"再来啊小哥。"

会再来的,明天就又来了。

初一本来想在店外面继续蹲守,晏航爱吃宵夜,可能晚上会来,但是他的铺盖卷儿还没有着落,这会儿要再不去买,晚上他就得睡床板了。

他只能先赶回去。

不过他并不着急,从晏航走那天开始到现在,已经过去一年了,在找到晏航这件事上,他已经很稳重了。

一个钢镚儿 /2
A COIN

初一站在公交车上,看着窗外黑了的天和亮起的灯。

而且找到了晏航,该怎么办,他并没有想好,他唯一的念头只是找到晏航而已。

就像那些沉迷于某件事情的人,只是沉迷在过程当中。

一旦结果出现,反倒有可能手足无措。

……沉什么鬼迷?

学校门口有个不大的超市,初一本来有点儿担心,怕买不到铺盖,结果下了车顺着路一遛达,发现自己还真是土。

别说超市,连小卖部门口都挂着牌子,各种价位的新生套装一应俱全。

除了各种床上用品,连牙膏牙刷毛巾脸盆桶,都能一套备齐了。

他挑了一套最便宜的,扛着回了宿舍。

宿舍里八个人,加上他已经到了五个,他看到自己放在床上的标记物还在原处时松了口气,跟无痘……张强硬碰硬的那种方式,他不想再用。

毕竟一个宿舍,要一块儿待那么长时间呢。

看到初一进来,几个正聊着天的舍友都停了下来,一块儿瞅着他。

这种场面让初一很紧张,把手里的东西放到桌上又沉默了好一会儿他才说了一句:"我叫初,初一。"

"胡彪。"一个黑胖男生冲他点了点头。

另一个靠在下铺的男生没有说话,盯着手机。

"那个是苏斌,"胡彪帮着介绍了一下,又转头看着李子强和张强,"你们见过了吧?"

"见,过了。"初一说。

屋里之前虽然有人在说话,但估计气氛也谈不上热烈,这会儿他进来了,全都没了声音。

初一把刚买的东西拆开了,盆和桶什么的放到了柜子旁边,拿着铺盖准备去上铺收拾的时候,苏斌看了他一眼:"你结巴啊?"

这个问题让初一有些尴尬,也突然有些沮丧。

他一直觉得只要换个新的环境,一切就都会过去,但他忘了,有些东西是甩不掉的。

第十一章

"嗯。"他应了一声，爬到了上铺。

"第一次见到活体的结巴，"苏斌又说，"可别传染我们。"

初一撑着床板愣住了。

这种说不上来是自卑还是尴尬还是生气的感觉非常难受，本来想要多忍耐，要跟同学好好相处的想法，瞬间就被压了下去。

"那咱，俩有话，话题了，"他说，"我也第，一次见着活，体的傻，傻叉。"

"什么？"苏斌跳下了床，"我没听清，你再说一遍？"

"他说你是活体傻叉，"李子强也从上铺跳了下来，走到苏斌跟前儿，"听清了吧？"

李子强个儿很高，人也挺壮，站在苏斌跟前儿整整大了他一圈。

苏斌说话大概也看人，李子强等着他说下一句的时候，他沉默地转身拿了牙刷毛巾进了厕所，把门一关。

"还是和为贵。"李子强在初一床沿儿上拍了拍，转身爬回了上铺。

"强哥说得对，一个宿舍嘛，大家和和气气就最好了，要团结。"胡彪说。

李子强和张强一块儿看着他。

"你俩谁大谁小？"胡彪问。

于是俩强对了一下生日，李子强大了三个月。

"大强哥说得对，一个宿舍嘛，大家和和气气就最好了，"胡彪又重复了一遍，"要团结。"

"你记忆力不错啊，"张强说，"一字儿不差。"

"小强哥你记忆力也不错啊，"胡彪说，"两遍一样你都听出来了。"

几个人都乐了。

李子强伸了个懒腰躺下了："明天差不多人能到齐了，不知道还有三个人什么样。"

"好像是本地人？"张强说。

"本地人还住什么校啊？"李子强说。

"可能住得远吧，"胡彪说，"再说住校多自由啊，爹妈都管不着了。"

爹妈都管不着了。

初一铺好床，也躺下了，看着天花板。

爹妈本来就不管啊。

· 69 ·

一/个/钢/镚/儿/2
A COIN

他早上六点离开家,到现在快晚上十点了,连何教练和小林都问过他情况了,却一直都没接到家里的电话。

他翻了个身冲着墙,虽然已经料到会是这样,但多少还是有些伤心。

他第一次出远门,一个人到一个陌生的城市上学,家里人的态度却让他觉得自己仿佛根本不存在。

背后空荡荡的。

没有家人,没有朋友,只有一个晏航,却还不知道会怎样。

初一突然觉得自己眼眶有些发热,鼻子也微酸。

他赶紧捏住鼻子揉了揉。

苏斌在厕所里呆了挺长时间,张强尿急,过去踢了两次门,他才终于出来了。

"便秘吧你。"张强说。

苏斌冷笑了一声,回到自己床上躺下了。

除了他,其他的人用厕所都挺快,洗澡也就几分钟,初一很感动,平时在家里,姥姥姥爷上个厕所能把他逼得去公厕。

洗漱完之后他躺回床上,拿出了手机。

看了看今天自己拍的那张小李烧烤,再跟晏航那张对比了一下,角度几乎一模一样了,他很满意,把照片发到了朋友圈。

不过设了私密。

"小天哥哥同款烧烤get。"

离开学军训还有两天,早上宿舍几个人都赖在床上没起。

初一是第一个起床收拾好自己的,他今天安排得很满,上午熟悉学校环境,到附近去转转,中午吃完饭之后就出去找地方打工。

他手头的钱买完车票再交完各种费用之后,已经没剩多少了,多亏何教练的钱,他还能有时间去找工作。

晚饭他打算去小李烧烤对面的一个快餐店吃,之前看地图的时候就发现了,那家快餐店很便宜,门口牌子上写着卤肉饭13元。

不知道现在有没有涨价。

吃完饭他打算就在对面街找个地儿待着,看看能不能遇到晏航。

"去哪儿?"李子强趴在上铺问了一句。

第十一章

"转转。"初一说。

"上哪儿转?"李子强又问。

"……外边儿。"初一回答。

"哦。"李子强点了点头,又躺了回去。

"你俩这对话真是废话经典啊。"胡彪枕着胳膊躺床上乐了半天。

"中午回吗?"李子强想想又问了一句。

"不。"初一说。

"晚上呢?"李子强继续问。

"你有什,什么事儿?"初一有些无奈。

"聚个餐啊,"李子强说,"以后就是兄弟了,不得喝点儿吃点儿吗。"

"哦,"初一愣了愣,他基本没机会跟同学相处,也不知道这是不是必要的程序,"那……"

"等人齐了吧,"张强说,"现在就五个人,没什么意思。"

"小强哥说得有道理。"胡彪点头。

"四个。"李子强看了一眼正在玩手机的苏斌。

"那我……出去了。"初一说。

"慢慢转。"李子强打了个呵欠。

今天初一的心情不错。

宿舍的同学,除了苏斌,别的并不像一开始看上去的那么难以相处。

学校很大,树很多。

有好几个球场。

他们汽修专业的还有一个很大的场地,还有一些破车。

今天天气也不错,空气比家那边要湿润一些。

呼气吸气。

大海啊大海,是我生活的地方……

他的确是很土,脑子第一句想到的关于大海的歌居然是姥姥总爱唱的这首……

早上起得晚,所以在学校和四周转了没多久,上午就过去了。

他随便找了个小店吃了碗面,就开始了下午的找工作计划。

工作不是那么好找的,他很清楚,特别是对于他来说,没有什么经验,还

一个钢镚儿 /2
A COIN

是个学生只能兼职，说话也不利索，需要跟人沟通的活儿就肯定没人要。

一个下午他先把学校周边所有贴着招工的店都问遍了，再坐车到了小李烧烤，再把四周一圈能找的都找了。

最后只找到了一个发传单的活儿。

但是地点很好，就在小李烧烤对面的超市门口发就行，工资可以日结，但因为是从下午做起，所以只有半天的钱。

初一觉得挺划算，等晏航的时间里还能赚点儿钱。

他和一个女孩儿抱着一大摞传单去了超市门口，一人负责一边。

这个活儿对于初一来说，非常轻松，递过去有人接就最好，人家不接也行，翻个白眼他也没什么感觉。

一直到天擦黑，他都不知道自己发了多少传单了，总之手里还有，他一边看着路对面的小李烧烤，一边给经过他面前的人递传单。

小李烧烤生意真不错，刚到饭点儿就坐了好几桌了。

大叔乐呵呵地忙活着。

不知道晏航今天会不会来吃烧烤，是现在来吃晚饭，还是晚上来吃宵夜，是自己一个人来，还是跟朋友来。

跟朋友来。

初一顿了顿，突然觉得一阵失落。

朋友？

晏航说过他没有朋友，但吃烧烤，一般人也不会一个人去吧。

晏航以前会跟晏叔叔一块儿吃烧烤……那现在呢？

一个人买了回去吃？

感觉不太像晏航的风格，那他是跟谁去吃的呢？

是啊。

晏航为什么会来这里？

是因为这里有认识的人吗？

或者……晏航还在这里吗？

初一抬起头，心里慌成了一团。

给旁边的人递传单的时候手都是颤抖的了。

"我都出来了，"旁边这人接过传单，一边看一边打着电话，"你吃别的

第十二章

不行吗？非得宽面条啊？"

初一猛地僵住了。

喘不上气，心跳得完全没有了节奏，嘭嘭的炸得他脑袋都快跟着晃了，人也动不了，头不能动了，肩也不能动了，胳膊也抬不起来了。

只有眼珠子还能移动。

他顺着声音看过去。

看到了拿着传单的手。

手指修长，稍微有些瘦，骨节清晰却不突兀。

好漂亮的手啊。

这个世界上，起码是他的世界里，拥有这么漂亮的手的只有一个人。

这声音，这手。

晏航。

"那行吧，我一会儿随便买了啊，"晏航没有注意到他，还是看着手里的传单，"嗯，奶茶？我不喝，你要喝我就给你带……嗯，焗饭呗……"

焗饭。

晏航做的焗饭非常好吃。

晏航要给谁做焗饭？

他跟谁住在一块儿了？

他的新朋友吗？还是老朋友？

不知道为什么，初一突然很沮丧。

为您的孩子找一个真正一对一的英语老师。

晏航把传单折了一下塞到兜里，准备一会儿再扔。

转身准备去奶茶店给崔逸带杯奶茶的时候，他才突然发现给自己递传单的人还一直站在旁边。

一动不动的。

就这状态发传单，手里那一摞得发到半夜了。

晏航往奶茶店那边走过去。

过街过到一半的时候，他皱了皱眉，回头看了一眼。

刚才发传单的那个人……

他只随便扫了一眼，几乎没看脸，但现在却老觉得那个人长得像初一。

但想想又觉得自己有毛病。

初一怎么可能跑到这儿来发传单,而且发传单的那个人……他看了过去,那人还站在那里,低着头。

晏航觉得自己可能真的有毛病了。

他怎么看都觉得那个人是初一,他连脸都没看清,却还是觉得整个人的感觉很像。

身边有喇叭响了一声,晏航回过神,自己站在马路正中间。

犹豫了一下,他转身往超市门口又走了过去。

明明知道这不可能是初一,初一不可能在这里,更不可能跑到这里来发传单,更更不可能的是……这人比初一高太多了,怎么也有一米七三七四的样子……他却还是想过去再看一眼。

在他马上要走上人行道的时候,那个人突然转过了身,往相反的方向走了。

晏航愣了愣。

那个人走得挺急的,步子也迈得大。

但不走还好,这一走,晏航几乎有些不相信自己的眼睛,这走路的姿势跟初一几乎一模一样!

他想也没想地拔腿就往前追了过去,冲着那人的背影喊了一声:"初一!"

那人顿了顿,没有回头。

但是一秒钟之后,猛地拔腿就往前狂奔而去。

晏航震惊看着他跑出去能有二十米了才想起来要追。

就是初一。

就是初一!

天天跟初一一块儿跑步,这小子跑起来什么样他简直太熟悉了。

晏航拎着一兜刚买的菜追了几步之后觉得实在太碍事,干脆把袋子扔进了旁边的花圃里。

"初一!"他边跑边又喊了一声。

前面抱着传单狂奔的初一把手里的传单也往旁边一扔,甩开膀子跑得跟要被人追杀一样。

神经病啊!

晏航简直无语了。

第十一章

大街上他也不想再继续大喊大叫的,只能咬牙加快步子,偏偏今天穿的不是跑鞋是一双休闲鞋。

而一年没见到初一,这小子跑起来跟阵风似的,关键是他还穿的是跑鞋,晏航甚至都能从鞋帮那一圈绿色看出来这就是当初自己的那双NB。

初一居然在这儿?

居然还在发传单?

居然长这么高了?

居然变了这么多?

居然……跑得这么快!

晏航对自己跑步的速度和爆发力一直相当有自信,虽然初一跑得跟飞似的,但他今天要穿的是跑鞋,照样能追上。

但偏偏不是跑鞋!

"去你的。"晏航从兜里掏出了一把折叠刀,对着初一肩膀砸了过去。

刀砸在了初一肩胛骨的位置。

没有影响他跑步,但是吓了他一大跳。

晏航看到他猛地蹦了一下,一边回头一边反手往后背上摸了一把。

"站着!"晏航吼了一声。

趁着初一愣神的一瞬间,他终于冲到了初一跟前儿,抬脚对着初一的屁股狠狠一脚踹了上去:"我让你跑!"

初一被他踹了个趔趄,撞到了路边的树上。

晏航过去抓住了他的胳膊。

但意想不到的场面突然出现。

初一胳膊拧了一下,从他手里挣脱了。

这个力度和技巧让他很吃惊。

有一瞬间他怀疑自己是不是真的认错了人。

初一转身还想跑,他迅速抓住了初一的手腕,往背后狠狠一拧,把初一压到了树上贴着。

"说话。"他顶着初一后背。

"说什,么?"初一声音很低。

晏航盯着他的侧脸:"真的是你……"

第十二章

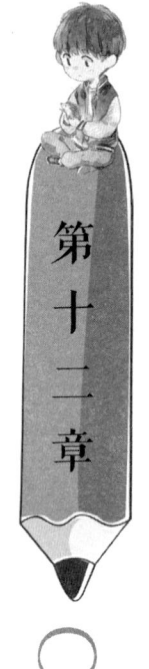

Chapter Twelve

第十一章

晏航瞪着初一。

之前虽然从跑步的样子和鞋子认出了初一，但又被他一招漂亮逃脱给震得有些犹豫，现在听到了这句带着小磕巴的话时，他才终于可以完全确定这就是初一了。

虽然初一的变化大到他听到初一说话都还是缓不过劲来。

就这么拧着初一的手腕把他按在树上，好一会儿他才说了一句："吃饭了吗？"

话说出来晏航就感觉自己有毛病。

"还，还没，"初一说，"活儿没，干完。"

"什么活儿？"晏航问。

"传单，"初一说完突然像是想起什么来，挣扎了一下，"我的传，传，传单……"

"别动！"晏航把他手腕往上提了一下，"还想跑？"

"我没……"初一小声说。

"小哥抓贼呢？"一个声音在他们身后响起，"要帮忙吗！要不要报警！"

晏航回过头，一个大叔正在身后挽袖子，一脸正义地瞪着初一。

"没，没，"晏航赶紧松开了初一，但还是抓着他手腕没松劲，"我们闹着玩呢。"

"哦，"大叔大概是觉得没能大显身手，有些失望，又看了看他俩，"真不用帮忙？"

"真不用，"晏航说，"谢谢您，您真是个好人。"

"没事儿没事儿，"大叔笑着摆了摆手，遛达着继续往前走了，"那你俩接着玩。"

"再跑我抽你。"晏航转头看着初一。

"不跑。"初一说。

晏航松开了手。

· 77 ·

初一果然没再跑,站在原地沉默着。

晏航脑子里有太多震惊和疑问,这会儿全翻腾着居然找不出开头的那一句了,跟初一一块儿沉默着。

过了一会儿他才又开口:"你兼职发传单呢?"

"嗯,"初一往前迈了一步,想想又停下看了看他,指着远远地被他扔在路边的传单,"我……我得去,捡。"

"捡个屁,不要了。"晏航说。

"那就领不,不到钱了。"初一叹气。

晏航没出声,从兜里摸了二百块钱出来塞到了他兜里:"我带你吃饭去。"

"不,不是,"初一有些着急,"我不,不能白,干一下,午啊。"

晏航看着他,想了想,觉得他说得也有道理……于是俩人一块儿过去把撒了一地的传单又捡了起来。

"给我分点儿,"晏航说,"我……一块儿发能快点儿。"

"哦。"初一犹豫了一下,把手里的传单分了一半给晏航。

初一回到了超市门口,开始发传单,晏航站在离他三四米远的地方也在发传单。

旁边椅子上还有一兜乱七八糟的菜,之前被晏航扔到了花圃里,刚又跨进去捡出来的。

初一一直没敢往晏航那边看,他现在都还是晕的,晕得很厉害,跟做梦似的,不知道自己这是在干什么。

他用了一年的时间,来寻找晏航,研究着蛛丝马迹,又把这片的地图都快看烂了,哪儿有个什么店他都知道,垃圾桶长什么样他都记得。

现在晏航突然就这么出现了。

而他连惊喜都没体会到,居然落荒而逃。

逃跑失败之后,他居然也没有激动地跟晏航叙叙旧,居然还让晏航跟他一块儿站在超市门口发传单。

这是什么久别重逢的戏码啊?

初一你是不是真的中毒了啊?

晏航可能也中毒了,居然都没有质疑,就那么站在旁边发起了传单。

第十一章

人多力量就是大，传单很快发完了，晏航又陪着初一去回了任务，拿到了半天的钱。

从写字楼里出来的时候，晏航才总算是缓过劲来了。

他退开一步看了看初一："长个儿了啊？"

"嗯。"初一有些不好意思地笑了笑。

"鞋还能穿？"晏航问。

"能，"初一点点头，"不用加鞋垫了。"

"你怎么到这儿来了？"晏航又问。

"上学。"初一回答。

晏航看着他，过了好一会儿在他背上轻轻拍了两下："好久不见啊，土狗。"

初一顿了两秒，呆了。

晏航又拍了拍他，没有说话。

接着他就听到了初一很低的哭声。

"又哭了啊？"晏航低头想看看他，初一很快地偏开了头。

"哭吧。"晏航抓了抓他头发。

这会儿天已经黑透了，他们在一栋写字楼的后楼，旁边没有人，初一想哭多久都没问题。

"你走也不，不告诉，我，"初一声音很低，有些哑，"突然就，走了。"

"对不起。"晏航轻轻叹了口气。

对于自己的不告而别，他一直很不安，但又实在不知道该怎么办，害怕初一再被牵扯，他甚至连微信都没有再打开过。

但怎么也没想到，初一会以这样的方式重新出现在他面前。

"对不起个屁。"初一这次说得很流利，只是带着浓浓的鼻音。

"别学我说话。"晏航笑了笑。

"就学。"初一说。

"走吧，我带你去吃点儿东西，"晏航说，"好好聊聊。"

"嗯。"初一闷着声音应了一声。

又过了一会儿才松开了他，转身抹了抹眼睛。

"想吃什么？"晏航问。

"小李烧,烤。"初一说。

晏航看了他一眼,正想说话的时候,他又突然转过身蹲了下去,一把抓住了晏航的脚踝。

"怎么了?"晏航吓了一跳。

初一在他脚踝上摸到了那颗小石头,有些不好意思地又站了起来,转身就往街边走过去。

"一直就没摘下来过。"晏航说。

"嗯。"初一应了一声,没回头。

其实这会儿去吃小李烧烤,有点儿尴尬。

大叔昨天才见过他,还安慰过他现在小嫚儿不好追,转天他就带了个帅哥过来,选择面是不是也太宽阔了点儿……

"小哥又来了?"大叔果然一看他就认出来了,"今天带了朋……哎,小哥?"

初一非常不好意思,低着头往里走,身后的晏小哥跟大叔打了招呼:"叔,还有桌吗?"

"有,"大叔笑着说,"里边儿角落那儿有个桌,这是你朋友啊?"

"是的,"晏航笑了笑,"怎么,你见过他了?"

"昨天在这儿吃的呢,点了一大盘,"大叔说,"还挺能吃,不过……"

大叔压低了声音,但初一还是非常尴尬地听到了。

"他昨天等小嫚儿呢,没等着,"大叔说,"你安慰安慰他。"

"……哦。"晏航听声音也非常意外。

坐下点完菜之后,大叔送了一扎啤酒过来:"昨天一个人不喝酒,今天俩人可以喝点儿了。"

"谢谢叔。"晏航说。

初一盯着那扎啤酒,感觉头都不好意思抬起来了。

"我先打个电话。"晏航拿出了手机。

"嗯。"初一应了一声。

不回去吃饭要打个电话给朋友?

初一那种莫名其妙的失落感又涌了上来,说不出的滋味儿,他拿过杯子给自己倒了杯啤酒,灌了两口。

第/十/二/章

冰啤酒下肚,让他觉得舒服了一些。

"我晚点儿回去,"晏航拨通了电话,"到了我给你打电话你再下来拿奶茶吧,嗯……碰上个朋友……"

晏航看了他一眼:"嗯,初一,好……我晚点儿再跟你细说吧……嗯好。"

初一看着他,突然又有点儿兴奋。

这个人知道初一,晏航跟这个人提过自己。

"就给自己倒酒。"晏航挂了电话之后伸手去拿啤酒。

初一回过神,抢着把啤酒拿了过来,给他倒了一杯。

"要不一人一扎吧,"晏航冲服务员招了招手,"倒着喝太麻烦了。"

"我……"初一愣了愣,他还没这么喝过啤酒。

"再过一阵儿喝冰啤酒就冷了,"晏航说,"先喝够了吧,我看你刚才喝得挺爽……以前不是还不能喝吗?"

"我是渴,渴了,"初一看着服务员把一扎啤酒放到了桌上,赶紧把已经倒过两杯的那扎拿到了自己手边,新上的这扎推到了晏航跟前儿,"我不,不行。"

晏航笑了笑,拿起杯子冲他晃了晃:"土狗来碰一下。"

好看。

晏航笑起来还是老样子,嘴角挑起,眼神很暖,非常好看。

初一拿起杯子跟他碰了一下,把杯子里的半杯啤酒灌了下去,很爽。

"我跟我爸的一个朋友,住在这后头的小区,"晏航往身后指了指,"应该会住挺长时间。"

"啊。"初一一放下杯子,突然松了口气,心情像刚睡醒似的猛一下扬了起来,是晏叔叔的朋友。

但"晏叔叔"三个字,一秒后就让他心情回落了。

"你怎么会到这儿来上学?"晏航换了话题。

"就,"初一看了他一眼,又盯着啤酒了,"你说念,念个中,专什么的。"

"我也没让你跑这么远啊?"晏航说。

初一没说话。

他突然非常不好意思,不知道该怎么说,晏航要知道自己看到那张照片之后一天天的都在找线索,会不会吃惊?

晏航没说话,盯着他看了一会儿之后拿起了手机,点了几下。

· 81 ·

"你不会是……"晏航把屏幕对着他,"看了这张照片吧?"

"没。"初一赶紧否认,都没敢看屏幕,他知道屏幕上肯定是晏航发在微博上的那张小李烧烤。

"看都没看就说没?"晏航说,"那你怎么会一个人跑这儿来吃个烧烤?"

"老板让,我进,进来的。"初一说。

"废话,老板还能赶你走吗?"晏航说。

"这就,就是缘,分啊。"初一说。

晏航愣了愣,笑了起来,伸手在他脑门儿上弹了一下:"说吧,怎么找到我的?"

那就说来话长了,对于一个结巴来说,那这个话说来就格外的长了。

初一不知道要怎么说。

"是不是看到照片了?"晏航问。

初一点了点头。

晏航没说话。

他赶紧抓过啤酒喝了两口。

"然后找哪儿有小李烧烤?"晏航又问。

初一犹豫了一下才点了点头。

晏航沉默了很长时间。

初一不敢抬头,都快把脸埋到啤酒里去了,他非常害怕晏航觉得他烦人。就认识几个月月的人,走了就走了,居然不远万里地跟过来,什么毛病啊!

"小李烧烤很多吧?"晏航声音很轻。

"不,不太多,"初一说,"就……几个。"

"是不是找了很久?"晏航问。

初一顿了顿,他听出了晏航的声音有变化,犹豫着抬了抬眼睛,很快地往晏航脸上扫一眼。

晏航眼眶红了。

初一愣住了。

"你什么毛病啊?"晏航作势要打他,"你什么毛病啊初一?"

"对,不起。"初一说。

"对不起个屁。"晏航说。

服务员把他们之前点的烤串儿拿了上来,两大盘:"还有两盘,你们先吃着。"

"吃吧。"晏航看着他。

"我昨天没,没吃很,多。"初一说。

"知道了。"晏航笑了。

初一拿了条烤鱼咬了一口。

"现在在哪个学校?"晏航问,"什么专业?"

"汽修。"初一说,想说学校的时候发现自己好像记不清了,只得把手机拿出来翻了翻,找到了通知书的照片。

"换手机了?"晏航伸手拿过了他的手机看了看照片,"离这儿不近啊。"

"不远,"初一说,"一小,时就到。"

"居然学汽修,"晏航把手机还给他,"汽修?"

"嗯。"初一笑了笑。

"发型谁给你设计的?"晏航看着他。

"理发师,"初一说,"不过又长,长了。"

"挺好的,比原来的强,"晏航又盯着他看了一会儿,最后靠到椅背上轻轻叹了口气,"感觉你变化太大了。"

"怎么?"初一突然有点儿紧张,咬着鱼抬起了头。

"你是不是一直去练拳?"晏航喝了口啤酒。

"嗯,"初一点点头,这一年来,拳馆算得上是他长这么大最喜欢的地方了,"每天都,去。"

晏航看着初一。

除了个头儿高了,样子也变了一些。

初一以前看着就是个小屁孩儿的样子,虽然很能贫,但给人的感觉就是个小受气包。

一年不见,突然就变成了个大小伙子了。

虽然只差了三岁,但晏航第一次在看着初一的时候有了"同龄人"的感觉。

就是吃东西的时候还是老样子,吃得挺投入,鼻尖儿上吃得都冒小汗珠。

"你不,吃吗?"初一抬起头问了一句。

"吃啊。"晏航喝了口酒。

"连签子一,一块儿都,吃了?"初一一看了他面前的桌子。

晏航笑了,拿了一串掌中宝咬了一口。

一个钢镚儿 2
A COIN

他没吃晚饭，本来挺饿的，这会儿没什么感觉了。

初一突然出现，带给他的不仅仅是惊喜。

震惊，感动，担心……很多，一块儿涌上来的时候，把食欲都给挤得没有表现空间了。

初一吃东西的时候话不多，晏航不开口，他也就一直沉默地吃着，时不时抬头，递过来一串肉。

"开学了没你们？"晏航问。

"后天，"初一说，"军训。"

"那你还跑来发传单，这么见缝插针啊？"晏航说。

"我一，一直打工，都一年，了，"初一说完露出了有点儿小得意的表情，"我学费都自，自己交的，还有路，费。"

"打的什么工？"晏航有些意外，初一走个路都要挨着墙，居然能去打工了？还打了一年了？

"拳馆打扫卫，生，"初一笑笑，"老板给开，的后门。"

"挺厉害啊，"晏航笑着说，想了想又笑不出来了，"你过来上学，家里是不是没给你钱？"

初一的笑容迅速淡了下去，吃完一串羊肉之后才很低地应了一声："嗯。"

"我自己也，也行。"他又补充了一句。

吃完烧烤结账的时候，初一抢在晏航之前把钱塞给了老板。

"你跟我这儿装什么首富呢？"晏航说。

"你的钱，首富，"初一说，"刚给，给我的。"

"哦，"晏航看着他，"首富还需要你请我吃吗？"

"我一直想请，请你好，好吃一顿，"初一说，"大餐。"

"那今天这餐很大了。"晏航说。

"以后有更，大的。"初一说。

走出小李烧烤的时候，晏航拿出手机看了看时间，十点了，他有点儿着急："你们学校有门禁时间吗？"

"不知道。"初一愣了愣。

"十点了，"晏航说，"公交车都没了，我帮你叫个……"

· 84 ·

第十二章

说到一半他停下了，看着初一，初一也看着他，但很快又把目光转开了，似乎有些不好意思。

"不回去了是吧？"晏航问。

初一没吭声，靠到旁边的灯柱上看着路过的车。

"你是结巴还是聋子？"晏航踢了他一脚。

"聋子。"初一回过头。

晏航看着他。

"不回，"初一说，说完又马上跟了一句，"行吗？"

"行，有什么不行的，"晏航说，"你现在不回家也没人骂你了。"

"嗯。"初一笑了笑。

"走吧，先去给崔叔买奶茶，"晏航说，"他估计要等疯了。"

"你们住，一起吗？"初一突然有点儿紧张，他怕一会儿跟着晏航回去，被这个崔叔看到会觉得他是跟踪狂。

"不住一起，他住我隔壁楼。"晏航说。

"哦，"初一松了口气，脚步都轻松了，"一个，叔还喝奶，茶啊？"

"你断句断合适点儿啊。"晏航笑了。

"奶茶，啊？"初一又说了一遍。

"嗯，他晚上不吃点儿喝点儿活不下去，"晏航带着他走到奶茶店，敲了敲台面，对着里面已经趴桌上睡着了的小姑娘说了一句，"打劫！钱拿出来！"

"老板刚把钱收走！"小姑娘蹭一下蹦了起来。

看到是晏航的时候，小姑娘笑着往桌上拍了一下："你神经了啊！"

"你这答案是不是有范本？"晏航说，"说得这么熟练。"

"是啊，要什么奶茶？"小姑娘问。

"柠檬咖啡。"晏航说。

"马上就好，"小姑娘利索地开始做奶茶，又往他身后看了一眼，"你弟弟？"

"嗯，"晏航点点头，"长得像吗？"

"不像，"小姑娘说，"你长得和气些，他看着不大好惹。"

"不能吧？"晏航回头看了看初一，一年不见，初一居然能得到这样的评价？

没看出来，也许是初一受气包的形象在他脑海里已经根深蒂固，就算已经感觉初一有了明显的变化，却还是会觉得他是那个需要自己"罩"的小孩儿。

· 85 ·

一 / 个 / 钢 / 镚 / 儿 /2
A COIN

"你们两兄弟为什么长得不像啊?"小姑娘问。

"我俩,随便长的。"初一说。

小姑娘愣了愣,顿时笑得半天都停不下来。

做好奶茶打好包递给他们的时候,看了一眼初一,又笑了起来。

"你这撩小姑娘撩得一点儿痕迹都没有啊。"晏航看了初一一眼。

"我没,"初一说,"我又不会变,魔术。"

晏航喷了一声。

"给我再变,变一个吧。"初一转过头看着他。

"为什么。"晏航说。

"想看,"初一说,"反正你也没,泡着小,姑娘。"

"你这个嘴欠是一点儿没变啊。"晏航感叹。

"给。"初一摸出一个钢镚儿递给他。

晏航叹了口气,一边走一边把钢镚儿放到了自己手指上:"看着啊。"

"嗯。"初一点头。

晏航还是老习惯,把钢镚儿来回翻了两圈之后手轻轻一晃,钢镚儿不见了。

"哇!"初一喊了一声,继续配合,"哪儿去了!"

晏航把手从他身后绕过去,在他脸上轻轻点一下:"这儿呢。"

初一转过头,拿走了他手上的钢镚儿。

"不给鼓个掌吗?"晏航问。

初一没出声,低头看着手里的钢镚。

"怎么了?"晏航凑过去问了一句。

"我特别,担心你。"初一轻声说。

每次路过晏航曾经住的那个房子,初一都会往那边看一眼,但一直也没有再过街从门口经过。

后来房子又租出去了,一家三口,每次经过的时候都能看到一个很小的小朋友在门口的学步车里来回撞着走。

晏航和晏叔叔的气息淡了。

越是难以再找到痕迹,就会越担心得厉害。

生怕哪天就忘了。

也怕自己会只能这么一直下去了。

· 86 ·

第十一章

现在真真切切地跟晏航一块儿走在路上,听得到晏航的声音,轻轻晃一下就能碰到晏航的胳膊,甚至可以点播泡妞魔术。

他才算是慢慢回到了现实里。

他找到晏航了。

晏航没有走,还在这里。

晏航没有说他,没有躲他,没有因为老爸的事而对他生分。

放下心来了。

但这些,他从来没有说过。

能说出这种话,在他看来就两种情况:梁静茹的《勇气》外卖到了,或者是脱口而出。

他应该是脱口而出。

开口之前他都不知道自己想说什么。

说完之后他还很吃惊。

初一你说了句什么玩意儿?

晏航笑了笑,只是在他肩膀轻轻拍了两下,没有说话。

他觉得这话大概说得都让晏航没法接了。

晏航住的小区挺高级的,门口保安站得很直。

初一在地图上看到过这个小区,但是地图只到门口的路边,走不进去。

现在跟着晏航往里走的时候,感觉很奇妙,安宁而熟悉。

小区里还有很多树和花,这会儿不少人正顺着路散步。

"环境真,好。"初一说。

"嗯,一会儿带你看个小朋友。"晏航说。

"什么小,小朋友?"初一问。

小朋友?

多小的朋友?

晏航以前在他们那儿住了几个月,都没跟邻居说过话,现在都认识邻居家小孩儿了?

一直走到小区最里头的山边,晏航停下指了指旁边的一栋楼:"我就住这儿,最顶上。"

"哦。"初一抬头看了看,看不明白是哪一扇窗。

"崔叔住那一栋,"晏航又指了指旁边的一栋楼,拿出了手机,"我给他打个电话让他下来拿奶茶。"

"嗯,"初一点点头,还没忘了之前的话题,"小朋友,呢?"

"来,"晏航一边拨了号一边往旁边的花圃走了过去,"奶茶外卖到了。"

挂了电话之后晏航把手机上的灯打开了,往花圃里照着,初一跟着他,不知道这是在干嘛。

"找着了!"晏航小声说,把他拉到身边,指了指花圃里被灯照亮的地方,"那儿,能看到吗?"

什么小朋友趴在花圃的泥地里啊!

初一非常震惊,赶紧盯了过去。

盯了能有五秒钟之后,泥地的草丛间有个东西动了动,初一吓得一激灵:"耗子啊!"

还挺大!

他跟晏航认识了几个月,想了他一年,怎么也没想到晏航喜欢大耗子!

"你是不是瞎了?"晏航看着他。

"大概吓,吓瞎的?"初一也看着他。

"你再看一眼,"晏航说,"是什么?"

初一转脸,草丛里那一坨东西又动了动,这回能看出不是耗子,但也不知道是个什么,比耗子要大。

"刺猬啊,"晏航说,"是个小刺猬。"

"啊!"初一有些吃惊,"刺猬?你养,养的吗?"

"不是,"晏航关掉了手机上的灯,"上个月崔叔看到的,在大门那边,那边小孩儿多,他就给抓到山边来了,现在它就在这片儿住着。"

"你说的小,小朋友是,它?"初一看着他。

"啊,"晏航笑了笑,"你以为是个小孩儿吗?"

"嗯。"初一笑了起来。

"我上哪儿认识小孩儿去,"晏航带着他回到了楼下,"我对面邻居长什么样我都还没看清呢。"

崔逸从楼里走了出来,看到初一的时候愣了愣:"这是初一?"

第十二章

"是，"晏航点了点头，给初一介绍了一下，"这是崔叔。"

"崔叔，好。"初一问了好。

"你不说他一米四吗？"崔逸打量着初一。

"一米，四？"初一转头看他。

"就是个比喻，"晏航叹了口气，他的确是给崔逸说过初一很矮，就一四米那么点儿，"就是形容他……以前……"

"以前就到你腰。"崔逸说。

"啊……"晏航无奈地转开了头，他现在知道了，以后再背后说人的时候不能那么随意。

"你今天住晏航那儿吗？"崔逸问初一。

"嗯。"初一点了点头。

"那明天一块儿吃早点吧，按说晏航的朋友来了，我得请吃个饭，"崔逸说，"结果他也不让我去。"

"谢，谢崔叔。"初一说。

拿了奶茶之后崔逸就回了楼里，晏航带着初一往自己住的那栋走过去。

"一米四也不，不是只，到你腰吧？"初一在他身后说，"你几，几米高啊小，哥。"

"你话怎么还是这么多？"晏航乐了。

"平时也，不多，"初一站到他身边，看了看电梯，"我还没坐，坐过这，样的电梯。"

"没坐过电梯？"晏航看着他。

"那种站，着的坐，坐过。"初一说。

"这种也不是躺着的，"晏航说，电梯门打开，他走进去，"这也得站着。"

"我是说那，种步，步，步……"初一叹了口气，"算了。"

晏航笑着看他。

"那……种……步……梯……"初一想了想又拖着声音说了一遍。

"我知道。"晏航笑着说。

晏航的房子是个小户型，很小的，但是装修得很好，比以前在他们那儿租的那套要高级。

还有个对着山的小阳台，初一有些羡慕。

一/个/**钢**/镚/儿/2
A COIN

自己宿舍八个人,他还没抢着最靠近窗的那个上铺。

"你先洗吧?刚跑一身汗,"晏航打开衣柜,"我给你找衣服。"

"嗯,"初一看着晏航,"你现在上,上班吗?"

"上班,"晏航拿了一套自己的运动服出来,"在一个酒店的西餐厅,还挺好的,本来想争取去后厨,但是现在可能要升领班。"

"啊,"初一突然有些兴奋,"这么牛。"

"但是我想去后厨,"晏航笑了笑,把衣服递给他,"你穿这套吧,现在有个儿了,穿着不会大。"

"是啊以,前一米四就到,到你腰。"初一说。

"没完了是吧?"晏航喷了一声,"刚吃东西的时候还委屈巴巴儿的,这么快就恢复了?"

"小,孩儿嘛,都这,这样。"初一笑了笑,抱着晏航的衣服准备去洗个澡,今天在外头跑了一天,这边的气候比家里那边潮多了,这会儿还真是挺想洗个澡的。

"我给你找条内裤。"晏航又拉开了抽屉,拿了一个盒子出来打开了,从里头拿了一条内裤出来。

初一一看就愣了愣:"这……"

"少儿款,"晏航抖了抖手里红白条相间的内裤,"多青春。"

"有中,中老年,款吗?"初一问。

"没有。"晏航把内裤扔到了他身上。

"你为什,么买这,这样的?"初一看了看内裤。

"这一盒有素色的也有条纹的,露出来的那条是黑的,我就买了,回来一拆,发现还有两条斑马,"晏航说,"去洗吧,斑马不也比你的红内裤强吗?"

晏航还能记得他的红内裤,初一不知道是应该感动还是尴尬,说实话他今天穿的都还是红内裤。

他攒的钱没太舍得花,就买了几套衣服,内裤这种东西,还没破洞他就舍不得买新的。

红内裤还是在菜市场买的,十块钱三条。

品质还不错。

这个品质还不错,指的是不掉色儿。

菜市场买的很多东西都掉色儿,洗脸毛巾用一个星期了还是阿凡达的效

第十二章

果,白衣服跟菜市场的衣服一块儿洗过几次之后都消失了……

初一站在浴室里,不知道自己都在想些什么,乱七八糟一堆能想那么远。

他把衣服放到架子上,看了看浴室里的东西。

都挺高级的,这个瓶子那个罐子的也分不清都是什么,有些上面一个中文都没有。

初一感叹了一下自己真土啊,然后凑到一个个瓶子跟前儿看着。

"初一。"晏航突然在门上敲了两下。

"啊?"初一吓了一跳,用手遮了裤裆之后才想起来自己还是整装的。

他过去打开了门。

"洗发水,沐浴露。"晏航帮他拿两瓶出来放在洗手台上。

"那些是什,什么啊?"初一指了指架子上的瓶子。

"都是洗发水和沐浴露,"晏航说,"不好用就扔那儿了。"

"首,富是不,不一样,啊?"初一说。

"是啊,"晏航说,"羡慕吧?"

"羡慕。"初一笑了。

晏航用东西一直挺首富的,而且都是他从来没见过的东西,比如那瓶他一直藏着都没舍得喷的迷魂香。

有时候想想都会觉得没有底气,晏航这样的一个人,帅气、洒脱、聪明,英语好,生活挺洋气……怎么会跟自己是朋友?

一个虽然天天练拳但是还是很土的土狗。

他脱了衣服,拧开了喷头。

水温已经调好了,现在天气还不冷,水温稍微带着些温热,从身上滑过的时候一下就觉得毛孔全张开了。

初一撑着墙,低头把自己埋在喷头洒出来的水花里。

冲了一会儿他拿过洗发水倒了点儿出来,很淡的香味,小天哥哥同款洗发水。

接着拿起同款沐浴露。

虽然用了同款也没有什么意义,但他还是觉得高兴。

初一洗完澡拿着自己洗好的衣服走出来想问衣服晾哪儿,看到晏航正坐在客厅的飘窗上抽烟。

大概叨着烟发呆,初一出来他没有转身,应该是没听到。

初一站在原地看着他。

晏航偏着头,脸冲着窗外,外面霓虹灯闪动着的红色光晕打在他侧脸上,跳跃着,让晏航整个人看上去格外的静。

初一站了能有两分钟,都没敢出声。

"洗完了?"晏航突然说了一句。

"哎!"初一吓了一跳,本来以为是自己暗中观察,结果突然反转,让他非常尴尬,一屁股坐到了旁边的椅子上。

"怎么还把衣服洗了?"晏航转过头看着他,"扔洗衣机一块儿洗了就行啊。"

"习惯了。"初一站了起来。

"晾阳台吧,"晏航掐了烟,从飘窗跳下来,伸手要接他的衣服,"我正好一堆衣服没晾。"

"哦。"初一应了一声,转身回了浴室,把洗衣机里之前洗好的衣服拿出来放在了盆里,又端了出去。

"长工之魂长存啊,"晏航叹了口气,"去吧。"

晏航估计几天的衣服攒一块儿洗的,一大堆,算上初一自己的,衣架差点儿不够了。

晾完衣服回到客厅,晏航去洗澡了。

初一站了一会儿,在客厅里遛达了一圈,又坐在飘窗上往外看了看。

晏航的老习惯一直没变,就是坐在窗台上往外看。

外面其实没有什么东西,一片高楼,星星点点的窗户里透出来的光,还有高楼顶上各种各样的灯,有的闪,有的不闪。

窗户开着,空气里明显带着湿润,初一闭上眼睛深呼吸了几口。

他喜欢这个味道。

喜欢这个洋气的城市,喜欢这里的人。

正打算到阳台再去看看的时候,他的手机响了。

拿出来看了一眼,是小姨。

他犹豫了一会儿接起了电话:"小,小姨?"

第十一章

"你非常行啊！非常牛啊！相当哄哄啊，牛哄哄啊！"小姨的声音传了出来，"长大了是吧，是个男人啦！"

"我……"初一不知道该说什么了。

"我要没上你家去一趟是不是得过年的时候才知道你跑那么远去了啊！"小姨声音挺大。

"我……怕，怕你……说我。"初一小声说。

他来这边上学，基本只有家里人和拳馆的人知道，爷爷奶奶和小姨他都没敢说。

虽然他一直想离开，但总还是怕被阻拦，特别是被他觉得亲近的人，爷爷奶奶，小姨，这几个人任何一个人开口说你不要去那么远，他都可能会犹豫。

"我说你，我说你，我能说你什么啊，还怕我说你，你怎么不怕我现在骂你？"小姨叹了口气，"这孩子！你现在学校那边安顿好了吗？"

"嗯，"初一点点头，"住下了，学校挺，挺大的，很好。"

"该买的东西买了吗？钱都交好了？"小姨问。

"都，妥了。"初一说。

"他说都弄好了，"小姨应该是转开了头在跟小姨父说话，然后又转回头，"一会儿我给你转点儿钱，你一个人在那边，不要太省了。"

"我有，"初一赶紧说，"我这两，两天找，工作了。"

"你找你的，又不冲突，"小姨说，"本来你上高中了我就给你准备了红包的，今天去你家也是想带你出去转转买点儿什么学习用品的。"

"谢谢小，姨。"初一轻声说。

晏航洗完澡出来的时候，初一还低头看着手机屏幕，盯着小姨给他转过来的五千块钱出神。

"哟，"晏航凑过来看了一眼，"财神，挺有钱啊？"

"我小，小姨。"初一有些不好意思地说。

"别着急打工了，"晏航说，"刚到新环境，先适应一段时间再说。"

"哦。"初一应了一声。

晏航进了卧室："你睡吗？"

"我可能，"初一跟着他走进卧室，很老实地回答，"睡，不着，太兴奋了。"

"那坐这儿聊会儿。"晏航在床边的地上坐下了，靠着床。

初一过去坐到了他身边。

· 93 ·

一个钢镚儿 /2
A COIN

　　床侧正对着落地窗,外面的阳台是铁栏杆的,视线没有阻挡,这么坐下往外看出去,跟站在阳台上一样,能看到很远的高楼。

　　"你平时也这,么看吗?"初一问。

　　"之前总看来着,"晏航说,"这阵儿没时间。"

　　"忙?"初一看了看他。

　　"嗯,"晏航笑了笑,"想考个证。"

　　"什么证?"初一很好奇。

　　"口译,"晏航说,"崔叔让我考,毕竟不能永远做服务员吧。"

　　"啊!"初一有一种说不上来的感觉。

　　口译,他一瞬间都没反应过来这是什么东西,离他太遥远了。

　　遥远得他"啊"完了之后都找不到可以继续说下去的内容了。

　　"我刚查了一下你们学校,"晏航说,"还挺不错的,学生就业去的地方都不错。"

　　"我都没查,过。"初一有些不好意思。

　　"憋着劲都查小李烧烤去了吧,"晏航笑了笑,"你真是……"

　　初一看着他。

　　"你就不怕我走了吗?"晏航问。

　　"没想过。"初一低下头,看着他脚踝上的小石头。

　　晏航穿的是条大裤衩,一眼就能看到小石头,他笑了笑。

　　"绳子挺结实,我还担心会断,"晏航收了收腿,手指在小石头上弹了弹,"你现在还磨石头吗?"

　　"没,"初一伸手在小石头上一下下勾着,"好久没,没去找石,头了。"

　　"我在楼下捡到几颗,"晏航拉开旁边床头柜的抽屉,拿出个小袋子递给他,"你有没有时间给我磨个手链啊?"

　　"有时间。"初一想都没想就回答了。

　　晏航捡的石头挺漂亮,几颗都是白的,上面带着很淡的花纹。

　　"你给设计一下吧,看怎么弄好看。"晏航说。

　　"嗯。"初一点点头,想了想又有些犹豫地问了一句,"你微信是,不是屏,屏蔽我了?"

　　"我一直没用了,上面除了你,也没什么需要联系的人,电话号码都换了,"晏航拿出了手机,"你给我发消息了?"

第十一章

"嗯。"初一点头。

"给我发什么了?"晏航重新开始下载微信。

初一没想到晏航不光换了手机,换了号码,微信不用了,甚至连微信都删掉了,顿时一阵紧张。

如果这次没有找到晏航,自己可能永远都找不到他了。

晏航下好微信,又起身从书架上拿了个铁盒回来坐下了。

打开盒子的时候,初一很快地往里瞅了一眼,看到了熟悉的东西,那支钢笔。

"你还留,留着这个旧,笔?"初一突然有点儿想哭。

"嗯,"晏航从盒子里拿出了个手机卡,换到了手机上,"不过没用,怕丢。"

"手机卡也没,没扔?"初一问。

"没,还一直交着钱。"晏航开机。

"真有钱。"初一轻声说。

"怕你找我。"晏航笑了笑。

"那,那你……"初一突然有些控制不住自己的情绪,声音都颤了。

晏航转头看着他。

初一努力地控制着自己,拼命咽了咽口水,想把鼻子和脑门儿中间那点强烈的酸胀咽下去。

他今天晚上已经哭过一次了,实在不想再哭第二次。

太丢人了。

他都一个人跑这么远出来上学了,这么牛的老爷们儿,当着人的面一晚上哭两次,简直是耻辱。

以后晏航不光可以跟人说初一一米四只到他腰,还可以说他一米四哭起来没个完。

他现在一米七四,练拳一年,这个人设都还没在晏航跟前儿立稳就崩了。

他的鼻子酸得眼睛都眯缝了。

"怎么了?"晏航应该是已经看出来他的情绪,回手从床头抽了张纸巾放在了他手里。

· 95 ·

"你怕我找,找你,"初一一开口,眼泪就这么流了出来,"那你还,什么也,也不说就走,消息也不,不回,你都换,换卡了,还留个号,有屁,用啊!"

"我就算找,找你,也是关,机啊!"初一有些恼火地抹了抹控制不住的眼泪,"你是傻,子吗?"

晏航没说话,只是看着他。

过了一会儿才轻声说了一句:"牛了啊土狗,都会骂人了?真没看出来啊?"

"我骂,就骂!"初一说,"不服憋着。"

"服,"晏航又拿过一张纸巾,在他脸上轻轻按了两下,"我马上看看你都给我发什么消息了?"

"自拍。"初一带着哭腔说。

晏航还没点开微信,听了这话没忍住笑了。

"笑个屁,"初一说,"新发,型自,拍。"

晏航收了笑容,在初一背上轻轻拍着。

记忆里初一第一次哭,是站在他家门口,哭得非常奔放。

今天的两次明显比第一次要收敛多了,哭得不再那么像个小孩儿。

但对于晏航来说,都还是一样。

无论初一现在的外表跟一年前有了多大的改变,看着初一哭的时候,他还是会觉得像只委屈的小狗。

而他,依然会有些手足无措。

他去过那么多地方,见过那么多人,能凭一句话一个神态判断出很多东西来,但始终只是在别人的世界里路过,远远地看着。

从来没有谁在他面前哭过。

眼泪温热,低低的哭泣声就在耳边,没有了距离。

他不知道该怎么办。

长这么大,他唯一能感受到的"付出",就是老爸。

老爸对他的付出,能让他扛下无数不安。

而初一,是第二个。

笨拙而执着,却很真。

他却不知道该怎么去回应,他连一个告别都不知道怎么开口。

他想得太多,他的害怕,他的担心,他的惶惑,他都无法表达。

第十一章

而初一什么都没想。

就像初一说的。

哪怕他留着那个旧号码,哪怕他留着初一的礼物,甚至那根断了的红绳,哪怕他看到漂亮的小石头会随手捡起来。

又能怎样呢?如果初一没有什么都没想地就找了过来,这辈子都不会知道了。

只是眼下,他还是有些措手不及。

初一大概是需要发泄,虽然他什么都没有说,但晏航还是能想象他这一年是怎么过的。

所以他现在哭得特别认真。

之前毕竟是在外面,哭了没两下就憋回去了。

现在这儿就他俩,初一就像拧开了水龙头。

有关的,没关的,所有的委屈和不爽都喷涌而出。

晏航能感觉到自己肩上的衣服一点点被泪水浸湿,透着一点点凉。

初一哭起来的声音有些沙哑,听着让人心疼。

"我看照片了啊,"晏航拍着他后背轻声说,"你要一块儿看看吗?给我讲解一下你的新发型?"

"你智障吗?"初一抽泣着,完全不要他"不好惹"的形象了,"看个发,型还要讲,讲解啊!"

"行吧,我自己看。"晏航笑笑,点开了微信。

他的微信上除了初一,再没有别的朋友,全都是各种商家,一年没有打开过,满眼的小红点。

这东西差不多就是他用来偶尔记录心情的日记本。

而他的心情,也有一年多没有被自己关注过了。

他还是按老习惯,有些收拾不了的情绪和记忆,就收到箱子里压在心底,什么时候不小心打开了,就什么时候再想怎么办。

看到通讯录里那个"1"的时候,他想象着会有很多消息,留很多言,质问他为什么不辞而别,为什么突然消失了。

但想想又觉得不可能。

是啊，初一的自卑和横在他们之间的那些事，他能发来那张照片都已经需要很大的勇气了。

不过点开名字之后他愣了愣，然后笑了。
连聊天记录都没有，怎么可能还看得到一年前的照片？
他突然有些庆幸，他差一点儿，就永远也不会知道有一个小孩儿那么认真、那么执着地寻找过他了。
"初一，"晏航把手机放到初一脸旁边，"你英俊的照片应该是过期了。"
"是吗？"初一偏过头，露出一只眼睛飞快地看了一眼屏幕就又把眼睛压回了他肩上。
然后把自己手机解了锁递给了他："自己看，吧，我这儿还有，有记录。"
晏航拿过他的手机看了看。

照片上一年前的初一还是他记忆里的那个小受气包，笑得有些傻气，但是还是可以摸着良心叫一声小帅哥。
发型是挺不错的，比他自己剪的那个狗啃式的强太多了。
他突然有些不敢细想，初一去理了发，拍了张照片，鼓起勇气发给他。
却一年都没有得到任何回应。
他在初一头上抓了抓："我能看看你别的照片吗？"
"看呗，"初一哭得已经不像之前那么奔放了，但嗓子还是哑的，"有个相，相册里，都是。"
"嗯。"晏航退出微信的时候，发现初一跟他的聊天是置顶的。
他在初一背上又拍了两下。
对于他来说，安慰人这方面的能力简直是零。

初一是个仔细的小孩儿，大概因为没有自己的房间，没有自己的安全空间，所以手机里的这点地盘，就是他真正的私人空间，打理得特别仔细。
照片都放在不同的相册里。
一个"小石头"，一个"风景"，一个"随便拍的"……
最后一个是"美少年"。
晏航没忍住笑出了声："是美少年这个吗？"
"嗯。"初一应了一声，居然听不出一丝不好意思。

第十二章

"我来看看这个美少年。"晏航笑着点开了相册。

里边儿都是初一的自拍,数量还不少,都是按时间排序的。

晏航打开了最早的,一张张慢慢看着。

那会儿应该是初一换了手机,理了新发型,开启了自拍的征程。

一看就是个从来不自拍的人,角度都找不好,挺帅的一个人经常拍得像个傻子,不过照片越往后,就越熟练。

一开始看照片的背景都是家里,或者树洞那条河边,慢慢地也开始有些街上拍的,但还是延续了他跑步都要挨墙根儿的风格,一张张拍得跟做贼似的,很多连表情都没整理好就拍了,还有糊成一阵风的。

"糊成这样了都没删啊?"晏航说。

"糊了也,是我。"初一回答。

"也是。"晏航笑笑,扫了他一眼,能看到眼角还是湿润的,但是总算没再哭了,估计是眼睛发红,这会儿还不好意思离开肩膀。

这样一路看着照片时,晏航有种很奇妙的感觉。

他跟初一有一年没见了,初一从一个矮小的受气包,突然就变成了一个帅气的少年,他一直有点儿回不过神来。

直到现在看到照片,一天一天,一个月一个月,半年一年,就像是在填补着这中间的成长。

他就这么在照片里眼看着初一从一个有点儿帅气但是又怯生生的小孩子,变成了眼前这个……美少年。

"这是练完拳以后吗?"晏航晃了晃手机。

照片上初一脸上带着汗水,额前的头发上也有水珠,帅气里带着些许小小的酷劲儿。

"嗯,"初一枕在他肩膀上偏过头,"洗了脸觉得自,自己帅,呆了就拍,拍了一张。"

"是很帅。"晏航笑着说。

这个相册里的照片,晏航看了很久,看完一遍之后,又退出去看了看别的相册,初一的小石头,那些他熟悉而又陌生的风景,里面还夹着不少之前他和老爸住的那栋楼,还有很多乱七八糟,大概是当记事本用的照片,里面还有学

· 99 ·

一/个/钢/镚/儿/2
A COIN

校的资料,买衣服的小票……

看完这些,他又回到美少年里,跟着初一又再慢慢长大了一次。

初一不知道什么时候靠在他肩膀上睡着了,他用手托着初一的脑袋想给他找个别的地方靠,但旁边只有床,初一侧着身够不着,他只得又把初一的脑袋放回了肩上。

人这一年年的过着,以为自己已经熟悉一切,却还是会一不留神,就刻下一段记忆。

晏航往后仰了仰,枕着床沿儿闭上了眼睛。

早上手机闹钟响起,晏航睁开了眼睛。

想要习惯性地伸个懒腰的时候觉得浑身酸痛,腰上拧着劲,头也跟要断了似的又酸又麻。

他瞪着头边的木纹,用了差不多十秒才反应过来。

自己居然躺在地上。

他动了动,发现自己不光躺在地上,还是拧着的,应该是坐着靠着床睡着了之后滑倒下来的。

就这么拧着睡了不知道多久。

他龇牙咧嘴地坐了起来,看到了在他腿边趴着的初一,睡得也非常拧巴,跟被打了一顿似的。

"初一,"他用膝盖在初一背上磕了磕,"起床。"

初一像是被打开了开关,蹭一下弹了起来,一脸迷糊地坐在了地上。

看到他之后,初一笑了起来,脸上还带着被地板压出来的红印。

"笑什么?"晏航站了起来,活动着胳膊腿儿,"我得去上班了,今天有晨会,不能晚。"

"嗯,"初一也起身活动了一下,"我回学校,今天宿,舍还有人要,到。"

"要迎接吗?"晏航问。

"不,就看,看看。"初一说。

"你的同学怎么样?"晏航打了个呵欠,伸手把初一脑袋上竖着的头发扒拉倒了,哪怕现在他扒拉初一的头发得抬高胳膊,也还是忍不住,大概是强迫症。

"不好说,"初一皱皱眉,"五个,人里俩社,社会哥。"

第十二章

"包括你吗?"晏航笑了笑。

"怎么可,能,"初一搓了搓眼睛,"一激动就,就哭,十条金,链子也社,社会不了。"

"早点吃面条怎么样?"晏航往客厅走,"哭包。"

"好,"初一说,"崔叔不,不是要请,客吗?"

"平时可以,我忘了告诉他今天我要早走了,他起得太晚,一会儿跟他说一声,"晏航说,"改天让他请大餐。"

"我请。"初一说。

"你的梦想晚点儿实现也没事儿,"晏航说,"你还年轻,美少年。"

晏航煮的是意面,初一只一口进嘴,就发现晏航的手艺比一年前提高了很多。"比以,以前更好,吃了!"他竖了竖拇指,"你还直,播做菜,吗?"

"没有,一直都没再直播了。"晏航说。

"为,什么?"初一问,"你过,过气了?"

"滚。"晏航笑了起来。

"以前也没,没红过。"初一叹气。

"嗯。"晏航拧着瓶子,往他盘子里撒了点儿胡椒。

"为什么?不直,播了?"初一又问了一遍。

晏航没说话,过了一会儿放下瓶子吃了一口面之后才说了一句:"我怕小姐姐问我那个小帅哥哪儿去了。"

初一的手轻轻抖了一下,低头猛吃了两大口。

"慢点儿,"晏航说,"怕我抢吗?"

"现在可,可以直,播了,"初一有些不好意思,但还是把话说出来,也不知道自己为什么脸这么大,"小帅哥在,在呢。"

晏航看着他。

过了一会儿笑了起来,偏开头冲着电视机一直乐。

"别笑,"初一顿时就更不好意思了,"我是想帮,帮你找个创,收机会。"

这句话说出来,晏航笑得更厉害了。

"哎,"初一叹了口气,等了半天晏航都没停,他只得放下筷子,看着晏航,"笑,您别客气笑,笑吧。"

· 101 ·

晏航转过头冲着他又一通笑,然后突然拿起手机对着他拍了张照片。

"拍吧,"初一点点头,"不收,费。"

晏航低头看着手机,过了一会儿终于把笑给收住了,在屏幕上戳了几下,然后转过来对着他。

初一凑过去看了看。

晏航把他的照片发到了微博上,但是在他眼睛上打了个码,打码的图案应该是精心挑选的——"超有钱"。

"为什么打,打码?"初一问。

"保持神秘感,看看小姐姐们还能不能认出你来了。"晏航说。

"我看,看评论。"初一想往屏幕上点。

晏航把手机收了回去,看着他笑了笑:"拿你自己手机看,你不是关注我了吗?"

"我……"初一揉了揉鼻子,也笑了笑。

"你昵称是什么?"晏航问。

"保持神秘感。"初一低头继续吃面。

晏航得去上班,初一虽然非常不情愿,但还是跟着他一块儿出了门。

路过花圃的时候晏航把他拉了过去,他终于看清了昨天晚上那只小刺猬,正缩在草丛里,面前有一小堆切成丁的苹果。

"谁,喂的?"初一小声问。

"保安,"晏航说,"就崔叔他们楼前面的那个保安,特别有爱心,还跟它聊天儿。"

"啊?"初一笑了,"能聊,聊得明,白吗?"

"能啊,"晏航看着他,嘴角挑出了笑容,"小结巴都能聊明白,它又不结巴,肯定能啊。"

"你……不……要……欺,欺……负……人……"初一拉长声音。

"走,"晏航笑着一拍他的肩膀,"我能跟你坐一趟公车,你下车换乘,我继续坐两站到地方。"

"嗯。"初一点头,这个消息让他非常开心,不过马上又叫道,"电!电话!你的!"

"嗯?"晏航愣了愣。

第十一章

胡彪没去肉搏,那肉搏的还有一个是谁?

看到初一进来,胡彪压着声音喊了一声:"你怎么进来了,出去!"

初一没顾得上理他,扑了上去。

他害怕打架,虽然他打过梁兵,还是两次,他还练了一年的拳,被何教练怂恿着上台跟人实战的次数也已经数不清了,但看到这样的场面他还是会害怕。

也许是从小被人一次一次围着带来的阴影吧,他特别害怕。

所以他扑了上去。

李子强的战斗力还可以,跟人能扛几下,张强明显已经落了下风,被人用膝盖压到了地上。

初一过去抓着张强身上那个人的胳膊,狠狠地一抡,那人被他掀到了地上。

那人刚想起来,初一马上往他膝盖弯后头勾了一脚,那人立马又被掀倒在地,再想起来,初一紧跟着又是一脚。

连续三次,他愣是没能站起来。

张强趁机从地上起来就要往那人身上踹过去,初一对着他当胸一把推了过去。

他想喊两声,让这些人都停手,但实在没攒出那个勇气,当着一堆人出声,对于他来说也是记忆深处的恶梦。

于是他只能指了指张强,压着声音说:"你呆着!"

连倒三次的那位还想动,初一又指着他,实在不知道还能说什么,又怕说的时候结巴影响效果,于是只是指了指。

看这俩暂时没动,初一赶紧又去拉李子强那一对儿。

那人应该是刚才挑头的,这会儿正对着李子强脸上一拳抡过去,初一在他出拳的同时往前,一拳砸在他手腕上,再顺势收手,胳膊肘往他胸口上猛地一撞。

还好长个儿了!

要不胳膊肘都够不着人家胸口!

这人顿时被撞得一顿,愣了愣马上对着初一又一拳砸了过来。

这种出拳对于初一来说简直像是乱来,他一猫腰躲开,接着一记下勾,没太用劲,但是打到这人下巴上的时候还是让他脑袋一仰,往后退了两步。

"站着!"初一盯着他,又把李子强往旁边一扒拉,李子强一屁股坐到了床上。

场面非常尴尬。

门口一帮目瞪口呆的围观群众,屋里四个停了手的,全都盯着他。

他多一个字说不出来,只觉得全身都是僵的,想从窗户跳出去逃走。

但身后第三个人不打算给他这个机会,突然拿起了一根不知道哪儿拆下来的木条,对着他就要砸。

"小心!"李子强吼了一声从床上一跃而起。

初一几乎是条件反射,抬手架住了那人正往下抡的胳膊,然后顺着一捋,抓住了他的手腕。

接着一按一拧。

晏叔叔教他的,据说晏航一直做不到位的那一招。

他第一次把招式用全了。

但是……

却没能像他想象中那样技惊四座。

他大概是被晏航传染了。

这人手上的木条并没有应捏而落,连动都没动一下。

这就相当尴尬了,比刚才更尴尬。

他俩就跟电视剧结束定格了似地相互瞪着,仿佛是在等下集预告。

这人愣了愣之后咬紧牙关,开始强行往下压胳膊。

初一觉得他大概是傻了,这么往下压毫无意义。

等他力量使足了之后,初一猛地一松劲,顺着他胳膊狠狠抡下来的惯性往下一压,接着就把他的胳膊拧到了背后,再往上一提。

这人一个180度向后转,脸朝下砸到了桌上。

初一按着他,回过头看了看屋里的几个人。

这时候应该说点儿什么。

同学们好,我叫初一,希望大家有话好好说。

大家刚认识,就这么打架,是不是不太合适?

……

"完了吗?"他说。

第十二章

宿舍里外一片安静,连被初一按在桌上的那位也没顾得上出声,跟此次斗殴参演人员以及观众一同愣着神。

大家都不出声。

自己那句"完了吗"会有这样的效果让他非常意外。

但尴尬还没有解除,因为他不知道下一句还需不需要他开口,开口又该说什么了。

定格了能有十秒钟,观众席里有人吹了声口哨。

初一赶紧趁这个机会松了手。

屋里几个人这才都有了动静,起身的起身,拍裤子的拍裤子。

对方领头那个走到了初一跟前儿。

这人个头儿比初一高,按初一的感觉,他比晏航都能高出半个头了,应该可以与李子强他弟李子豪并肩站立不分高低。

啊。

想到李子豪,他突然有些感慨,只是一个暑假而已,他的那些同学,似乎都已经留在了遥远的记忆里。

他一直没跟任何同学有过什么交情,一旦没有人再欺负他,他跟四周所有的同学也就失去了最后一丁点关联,他的同学不再记得他,而他也不知道他们都去了哪儿,现在又怎样……

站在他跟前儿的人清了清嗓子。

初一才猛地发现自己走神了,赶紧收回了思绪,转身走开。

他转身的同时,这人开了口:"你……"

初一走神的脑子归位之后一瞬间被他长久以来的习惯所控制,这么多人,他不想站在人群中间。

所以哪怕他听到了这个人出声,也突然想到了这个人走到他跟前儿大概是要跟他说话。

也许是要挑衅,也许是要撂点儿话,或者报个山门方便日后寻仇……

但是惯性让他没有停下,一直走到了宿舍里距离人群最远的窗边,才回过头看了那人一眼。

那人半张着嘴,脸上表情变幻莫测,跟初一对视了一两眼之后,他才重新开口说了一句:"你厉害,我记着了。"

· 107 ·

几个人拨开人群走了出去。

初一松了口气。

其实按他多年被欺负的经验,这种斗殴没那么容易就结束。

估计是因为眼下是在宿舍,又都是新生,相互都还没个底儿,还怕招来学校的人……

"都散了都散了吧,"胡彪冲还站在门口的观众们挥了挥手,一边把宿舍门关上,一边说,"没得看的了。"

门刚要关上,又被推开了,苏斌挤了进来。

"我正等你呢!"李子强一看到苏斌立马就过去了,一把抓住苏斌的衣领,"我就没见过你这样的人!"

"你要干什么?"苏斌喊了起来,"怎么!跟我没关系的事儿我还得上去挨顿打吗?"

"算了算了大强哥,"胡彪过去拉着李子强,"消消气,一会儿还去领衣服呢。"

"领什么衣服!"李子强瞪着他,"你没衣服穿了吗要去领?"

"军训的衣服啊,"胡彪叹了口气,"刚闹得挺大的了,别一会儿再把学校领导招来了……"

"算了。"张强在旁边瞪了苏斌两眼。

李子强松了手,想想又很不爽地指着苏斌:"你也别找什么借口,这事儿跟我也没关系,跟张强也没关系,我们跑了吗?跟胡彪也没关系,他跑了吗?不敢上可以蹲那儿啊!跟初一更没关系了,他一晚上没回来呢!"

"对不住大家了,"旁边有人说了一句,"这事儿就跟我一个人有关系,害你们都被牵连了。"

"不说这些,一个宿舍的。"李子强摆了摆手。

初一这时才想起来宿舍里还多了一个人,他往那看了一眼。

靠近门边杂物架那儿站着个男生,这会儿正在擦眼镜,看着挺文静,但刚打架的时候一点儿也不比大强小强弱。

"你那个平光镜还来回擦个屁啊。"张强说。

"什么镜都得擦啊,"那人笑了笑,戴上眼镜,走到了初一面前,伸出了手,"我叫周春阳,刚才谢谢了。"

第十一章

"初一。"初一犹豫了一下，伸手跟他握了握。

感觉长这么大，好像是第一次跟人握手，如此隆重的礼节，他差点儿把左手伸过去。

"去领衣服吧？"胡彪对领衣服这件事念念不忘。

"舍长去领就行，"张强说，"咱们舍长是谁啊？"

大家你看我我看你地看了一圈儿，最后都转头看着初一。

"不。"初一赶紧拒绝，他连小学的四人小组长都没当过，别说小组长，就算只有两个人，要选一个干点儿什么也不会是他，虽说舍长也不是什么了不起的官，但总得要办事儿，他怕自己说不明白话。

不过这个简单干脆的"不"，让几个人都愣了愣。

初一想补充点儿什么让自己的语气显得缓和一些，但是没找着。

"那我去领吧，"周春阳说，"领完衣服没事儿了咱几个中午出去吃点儿，我请客。"

"我跟你去，"张强说，"你还是别落单吧。"

他俩出门之后，李子强走到初一身边，递了根烟给他："你真牛。"

"不，不会抽。"初一说。

"不能吧？"李子强上上下下打量了他一会儿，把烟回手递给了胡彪，"你可别跟我装。"

"没装。"初一说。

"你昨天晚上去哪儿了啊？"胡彪叼着烟问他，"你家不是在十万八千里之外吗？"

"朋友家。"初一回答的时候突然有些莫名其妙的骄傲和满足感。

朋友。

我不仅有朋友，还可以在朋友家过夜！

"你在这儿还认识人啊？"胡彪说。

"嗯。"初一笑了笑。

"那还不错，"胡彪说，"刚那几个都本地的，一个个狂上天了。"

"怎么回,事儿？"初一问了一句，他一回学校就折腾这么一通，到现在都没弄明白刚才发生了什么。

"领头那个，跟周春阳认识，以前就有仇，"胡彪说，"昨天晚上就差点儿要打起来，舍管来了没打成，结果睡了一宿气儿没过去，一大早又来了。"

"来就来，下回来了还打，"李子强说，"我跟你们讲，我以前就住校，一个宿舍的就是一伙儿，我们要是不拧一块儿，以后都得吃亏。"

说完又瞅了一眼苏斌。

苏斌一直没说话，躺在床上玩着手机。

初一看到他玩手机的时候才想起来自己手机还在他那儿，于是走了过去："我手，手机。"

苏斌斜了他一眼，把他的手机拿出来，初一刚要伸手接的时候，他绕开初一的手把手机放在了桌上。

"谢谢。"初一对他这个动作并不太在意，这种等级他早就习惯了，何况苏斌是帮他保管手机。

倒是在旁边的胡彪有点儿不爽："不是我说，苏斌，一个宿舍的，以后在一块儿待那么久呢，你这样，大家怎么处啊？"

"宿舍就是睡觉的地方，"苏斌说，"搞什么小团体？"

"去你大爷的，"胡彪说，"走，外头站会儿去。"

三个人站到了走廊上，扒着栏杆边聊边看着下面来来往往的人。

初一拿着手机，给晏航发了条消息。

——我们学校的人太凶悍了，一来就碰上打架。

晏航大概在忙，过了一会儿才回了消息过来。

——谁惹你你就打，别怵，你现在打两三个没问题。

——嗯。

初一看着几条相隔了一年的聊天记录，心里有种踏实的暖意，跟趴在晒蓬了的棉花上一样。

旁边胡彪和李子强一直在聊天儿，初一没插话，就听着他们聊。

这还是他长这么大，第一次跟同学这么并排站在走廊上一块儿聊天儿。

他总算知道为什么下课的时候好多人愿意这么站着了，这种愉快的、放松的感觉，让人觉得舒服。

听着他们聊天儿，初一对宿舍里几个人有了个大致的印象。

大强小强胡彪和他，都是成绩不怎么样上不了普高的，苏斌据说成绩不错，但是家里困难，就来了这儿，估计非常不爽，觉得跟他们这些人不是一个档次吧，周春阳本地人，家里特别有钱，就是来混日子的。

第十一章

周春阳把军训服领了回来,然后几个人一块儿去吃饭,苏斌自然是不跟他们"小团体"一块儿。

下楼往外走的时候,李子强对于周春阳把苏斌的那套也拿了回来表达了强烈不满。

"都捆好的,没来那俩的都一块儿领回来了,"周春阳说,"我还现场拆了把他那套扔了吗……想想吃什么吧。"

"你本地的,还问我们啊?"胡彪说,"你带路,我们只管吃。"

"那打个车吧,"周春阳说,"去吃西餐。"

"西餐?"李子强看了他一眼,"居然不吃海鲜?"

"急什么,在这儿还怕没有海鲜吃么?"周春阳说,"主要今天我想吃西餐,我拿了我爸的卡,不刷顿贵的有点儿亏。"

"就西餐,"胡彪一听"贵的",立马一拍手,"西餐。"

晏航站在陈金铃办公室里,有点儿发愁:"陈姐,我真没写过总结,更别说全英文的总结了。"

"就这个总结吧,"陈金铃拉开抽屉,拿了份总结递给他,"我给你看看以前我写的,大体就是这些内容,你放心写,不用担心,有什么错误我会帮你改的。"

晏航拿过总结看着。

"我知道你不想做领班,"陈金铃说,"现在只是让你暂时代理一段时间,无论你是想去后厨还是想做别的,餐厅里的各个岗位都了解一下对你也有帮助,对吧?"

"嗯,"晏航笑了笑,"我试试吧。"

他没跟陈金铃说过自己不想干领班,也没说过自己想去后厨,只能说陈金铃这个领班不是白当的,对她手下这些人观察得很仔细。

"写好直接发我邮箱就行,"陈金铃说,"一会儿你多盯着点儿,我下午请了假,过两天要去医院了,得回去收拾一下。"

"好,"晏航点点头,"有什么要帮忙的你跟我们说。"

"不会跟你们客气的,你有什么要我帮忙的也要说,"陈金铃笑了,"凶你们这么久,没得凶了我怕不习惯。"

一个钢镚儿 2
A COIN

晏航回到前厅的时候感觉压力有点儿巨大。

这段时间陈金铃其实一直在带他，各种工作流程都会跟他讲，但是对于晏航来说，压力不光来自领班这个职位本身。

他在餐厅干了快一年了，一直没出过任何错误，还被主管直接点名表扬过几回，但哪怕现在只是个代理领班，也毕竟还有干了几年也还是服务员的老员工在。

他长这么大一直跟着老爸吊儿郎当的，就算想去后厨也一直没正经计划过，猛地把这么个活儿扔给他，他还真是有点儿不踏实。

刚一回到吧台，张晨就凑了过来，在他身边小声说："怎么？交接了？"

"没呢，"晏航说，"过几天吧大概。"

"别有压力，"张晨说，"你有能力，人缘儿也好，没问题的，我也会帮你的，我年头比你长呢。"

晏航看了张晨一眼，笑了笑："谢谢。"

"不客气，"张晨说，"下回再教我做两个菜就行。"

中午客人慢慢多起来，晏航站在吧台看着，这两天新换了点菜系统，服务员有些还用得不熟，他得随时注意着，有问题就得马上过去帮忙。

服务员的活儿他是做得很熟了，但站在这个角度的时候，会发现有很多事平时根本注意不到，谁的着装有问题，哪儿的卫生没有及时处理，哪桌的客人有些不满，哪里摆台不对……

这种紧张和压力，他没什么地方可以排解，这种时候，他就会特别想老爸。

崔逸对他很好，但毕竟只是老爸的朋友，他不可能像对老爸那样，想说什么就说什么，而且崔逸的工作本身就每天忙得跟狗似的。

门口进来了几个客人，张晨马上过去招呼了。

要说这些服务员里，得属这个小姑娘反应最快了，就是有点儿太大大咧咧，时不时就要出点儿错。

张晨把几个客人迎过去坐下之后，晏航才注意到这几个人看上去像是学生。

他们餐厅消费挺高，一般不会有学生过来聚餐。

他又看了两眼，猛地愣住了。

· 112 ·

第十一章

一个脸冲着这边的学生抬了头,往他这边看了一眼之后跟他同时愣住了。

初一站起来往吧台走过去的时候,几个人正在点菜,周春阳追了他一句:"哎,你干嘛去?先点吃的。"

"跟你一,样。"初一目不斜视地看着吧台那边说。

"行吧。"周春阳说。

打车过来的时候他其实就一直注意着路线,早上晏航跟他说过酒店的位置,看到路线重合的时候他就已经开始激动了。

进了餐厅他第一眼就是往周围的服务员脸上来回扫。

扫了一圈儿也没看到晏航,还以为不是同一个地方,正失望的时候却突然看到了站在吧台后头的晏航。

本来应该第一时间就站起来冲过去,但他却愣在桌子旁边好几秒钟都不能动弹。

太帅了。

他所有的记忆里关于晏航的样子,都是闲散的,休闲装、运动服、跑鞋。

顶多加上在咖啡厅里见过晏航穿着丑炸天的工作服。

而现在冷不丁看到穿着黑色制服的晏航,让他都快有些认不出来了。

他从来没有想象过晏航还有这样的一面。

往吧台走过去的时候,初一感觉自己激动得有点儿想顺拐。

"先生,有什么需要帮忙的吗?"晏航嘴角带着笑,在他走到吧台跟前儿的时候问了一句。

"想给你拍,个照。"初一瞪着他。

"不好意思,"晏航笑得更明显了,"我们工作时间不允许拍照。"

"啊。"初一还是看着他。

"如果您想给服务员或者领班拍照,"晏航说,"只能偷拍了。"

"哎,"初一笑了起来,"我那次偷,偷拍,就拍了个锅,盖。"

"一会儿我给你们上菜,"晏航笑着说,"你可以慢慢拍。"

"你为,为什么跟别,人的衣服不,不一样?"初一盯着他上上下下地看着。

"领班的衣服,"晏航说,"就这两天才换的。"

· 113 ·

"真帅。"初一说。

"一直都帅,"晏航看了看他们那桌,"你同学?"

"嗯,"初一也回过头,看到周春阳也正往这边看着,还冲他们点头笑了笑,"我们宿,舍的。"

"今天打架是怎么回事儿?"晏航又问。

"说来话,话太……"初一话没说完,旁边过来了一个服务员小姑娘。

"航哥,不好意思,"小姑娘说,"那边客人对菜品有疑问。"

"我马上过去,"晏航往那边看了一眼,从吧台后头走了出来,低声对初一说,"晚上我请你吃饭,你慢慢说。"

初一点点头,一边往回走,一边看着晏航的背影。

晏航的制服很合身,而且这种制服裤子比晏航平时穿的运动裤显腿长,这会儿他感觉晏航的腿有一米八。

"你朋友?"胡彪看着他。

"嗯。"初一点点头,坐回自己位置上,眼睛还往那边看着。

那张桌子坐的是一对老外夫妻,晏航过去之后,他们就开始说话。

声音都很低,这个距离初一也不可能听得到他们在说什么,但肯定不是中文,而且看上去语速很快。

语速这个东西,初一一向很敏感,因为他语速非常慢。

晏航带着微笑始终应答轻松的样子让他第一次在晏航神奇的朋友圈之外了解到了他的英文水平。

"帮你点了个鳕鱼,"周春阳说,"没问题吧?"

"没问题,"初一说,"我都没吃,吃过。"

"你朋友是领班吧?"李子强说,"刚说来这儿的时候你怎么没说?"

"我不,知道他在,这儿。"初一说。

"你朋友叫什么?"周春阳喝了口水小声问。

"晏航,"初一看了看他,"怎么?"

"没,"周春阳往那边又看了一眼,"以前跟我爸来吃的时候没见过他,以前这儿的领班是个美女。"

"你大概是就能看到美女,"胡彪说,"男的看不见。"

"那可不一定。"周春阳笑了笑。

第十一章

晏航跟那桌客人说完话之后就走开了，初一也没好意思一直盯着他。

不过一直有点儿走神，李子强他们说话他也没注意听，一直到晏航端着托盘过来，他才回过神。

"我们都是初一的同学，一个宿舍的。"李子强说。

"刚听他说了，"晏航笑了笑，把菜放到桌上，"你们几个关系最好。"

"那是，早上刚一块儿跟人干了架，"李子强说，"没开学呢我们汽修就出名了，以后就指着初一罩了。"

晏航看了初一一眼，初一顿时一阵不好意思："误，误会。"

"能给个名片吗？"周春阳看了看晏航。

"可以。"晏航从口袋里拿出了名片夹，抽了一张递给了周春阳。

初一突然有些郁闷。

晏航有名片呢，自己居然不知道，早知道昨天就应该要一张。

虽然不知道要张名字来干嘛使。

"也给我一张吧。"胡彪一看立马也凑热闹地说。

"我也来一张。"张强跟着。

晏航笑了笑，给他们也都递了名片，然后看了看初一："你就不用了吧？"

就这一句话，初一的情绪突然就被拉了起来。

"要。"他笑着说。

晏航于是也递了一张给他："你们慢慢吃，有什么就叫我。"

"晏航，"周春阳看着名片，又转头看了看晏航的背影，"你朋友看着没多大年纪啊，都做到领班了？"

"他特别，厉害。"初一说。

"看出来了。"周春阳笑笑。

那必须能看出来，我早就看出来了。

初一把晏航的名片放进口袋里，跟小皮衣钢镚儿贴着。

他们这桌一直是晏航亲自上菜，还送了甜点和饮料，初一有种说不上来的幸福感。

长这么大第一次体会到这种感觉，他甚至连相似的描述都没找到。

这顿饭花了周春阳不少钱，初一没看到菜单，不知道价格。

一个钢镚儿 /2
A COIN

　　周春阳跑去吧台找晏航结账的时候,他听张强和胡彪在帮周春阳算账,这才突然反应过来,晏航工作的这家西餐厅,非常高级。
　　"不让服务员过来结账是不是怕咱们有负担啊,"胡彪说,"这也就他能请得起了,咱们平时也就是撸个串儿。"
　　"人请你吃你就吃,"李子强说,"感慨个屁,人又没让你回请。"
　　初一一直没出声,托着下巴看着吧台那边。
　　周春阳不知道说了什么,晏航笑了笑。
　　啧。初一拿起杯子灌了两口水。
　　结个账还非得跑到吧台找领班结,今天这顿饭他跟晏航说的话加一块儿都没周春阳跟他说的多。

　　吃完饭他们走的时候,晏航把他们送到了电梯口。
　　不知道的客人估计得以为他们是什么贵宾,连服务员都有两个要一块儿跟出来,让晏航给拦回去了。
　　"航哥就别送我们了,"胡彪说,"我们又不是什么大人物。"
　　"没事儿,"晏航按下了电梯按钮,"初一的同学,挺大的人物了。"
　　"有时间上我们学校玩吧,"周春阳说,"我们那边有家特别好的烧烤,到时一块儿过去撸串儿。"
　　"好。"晏航笑了笑。
　　小李烧烤就挺好的,其实并不需要跑那么远到学校旁边去吃。
　　初一看着电梯上的楼层显示。
　　"我下班给你打电话。"电梯到的时候晏航凑到他耳边轻声说。
　　"嗯。"初一点点头。
　　进电梯之后他看着站在外面的晏航。
　　之前他没有见过晏航穿黑色,晏航的衣服大多是浅色,没想到穿黑色会这么好看。
　　他很羡慕晏航,能把衣服穿出这样的效果,找不到一丝他穿运动服时的样子,从身材到气质,都很完美。

　　电梯门关上之后,他靠到轿厢上。
　　记不清是哪年过年的时候了,小姨想给他买身西服,带着他上店里去试,套上衣服之后他还挺兴奋,觉得自己下一秒可能就要帅遍全城了。

第十一章

结果往镜子跟前儿一站,他吓得转身就跑回了更衣室,生怕再有多一个人看到他身上仿佛偷来的一套西服。

那之后他就觉得自己还是穿校服比较安稳,校服人人有,穿得再难看,别人也不会多瞅你一眼。

安全。

他轻轻叹了口气,什么时候能像晏航一样,把什么衣服都穿出帅气来?

"初一?"旁边有人叫了他一声,初一回过神,发现已经跟着几个人走到了酒店门口,正等着出租车开过来。

"嗯?"他应了着。

"加一下啊。"胡彪晃了晃手机。

"哦。"他这才注意到几个人在加好友,赶紧拿了自己的手机出来,跟大家互相加上了。

"你朋友说他没有微信,"周春阳说,"真的假的啊?这年头还有人没微信的?"

"谁?"初一觉得自己耳朵都立起来了。

出租车停在了他们面前,周春阳拉开副驾的门:"晏航啊。"

这回头发好像也立起来了,初一没忍住,用手往自己脑袋上抓了两下:"他不,不用。"

"哦。"周春阳没再说别的。

大家都上车之后,初一看着车窗外面,感觉自己是不是应该反省一下。

对于他来说,晏航很重要,非常重要,长这么大他唯一的朋友,唯一一个会跟他轻松聊天儿,会叫他去家里吃饭,会做东西送给他,会给他变魔术……

也许别人会有很多这样的朋友。

但他只有晏航一个。

他觉得晏航很好,很帅,很聪明,很牛……

当突然发现还有别人也这么觉得,也像他一样会主动接近晏航时,他就会非常紧张。

有一种什么宝贝要被抢走了似的感觉。

其实朋友,每个人都有很多,有些特别要好,有些一般般要好,他跟晏航应该是特别要好的那种,但不知道为什么,面对周春阳跟晏航连朋友都算不上只不过是说了几句话的关系时,他却会非常紧张。

……他觉得自己和晏航特别要好,那晏航呢?

一路上几个人都在聊天儿,只有他沉默不语,平时他就不爱跟人说话,这会儿就更不想说了。

郁闷着呢。

他们回到宿舍的时候,苏斌依然躺在床上玩手机,唯一的变化就是手机上多了一个充电宝。

初一非常佩服他,别说玩手机,他连睡觉都坚持不了这么长时间,从早到晚从黑到白的。

"那俩到了?"张强看到最后空着的两张床上放了行李,转头看着苏斌。

"嗯。"苏斌应了一声。

"人哪儿去了?"张强又问了一句。

"我哪知道。"苏斌说。

"我早晚收拾你。"张强说。

苏斌没出声,跟自己的手机继续深情对视着。

下午没什么事儿,按初一自己的计划,是想继续去找地方打工,发传单其实还不错,时间灵活,也不算累,在没有找到长期打工的地方之前,初一觉得这是个很好的临时兼职。

不过计划落空了。

他睡了一小会儿准备出去的时候,宿舍里最后到的两个同学回来了。

一番交流之后初一知道了他俩跟周春阳一样都是本地人,而且还是一个初中的,高个儿叫高晓洋,矮个儿叫矮……吴旭。

初一觉得他俩很好,看上去起码是两个正常的学生,不社会,也不古怪,而且吴旭比他矮。

宿舍里八个人,只有吴旭一个人比他矮,这让他非常感动,差点儿就全比他高了。

出门找工作的计划因为他俩回来落空了,三个本地人很热情,立马就要带着他们上附近转转。

其实学校附近没什么可转的,初一之前就已经转遍了,连打工的地方都没找着。

第十二章

不过他还是跟着一帮人出了门,毕竟就连学校组织的活动他也是独自一个人待着,这种同学之间自发组织的,哪怕是这种漫无目的的闲逛,他也从来没有体会过。

——我刚跟同学闲逛了一大圈,刚回宿舍。

晏航低头看着初一发过来的消息笑了笑,受气包土狗也开始跟同学一块儿玩了。

虽然他对于"同学"的概念停留在很多年前,并且因为他实在不喜欢上学而没留下什么印象,但却还是能从初一这句话里感受到他的开心。

初一的同学还行,虽然除了那个周春阳,都是傻小子,但是看得出来,他们没有因为初一的结巴对他有什么排斥。

毕竟这里没有人知道初一的过去,没有人见识过他的家庭,也没有那种如同惯性一般从众欺负人的环境。

不过这肯定不是全部,听初一同学的意思,他肯定还干了点儿什么让大家能迅速接受他的事儿。

啧。

小土狗现在真是非常牛了,都快变成牛头梗了。

"航哥,"一个服务员小姑娘走过来,"你有空吗?"

"怎么?"晏航看着她,老服务员都叫他名字,新来的服务员都管他叫哥。

"我明天跟小彭想换个班,"小姑娘有点儿紧张,"他也同意了,我想问问你行不行?"

"换班的原因?"晏航问。

"我家里有点事儿,"小姑娘说,"明天得去办。"

晏航拿过排班表看了一眼:"行,你俩换吧。"

"谢谢航哥。"小姑娘跑开了。

晏航看了一眼餐厅,已经没有客人了,卫生盯着打扫完他就可以下班了。

他给初一发了条消息过去。

——我一会过去找你,大概还有半小时就可以走了。

——别跑过来了,太远了,我去小李烧烤跟你会合。

——你饿了吧?想吃烧烤?

——吃什么都行,我现在出门了。

一个钢镚儿 /2
A COIN

——行吧。

不知道为什么,看着初一这么心急火燎的,他也莫名其妙地有点儿着急,直接拿了抹布就过去开始帮着一块儿收拾。

多亏现在他还只是代理领班,很多工作并没有全都交接过来,虽然有夜班经验,但陈金铃依然每天九点多十点了才会下班。

卫生都做好之后他去更衣室换了衣服,一出来就看到张晨跑了过来。

不要有事,不要有事……

晏航看着她,心里一直在默念。

"以为你走了呢,"张晨把几张打印的单子递了过来,"刚经理拿过来的新菜单,得你来翻译了吧?"

"我翻吗?"晏航问,他还从来没翻译过菜单。

"以前都是陈姐翻的。"张晨说。

"嗯,"晏航接过来看了看,内容不算多,不过一大堆单词看得他有点儿蒙,"我明天拿给他。"

"你又出去?"胡彪坐在桌上打电话,看到初一拿着手机往外走,有些吃惊地问了一句,"你真是精力旺盛啊。"

"嗯。"初一应了一声。

精力相当旺盛了,是去找晏航,让他现在跑步过去,他都没问题。

"哎,等等,"胡彪在他要出去的时候又叫了他一声,然后捂着话筒压低声音问,"初一,你有什么外号吗?"

"什么?"初一愣了愣。

"就是外号啊,什么名号啊之类的?"胡彪还是压着声音。

初一看着他,非常迷茫。

外号?

他的外号大概就是结巴?

还名号?

名号是什么玩意儿?

"啊?"胡彪很执着而急切地看着他,"比如我的外号就是大虎!"

啊!

初一感觉自己有点儿明白了,以此类推他的外号就应该是大一。

第十二章

……听起来非常奇怪，不如动物好听。

啊！

他突然非常明白了，看了一眼胡彪："土狗。"

"什……土什么？"胡彪愣住了。

"狗，"初一说，"土狗。"

他很喜欢这个名字，晏航每次这么叫他，他都觉得很亲切。

胡彪瞪着他看了好半天，最后松开遮着话筒的手，对着手机说了一句："土狗。"

初一不知道胡彪这是在干嘛，他也没时间去问了，他着急去小李烧烤等晏航，于是转身出了宿舍。

土狗出门了！

他一串小跑下了楼。

晏航本来以为得是他先到小李烧烤，结果一进门，大叔就指了指窗边的桌："那桌。"

初一笑得很愉快地冲他招了招手。

"你这么快？"晏航走过去坐下，看着初一，"公交车？"

"打车。"初一揉了揉鼻子。

"财主啊，居然打车了？"晏航笑了。

"公交车人太，多了，"初一叹了口气，"我们学校的学，学生都这，会儿出来，我挤，不上去。"

"打车过来挺贵吧？"晏航说。

"不，先坐小，小巴，"初一说，"再打的车。"

晏航笑着没说话。

"这是什，什么？"初一指了指他放在桌上的菜单。

"我们的新菜单，我拿回来翻译的，"晏航说，"你要看吗？"

"看。"初一一脸好奇地拿了菜单过去打开了。

只看了一眼，他就愣住了。

"我以为中，中文的呢。"他看着满篇的英文。

"英译中。"晏航说。

"菜名，为什么这，么长？"初一有些不理解，指着第一行，"这什么？"

· 121 ·

"strawberry parfait,"晏航看了一眼,"草莓巴菲。"

"啊。"初一感觉自己的确是很土狗了,英文听不懂也就算了,中文都只能听懂一半。

但这是他第一次听到晏航说英文,跟他平时说话的感觉完全不一样。

初一看着他好一会儿,然后才又低头指着另一串英文:"这个呢?"

"black forest gateau,黑森林蛋糕。"晏航笑了笑。

"蛋糕不是K,K……K克吗?"初一问。

"gateau应该是更标准的说法,"晏航勾了勾嘴角,"我也不认识,我猜的。"

"那……"初一手指戳在纸上往下划着,其实他对这些东西没什么兴趣,就是想听晏航说话。

非常好听,而且非常酷。

"terrine de foie gras, fillet of sea bass,"晏航顺着他手指的地方往下念,"法式鹅肝和无骨鲈鱼,这些都挺简单的,我们服务员干时间长点儿都知道。"

"嗯。"初一托着下巴,其实他感觉晏航在说什么他都没听清,就觉得好听。

"怎么了?"晏航问。

"没,"初一笑了笑,"你说英,语真好,好听。"

"是吗?"晏航也笑了,"我听你结巴也觉得很好听。"

"别……欺……负……人……"初一说。

"没欺负你,"晏航说,"现在你这么牛,谁还敢欺负你,给我说说吧,在学校是不是干了点儿什么,一宿舍的人都让你给罩了?"

"没,"初一顿时有些不好意思,"我就拉,拉了个架。"

"拉架?"晏航愣了愣。

"就别的宿舍过,过来打人,"初一说,"我给拉,开了。"

"几个人啊?"晏航问。

"六个。"初一说。

"……你很可以啊?"晏航看着他,"打群架呢,你一对六啊?"

初一没说话,总觉得在晏航跟前儿说这些有点儿卖弄,晏航打架有多轻松

第十一章

他是见过的,就抬抬胳膊的事儿。

"约个架吧,"晏航笑着说,"有空找个地儿咱俩试试。"

"试什么?"初一愣了。

"打架。"晏航说。

"不。"初一吓了一跳,他知道自己现在打几个人没问题,但是跟晏航打,他连想都没想过,晏航打架不光厉害,动作还很漂亮,之前刚开始练拳的时候,晏航随便一抬腿就能把他放倒在地的场景还历历在目,倒地的时候他满脑子就只有三个字,好潇洒啊。

哦,四个字。

"为什么?"晏航问。

"怕把你打,哭了。"初一说。

"哎哟,"晏航笑了起来,"快把我打哭吧,我好几年都没哭过了。"

"等我有,空。"初一点点头。

"你怎么这么不要脸呢?"晏航笑着递了一串羊肉给他。

"在你这儿还要,要什么脸。"初一说。

晏航突然没了声音。

初一咬了一口羊肉,觉得有点儿不对劲,抬眼看过去的时候,发现晏航看着他,眼神有些飘。

"怎么了?"初一一阵紧张,怕自己说错了话。

"没,"晏航喝了口啤酒,过了一会儿才又轻声说了一句,"突然想起我爸了。"

初一不知道是什么会让晏航突然想起晏叔叔,但是现在晏航这一句话,却是让他心里一颤。

不仅仅想起了晏叔叔,想起了老爸,想起了死掉的老丁,想起了他已经开始慢慢能不再去想的那件事。

还想起了这是他和晏航之间悬了一年之久而且还不知道什么时候才能落下来的一把刀。

"明天军训了?"晏航很快换了话题。

"嗯,"初一点了点头,"衣服领,好了。"

"还没拍照给我看呢。"晏航说。

· 123 ·

"明天,"初一想了想,突然直起身把手机拿了出来对着晏航,"差点儿忘,忘了。"

"要笑吗?"晏航看着镜头。

"都要。"初一说。

晏航笑了笑,他按了一下快门,好看。

晏航咬了一口鱼,他按了一下快门,好看!

晏航喝了口啤酒,他按了一下快门,超级好看!

"没完了啊?"晏航说。

"再来一,一张。"初一说。

晏航笑着冲他眯了眯左眼。

初一按下快门的时候手都抖了一下。

还好,没糊。

低头看照片的时候,晏航拿出了手机,对着他咔嚓了两下,然后看着手机:"我们土狗的睫毛真长啊。"

"我们"这两个字让初一很受用。

一直到吃完烧烤都没缓过劲来,跟着晏航顺着路往公交车站走的时候,他一直有点儿迷糊。

"这些带给你们宿舍的人,"晏航把手里拿着的一个袋子递给他,"要不你打个车得了,凉了不好吃了。"

"哦。"初一接过袋子,他都没注意晏航什么时候还打包了一堆烧烤。

晏航提到宿舍的人,让他突然想起了周春阳。

他皱了皱眉,看着晏航的侧脸,憋了能有一分钟,最后还是没憋住:"他问你要微,微信号了?"

"谁?"晏航转过头。

"周春阳。"初一说。

"那个小帅哥吗?"晏航笑了笑,"是,不过我跟他说我不用微信,我微信上就你一个朋友,也不想加别人了。"

听到晏航的这个回答,初一有些激动。

就你一个朋友!不想加别人!

但还没等他激动完,又突然反应过来:"小帅,哥?"

"嗯?"晏航看着他,"谁?"

第十一章

"周春阳小,帅哥?"初一瞪着他。

"啊,"晏航顿了顿,往车站广告牌上一靠就乐了,边笑边往他脸上轻轻拍了一下,"不帅,你最帅,你才是小帅哥。"

初一没说话。

有点儿不好意思,感觉自己这回见着晏航以后一直有点儿缓不过劲来,也不知道是怎么了。

"有空车,"晏航扬了扬胳膊,一辆出租车靠了过来,他拉了初一一把,"走吧,小帅哥,美少年,英俊的土狗,晚上早点儿休息,明天换了军训服记得让我看看。"

"晚安。"初一本来还想再说点儿什么,又觉得自己这状态还是闭嘴合适,于是没再说别的,直接上了车。

"晚安。"晏航扒着车窗说了一句。

无论什么时间,无论吃没吃饱,烧烤这种东西都有同样的魅力。

一兜烧烤拿回宿舍,没五分钟就被瓜分完毕了。

"好哥们儿,"李子强说,"出门浪还没忘了宿舍哥几个。"

"明天出去撸串儿吧,"张强说,"今天不是看到好多烧烤店吗?"

"行啊,"高晓洋马上点头,"一晚上呆宿舍里太难受了。"

"打牌。"胡彪一拍桌子。

众人纷纷点头。

"我不会,"初一说,"我睡觉。"

"地球上居然还有不会打牌的人?"吴旭有些吃惊。

"我昨天刚,到地球,"初一一边往上铺爬一边说,"还没适,应。"

"那行吧,"吴旭说,"你看我们打,特别简单,打几回就适应了。"

"好。"初一趴在床上笑着点了点头。

这种同学之间开开玩笑,轻松说话的感觉,他非常享受。

除了看到周春阳的时候有点儿不爽。

其实周春阳人挺好的,大方,不社会。

初一叹了口气。

军训一共十天,相比初中的时候要长得多了。

懒散了一个暑假的人,早上六点半要起床,简直是个恶梦。

全宿舍只有初一一个人按时起来了,他洗漱完出来的时候周春阳打着呵欠下了床。

"你真行啊,"他看着初一,"我以为我最早呢。"

"要不要叫,他们?"初一问,七点集合,再不起都得迟到。

"叫,"周春阳从架子上拿了个饭盒,往桌上一敲,喊了一声,"打就打!"

初一吓得差点儿一蹦。

"我操!"李子强从床上弹了起来,"打谁?"

"打!"张强也弹了起来。

"要迟到了,"周春阳说,"赶紧的,一会儿早点都来不及吃了。"

"起床了啊,集合了啊!"宿舍门被老师敲响了,"都起了没?"

"起了!"胡彪喊了一声。

在宿舍里一通乱哄哄地洗漱穿衣相互嘲笑之后,初一跟着大家一块儿出了门。

非常新鲜和兴奋,他全新的生活就这么开始了。

想想有些不可思议。

食堂里人很多,他们几个站在门口发了一会儿愣之后决定放弃,去小卖部一人买了俩面包啃了。

集合时初一才知道学校的确是很大,新生挺多。

光集合就集了好半天。

集合的时候他看到了昨天跑他们宿舍打架的那几位,一脸不爽地瞪着他。

队伍按高矮顺序排列,初一站在了第一排。

有点儿难受,感觉身后全是眼睛。

"好了,汽修一班的,就按这个顺序,大家都记住了,"班主任说,"昨天晚上咱们班的人才到齐,也没做个自我介绍,现在我点个名吧。"

班主任翻了翻手里的本子,开始点名。

初一莫名其妙地有些紧张,手心开始冒汗。

"初一。"班主任叫了他的名字。

"到。"他应了一声。

"土狗?"队伍里有人很低地说。

初一心里一惊。

"是土狗?"

"土狗。"

第十一章

初一猛地反应过来,明白了昨天胡彪为什么问他什么外号名号的,回过头瞪着站在他斜后方的胡彪。

胡彪冲他笑着一扬眉毛,得意地压着声音:"你火了,别谢我。"

火你大爷啊!谢你大爷啊!

汽修那个,人称土狗!

谁扬名立万的时候用个外号叫土狗啊!

老师点完名,初一对他们汽修一班到底有哪些人依旧没有概念,除了宿舍那七个人,多一个人他也没注意到。

毕竟他在第一排,别人都敢东张西望看人,他不敢。

他上了九年学,从来没有过这样的经验,大多数时候他都低着头,旁边有谁,谁叫什么名字,长什么样,他从来不会有兴趣。

但是。

全班都知道了,第一排那个人。

是土狗初一。

初一真想把胡彪拖出去打一顿,让他体会一下什么叫土狗。

不过没有机会。

老师点完名之后军训就开始了。

他们的教官姓陈,高大黑壮,声音宏亮。

"同学们!"陈教官站在初一跟前儿一声吼,震得他一阵发蒙,后面说的什么都听不清了。

然后他们被带到了汽修专业的地盘上,旁边是一排车库,都矮,遮不了太阳,在教学楼那边阴影里训练的女生就舒服得多了。

一开始的训练内容跟初中的时候差不多,列队,前后左右对齐,报数,前后左右转圈儿。

就这个向左向右转。

让初一觉得这个世界上很多事都是一样的。

无论到哪里,无论什么年纪,都会有人分不清左右。

每次转身,都能看到相对而立相互瞪眼儿的人,而且都死撑着不往旁边看,要赌一把自己是对的。

初一很紧张,每次有人出错,都会被陈教官拎出去站在队伍前面转个十次

· 127 ·

八次的做对了为止。

　　这种事是他绝对要避免的，土狗的称号被传播出去已经让他压力很大，如果出错再当着这么多人的面被拎出去重做，他估计自己转八十圈也转不明白。

　　不过越紧张越出错，这是非常有经验的一个经验。
　　初一不光出了错，而且还不是左右转这种分不清方向挺多人都会出的错。
　　他是在一二一往前走的时候顺拐了。
　　一紧张就顺拐，这事儿终于在他身上发生了。
　　而且因为这帮学生有点儿懒散，一小时的训练时间里已经让陈教官非常不爽，对出错的人已经不是用重做几遍动作来处罚了。
　　"报名字！"陈教官瞪着他一指。
　　"初一。"初一回答，因为紧张，他声音都放不出来了。
　　"再报一次，听不见！"陈教官说。
　　"初一。"初一再报了一次。
　　他已经努力放大自己的音量，但听上去还是声音不大，而且因为要控制自己不要紧张得说两个字都结巴，他略微拉长了声音。
　　"行，挺牛，"陈教官点了点头，"出列！"
　　初一不知道自己居然还能有本事让教官也对他做出这样的评价，他有些迷茫地出了列。
　　"俯卧撑六十个！"陈教官说。
　　队伍里一阵小小地骚动。
　　初一愣了愣，觉得自己真的是倒霉透顶了，陈教官之前刚说了一小时可以休息一下，结果他临到要休息了还能被拎出来，而且还是六十个俯卧撑。
　　关键是这会儿旁边有两个班已经休息了，还都是幼教的女生。

　　"快点儿！不要磨磨叽叽！"陈教官说。
　　"土狗加油！"队伍里有人喊了一声。
　　土狗你爷爷啊！
　　初一低下头，犹豫了一下，实在也没别的办法了，他趴到了地上。
　　"姿势要标准！"陈教官说，"动作变形不记数！"
　　初一没出声，他余光里已经看到有人围了过来，旁边能看到不少脚。
　　他控制着自己不往四周看，这样能让自己没那么紧张。

第十二章

他绷直身体,撑起胳膊,往下一压再起来。

"一!"陈教官帮他数了一声。

在拳馆其实也练过俯卧撑,不过次数不多,一般都是在机械上,引体向上和仰卧起坐更多些。

"二!三!"陈教官继续帮他数着,"不错,现在动作很标准!"

做了几个之初一稍微放松了一些,他感觉目前自己的状态,做完六十个应该问题不大。

"二十!二十一!"陈教官的声音里夹杂着些别的声音,有人开始帮着一起数,"二十七!二十八!"

初一开始感觉有点疲惫,不过还能坚持。

就算坚持不下去了他也不敢停,他害怕在众目睽睽之下出洋相,万一哪一下没撑起来,他害怕会听到笑声。

"三十四!三十四!"陈教官的声音很大。

重复的数字说明他的动作变形了,初一很无奈地把身体绷直,继续下压。

五十的时候他稍微停了一小会儿,调整了一下呼吸。

说实话虽然他练了一年拳,每天都有力量训练,这会儿还是挺累的,这玩意儿力量要求不是太高,耐力才是最关键的,而且动作稍微有一点儿不标准,陈教官就不给他计数了,胳膊必须撑直,腰背腿还必须一条线……

"五十一!五十二!"旁边的人的喊声盖过了教官的声音,"五十五,五十六……"

"六十!"陈教官拍了拍手,"六十一!"

初一愣了愣,什么玩意儿还六十一?

但他没敢起来,跟着又做了一个。

"六十二!"陈教官继续喊。

初一有点儿不高兴了。

在陈教官喊出六十三的时候,他飞快地连撑了几个,动作不怎么标准,但是很省力,凑够七十个之后他站了起来。

低头拍了拍手和裤子。

"行,可以,"陈教官说,"归队!"

初一松了口气,赶紧回到了自己的位置上。

"厉害,"胡彪在他后头说,"可以啊初一,我上去估计三十个都够呛。"

"别吹了,"不知道谁笑了笑,"你这体型,下去了估计都够呛能再起来。"

"说什么呢!想聊天儿是吗?"陈教官瞪了过来,"要不要过来,按着刚才的七十个,边聊边做?"

大家没了声音。

陈教官训了几句之后叫了解散。

大家慢慢散开了,初一低着头跟宿舍几个人站到了旁边的树荫下边儿,现在大家还都不熟,就算是一个班的,目前也还是以宿舍为单位聚堆儿。

"你挺行啊?看不出来,"李子强说,"我最多也就三十个。"

初一没说话。

做的时候感觉还行,一心只想着一定要做下来,不能出洋相,不能被人嘲笑,好容易换了新的环境,他再也不想象以前那样被排挤被嘲弄。

现在停下来了他才觉得自己胳膊又酸又胀的,想揣个兜都揣了两下才找着口袋的位置。

"累吧?"胡彪问。

"胳膊要断,断了。"初一说。

"断了也值了,你看那边,"胡彪用肩撞了撞他,下巴往前抬了抬,"土狗这名头算是打响了。"

初一听到这两个字就一阵郁闷,晏航叫他土狗的时候,他只会觉得很亲切,还会觉得自己真是可爱极了。

晏航之外的人这么叫,他就只感觉自己仿佛一个神经病。

叫疯狗都没这么难受。

只是他现在实在有点儿没力气,懒得再去跟胡彪理论了,他顺着胡彪指的方向看了一眼。

一帮女生聚在一块儿,正往这边看着,他抬头看过去的时候,女生全都笑着喊了起来。

初一对这种反应很陌生,他甚至无法判断这样的反应是不好意思还是开心还是在嘲笑。

只得把头又转开了。

"对,就这个酷劲,"胡彪说,"非常酷。"

"你,"初一叹了口气,"消停会儿。"

第十二章

"遵命狗哥。"胡彪说。

……滚吧。

初一觉得自己连思考都有些有气无力了。

"谁帮我拍个照？"周春阳走了过来，"我妈要看，一眼见不着她就以为我要横尸操场了。"

"手机拿来，"一直蹲在旁边的张强说，"我帮你拍。"

周春阳坐到花坛边，把一条腿伸长："知道怎么拍吧？"

"不知道，"张强咔嚓一下就按了快门，"好了，你看看。"

"……能换个人吗？"周春阳扫了一眼手机，"我腿都让你拍得只还有三寸了。"

"你给你妈看的照片还讲究这么多。"高晓洋在旁边笑着说。

"我妈拿着转头就发朋友圈，我丢不起这个人，"周春阳叹气，"她姐妹们还会拿着给自家闺女看……"

"行行行，我再帮你认真拍，"张强说，"为了不让你在姑娘面前丢人。"

周春阳非常臭美，初一看着他指导张强指导了能有五分钟，才终于有一张通过了他的审核。

"谢了，"周春阳说，"走，请你们喝饮料去。"

初一拿着可乐，看着周春阳，觉得自己很矛盾。

他想拍张照片给晏航，但是自拍肯定很难拍全了，找别人帮拍吧，他又实在没有那个"口才"去指导。

而周春阳这种臭美的人，一看就知道肯定会拍。

但是……啧。

他仰头灌了两口可乐，一咬牙，周春阳就周春阳。

他拿出手机，走到了周春阳旁边。

"帮你拍照？"周春阳没等他开口就问了一句。

"嗯。"初一点了点头。

周春阳指了指刚才他站的台阶："你就站那儿，刚才那个姿势就挺好。"

初一退了回去，不过已经忘了之前自己是什么姿势了。

周春阳又过来拽着他的裤腿儿，帮他摆好了姿势，然后连续拍了几张："你看看。"

初一看了几眼。

非常酷了。

哪怕叫土狗,也还是很酷了。

"谢谢。"他笑了笑。

"要发给谁的?"周春阳问了一句。

"朋……朋友。"初一突然有些没来由的心虚。

"晏航吗?"周春阳笑着又问了一句。

初一愣住了,他没想到周春阳会猜得这么准,半天才应了一声:"啊。"

　　晏航准备去经理办公室,走到一半的时候手机响了,他拿出来看了一眼,是初一发过来的消息。

一张照片。

穿着军训服站在台阶上。

照片不知道谁给他拍的,比他自拍强了能有一万倍,角度光线都很棒,脸上闪着光的汗珠,一米七四的腿被拍出了三米八二的效果。

——帅狗。

他回了一句,把手机放回兜里,敲了敲经理办公室的门。

"进。"经理在里面应了一声。

他推开门走进了办公室:"唐经理。"

办公室里不光有唐经理,还有他们之前新来的总监。

"小晏啊,"唐经理说,"早上你发过来的菜单我看了,翻得不错,挺准的。"

"谢谢唐经理。"晏航说。

"这儿还有几个你就在这儿现场帮翻一下吧。"唐经理递了张纸过来。

晏航拿过来扫了一眼,拿了笔:"lobster and fennel risotto……cashew granola……龙虾茴香烩饭,腰果碎……pickled Tokyo turnips……"

总监一直面带微笑地看着他,让他有点儿紧张。

Pickled Tokyo turnips.

turnips他背过,但是一紧张突然就卡了壳儿。

"Pickled Tokyo turnips?"总监重复了一遍。

"腌大头菜。"晏航说完就想转头离开办公室。

总监一下笑了起来。

"腌芜菁，"晏航想了起来，往纸上写着，"不好意思，之前背的时候就记着大头菜了……"

"挺好。"总监笑着点点头。

"代理领班做得怎么样？"唐经理问，"这两天你们陈姐没在，你碰到什么困难没有？"

"还行，之前陈姐已经带了我一段时间了，"晏航说，"这两天也有电话沟通，基本还行。"

"别的员工都能配合工作吗？"唐经理又问。

"都能，以前就一起工作，都相互挺了解的，也都能配合我。"晏航说。

"那就行，你继续努力，辛苦了。"唐经理点了点头。

晏航从办公室出来的时候皱了皱眉。

单是要翻译几个菜，唐经理不至于要把他专门叫到办公室。

别的员工是不是能配合工作这个看似随意的问题才是重点，晏航叹了口气，肯定是有谁对他不满意，往经理那里反映了。

这种事儿肯定不少见，但对于晏航来说，却感觉这有些累。

他跟着老爸，一直活得随意畅快，哪怕是打工，也是很简单的，不考虑晋升，无所谓竞争，没钱了干一阵儿，换地方了就走人。

现在这样的工作压力和各种人际关系，对于他来说，有些疲于应对。

服务员的时候还好，现在这个代理领班，每天下班之后都觉得累得不想说话。

他下了楼，去了酒店后门。

这边很安静，除了送货之类的车，员工都很少会过来，他一般会在开餐之前过来休息一会儿，让自己放松一下以便应付后面的忙碌。

他站到垃圾桶旁边点了根烟，拿出手机看着初一的照片。

初一是个很解乏的土狗。

有时候想到初一结巴着耍贫嘴的样子，晏航都会觉得想笑。

"有个特别尴尬的事。"

初一的消息发了过来，没等他回复，连着几条都过来了，初一手机打字比他说话利索了能有刚照片里一条腿的长度。

"我同学跟人说我外号叫土狗。"

"现在全传开了，都知道汽修一班那天跟人打架的叫土狗，现在他还叫我

· 133 ·

狗哥。"

"我怕他这么叫让人听见了都一块叫狗哥。"

"好尴尬啊。"

晏航拿着手机，先是愣了愣，然后就没忍住笑出了声，烟都差点儿乐掉了，笑了好一会儿才停下来。

"哈哈哈哈哈哈！"

"不要哈啊，有什么好哈的啊，我怎么办啊？"

"有什么怎么办的啊，"晏航笑着发了语音，"这叫大俗大雅，很酷啊美少年。"

"……"

"集合了我军训完给你电话。"

"好的狗哥。"

"！"

下午的军训初一没再出什么错，他实在不愿意再被拎出去做俯卧撑了，一是怕人围观，二是胳膊真的很酸。

不过围观这种事儿是少不了的，女生下午倒了两个，他们汽修班全是大老爷们儿居然也倒了一个。

军训结束时班主任都叹气了："你们这个身体素质真是成问题，食堂今天准备清火去热的饮料，一会儿都去喝点儿，晚上好好休息，别出去瞎转了，明天我不想再看到谁倒了啊。"

"再晒一会儿我也得倒。"胡彪抹了抹汗，他人胖，虽然自称叫大虎，但是一下午连猫都比不了。

回宿舍洗完澡之后，一帮人去食堂吃了饭，初一再次体会到自己的土，饭卡不会充值，充了值还差点儿不会用，一路都是胡彪教着他。

吃完饭躺到床上他就不想动了，看了看时间差不多，他给晏航拨了电话。

"训完了？"晏航接了电话，那边声音挺吵的。

"你还没，没下班？"初一翻了个身，冲着墙小声说。

"没呢，"晏航笑了笑，"今天有会议，这会儿还在忙着。"

"那我挂，了。"初一赶紧说。

"没事儿，"晏航说，"几分钟不耽误，今天军训感觉怎么样？"

第十二章

"还行,有点儿,累。"初一说。

"第一天就喊累了?"晏航说,"你这一年的拳白打了啊?"

"也不,是,我被罚,罚了六十个俯,卧撑,"初一叹气,"还是特,特别标准的那,那种,胳膊酸了。"

晏航笑了起来:"真可怜,等你训完了我带你找个地儿按摩去。"

初一笑了笑,想想又小声问了一句:"你能做多,少个?"

"特别标准的吗?"晏航问。

"嗯,不标准不,计数。"初一说。

晏航想了想:"五十个吧?"

"吹吧你,"初一说,"你平时就跑,跑步,你用胳膊跑,的吗?"

晏航在那边笑了起来:"你就知道我只是跑步吗?要不哪天你过来,给我数数。"

"好,"初一说,"见证打,脸现场。"

今天晚上宿舍里没有人打牌了,都躺床上玩游戏聊天。

初一拿着手机不知道该干点儿什么,他一直用破手机,什么游戏都跑不动,换了新手机之后又天天忙着练拳打工,别的时间都在跟小李烧烤过不去,也没时间玩。

这会儿大家都在玩,就他只能瞪着天花板发愣。

"初一,"李子强在对面上铺叫了他一声,"开黑吗?哥带你飞。"

"啊?"初一愣了愣,转头看着李子强,"开什,么黑?"

"……你不玩游戏的吗?"李子强也愣了愣。

"不玩。"初一回答,他唯一玩过的手机游戏是贪吃蛇。

"求带飞。"周春阳在那边说了一句。

"来。"李子强说。

初一翻了个身继续冲着墙。

虽然宿舍的人对他都挺好,但打牌他不会,玩游戏他也不懂,这种情况还真是有些郁闷。

宿舍里几个人都加入了,没加入的也凑在一边儿看,边看边喊得挺起劲,沉默无语的除了他,就只有苏斌了。

初一叹了口气,他挺想加入的,但又怕露怯。

不知道洋气的晏航会不会玩,可以先让洋气的小天哥哥教他……

· 135 ·

今天有点儿困了,大概是被围观的压力太大,初一没多大一会儿就在宿舍闹哄哄的声音里睡着了。

我能做五十个俯卧撑。晏航说。

我帮你数着。初一说。

晏航趴到地上开始做俯卧撑。

一,二,三……几个了?一,二……又数乱了。一,二,三……算了,永远也数不明白了。

他看着晏航,努力想要看清他。

晏航给了他一巴掌,甩在他胳膊上。

初一被突如其来强烈的尴尬惊醒,猛地瞪圆了眼睛。

胳膊上又被甩了一巴掌,张强站在他床边:"起了,要迟到了!"

"啊。"初一坐了起来。

梦里的那些影像猛地变淡了,他几乎已经回忆不起来细节,但晏航的身影却始终在他眼前晃着。

他搓了搓脸,慢慢下了床。

第十三章

Chapter Thirteen

宿舍几个人今天都差不多时间起来的,初一下床的时候,厕所被吴旭占了,几个人都站在宿舍里刷牙。

初一也挤了牙膏站到窗边,呼吸着早晨清新的空气,让自己快速清醒以及冷静。

李子强还在床上躺着,初一正想着要不要叫他一声,张强过来了,往李子强胳膊上拍了两下:"起来了!要迟到了!"

"哎!"李子强吼了一声,一拍床板,"你大爷!"

张强没理他,转身走开了。

"老子做春梦呢!让你给我拍没了!"李子强又吼。

春梦两个字蹦出来的时候初一心里猛地一惊,吓得差点儿把牙刷捅进嗓子眼儿里,晨勃都让李子强这一嗓子给惊趴下了。

"梦见什么了?"胡彪边乐边问。

"没看清脸,反正特别温柔的一个女的,我都要解她内衣扣子了,"李子强意犹未尽地伸了个懒腰,一边打呵欠一边坐了起来,"可能是我白天看上哪个女的了,今天去对一下看能不能对上。"

初一叼着牙刷,内心的澎湃估计都快澎湃到脸上来了,李子强下床看了他一眼:"哎,发什么呆呢,牙膏好吃吗?"

初一本来没事儿,被他这一问,顿时就咽了半口沫子下去。

他其实不太做梦,每天倒头就睡,睁眼儿就醒,就算会做梦,也都不记得内容,而且还都乱七八糟,有一次还梦到自己变成了门槛石,天天被人从身上踩着过,梦里都觉得自己惨得能跟小白菜竞争了。

好容易做了个还算全乎的梦,剧情也记得清,人脸也看得见,结果……就梦到晏航了。

日有所思夜有所梦。

初一洗漱完一边穿衣服一边给自己分析,自己白天吧的确思了晏航来着,别说白天了,就这一年,他都没少思晏航,现在好容易找见了,夜有所梦倒也正常。
　　再说了,他从来也没跟人近距离接触过,晏航是第一个。
　　他想梦到个女的也难,根本就没女孩儿理他。
　　大概就这么回事儿吧。

　　这应该是个意外。
　　这天之后初一没有再做过什么尴尬的梦,大概是因为军训比较忙。
　　学校的军训不算太辛苦,虽然因为天儿热,又是海边,空气湿度大,他们的军训服简直是臭不可闻。
　　不过比起别的学校,他们还算轻松的,前几天就是在操场上来回走,然后去打了半天枪,最后来个拉练。
　　但是晒得够呛。
　　这几天初一又偷摸自拍了几张,但是发现照片上的自己黑得有种发自内心油然而升的土气,于是又放弃了。
　　"今天拉练吗?"
　　早上晏航发了条消息过来。
　　"是,还好我有NB鞋。"
　　"一双旧鞋,穿了一年了,底都磨穿了吧?"
　　"没有,我一双鞋能穿三年。"
　　初一看了看鞋底,鞋底挺厚的,要磨穿不是太容易,不过鞋的边缘已经有不少破损了。
　　有点儿心疼。
　　他其实也很无奈,这双鞋非常舒服,他去买鞋的时候穿哪双都不如这双舒服,要跟这双一样舒服的……实在是买不起。
　　买得起也舍不得。
　　于是他一直也没买别的鞋,硬生生穿了一年。

　　今天拉练不知道多少公里,听说还要爬山。
　　总之从一开始出发,他就心如刀绞。

一个钢镚儿/2
A COIN

拉练的队伍一开始还挺整齐,走出去没有一公里,就全成团了。

胡彪在书包里塞了不少吃的,边走边跟他们一块儿吃着。

"你这身材还吃个没完呢。"周春阳实在看不下去了。

"零食不胖人。"胡彪说。

"那也得看是什么零食,"周春阳说,"你这零食一坨一坨的全是肉。"

"……你能不能不要用坨字来说吃的啊?"胡彪瞪了他一眼。

"胃口还挺浅。"周春阳笑了。

初一一直没怎么说话,一直看着四周,不熟悉的景色让他觉得心情愉快。

"哪天咱们去海边玩玩吧,"张强说,"来了这么些天了,我还没见着海呢,就闻了点味儿。"

听到张强这句话,初一才猛地发现,还真是。

他来之前,脑子里还想过,啊大海,啊啊大海,啊海边……

然后就忘了,别说大海了,就连海平线好像都没看着。

好想跟晏航一块儿去海边转转啊。

"签个字。"有人把一张单子扔到了晏航面前的吧台上。

晏航抬眼看了看,是老员工马力。

一开始晏航觉得这人情商太低,后来才发现自己判断失误,他不光是情商低,还拥有标准的老员工式的倚老卖老。

自从陈金铃开始带着他熟悉领班的工作开始,马力就再也没跟说过工作之外的话,对他的不爽简直就差拿个喇叭喊出来了。

以前还经常一块儿跟别的同事去吃个饭打打牌,然后就变成了只要他去,马力就不会去……有过几次之后,也就没有什么同事聚会了,或者就算有,也没有人叫他俩了。

晏航叹了口气,心累。

马力扔过来的是免单的结账单。

餐厅里有时会有市场部的同事请客户过来吃饭,他们每个月都有免单额度,领班签个字就行,但今天这顿,晏航并没有看到有客户。

以前他做服务员的时候,知道市场部有时会有人月底还没用完额度,就自己过来吃,跟服务员关系好点儿给打个掩护就能免单了。

第十三章

陈金铃在这上面卡得很严，一般是挑她不在前厅的时候才会这么干。

中午他去开了个小会，没在餐厅，但是他开会之前路过，看到了两个市场部的人在吃饭，并没有客户。

在马力看来，他就是一个代理领班，别说是没当着他的面，就算是当着他的面，也没什么大不了的，装个傻，额度也没超，经理一般不会查。

如果晏航还是个服务员，他可能也就把这个傻装了得了。

可现在他却得站在陈金铃的角度去看事情，代理也好正式的也好，总归是领班，而且马力找他麻烦已经不是一回两回了，他实在烦躁。

"请的什么客户？"晏航问了一句，"我怎么没看到他俩的客户？"

"你这么忙，中午都没在餐厅，"马力说，"有没有客户你能看到？"

"我看到他俩了，"晏航说，"没理由不等客户来就自己先吃上了吧？"

"你知道是谁吗？这俩上月到市场部的，"马力冷笑了一声，"你就认识了？"

"我见过就不会忘，"晏航手指在吧台上轻轻弹了一下，"别说他俩到市场部一个月，就是只来了一天，我也能记得住。"

"你记忆力强呗，要不要给你发个奖状？"马力说。

"奖状就不用了，你可以在心里为我鼓掌喝彩，"晏航说，"不过这个字我签不了，你要么就让他俩补上，要么就你给补上。"

"威风抖到我这儿来了啊？"马力看着他，"代理个领班还以为自己真是领班了？你别高兴得太全面了，我怕新领班一上任让你干回服务员你接受不了。"

"有什么适应不了的，让我去PA做保洁也一样干，"晏航笑了笑，"我来这儿之前一直在后厨洗碗呢。"

"晏航，"马力看着他，"这事儿要是闹到唐经理那儿，恐怕你未必有理。"

"那也行，"晏航点了点头，"要不你投诉我吧，反正也不是没投诉过。"

晏航这话就随便一说，之前只是有过猜测，并不确定。

但马力一闪而过的僵硬表情，却给了他肯定的答案。

"要不你就给签个字吧，"马力走开之后，张晨走到他身边小声说，"这事

· 141 ·

儿以前也没少干。"

"我没看到可能就装傻了,"晏航低头看着酒水单,"但是我看到了。"

"唉,"张晨叹了口气,"马力当初是唐经理招进来的,我怕他为难你。"

"没事儿,"晏航说,"我最不怕的就是别人为难我。"

"嚣张。"张晨笑了笑。

晏航不是太在意,投诉就投诉,如果真把他弄去洗碗也行,他正好想去后厨,从洗碗开始干起也没什么问题,还没这么多烦心事。

下班之后他拿出手机看了看,初一一小时前发了一条消息过来。

——我们军训完了!

他把电话打了过去,那边铃声还没响,初一就把电话接了起来。

"狗哥军训辛苦了。"他说。

"为人,民服务。"初一说。

晏航笑了起来,看了看时间:"吃饭了没?"

"没,"初一说,"等着请,请你呢。"

"出来吧,带你吃顿大的,"晏航说,"打车出来。"

"好,"初一那边立马传来了关门的声音,"我出,来了。"

"你是不是就蹲宿舍门边儿呢?"晏航伸手叫了个车。

"狗哥嘛,"初一说,"明儿我还睡,睡门边儿呢。"

晏航跟他随便扯了几句,上车之后觉得一下午的郁闷都消散了。

今天晏航比初一先到小李烧烤门口,初一晚了二十分钟才到。

一下车看到他就立马跑了过来:"你到多,多久了?"

"两分钟。"晏航笑了笑。

"不,可能,"初一说,"你跑过来,的吗?"

"就抽了根烟你就到了,"晏航说,"走吧,想吃什么?今天就不吃小李烧烤了吧?"

"我想去看,看看海,"初一说完又有些不好意思,"远吗?"

"不远,"晏航叹了口气,"我真是有点儿糊涂了,都忘了你还没去过海边……走,我先带你去吃海鲜,然后去看海。"

"晚上能看,看到吗?"初一问。

第十三章

"能，"晏航说，"要是看不到你就下去舔舔吧。"

"舔完还，还有时间，逛逛，街吗？"初一又问。

"你要买东西？"晏航迅速往他的鞋上看了一眼，初一是个节约的好孩子，不到没办法应该不会提出要去逛街。

果然，他看到了初一鞋上的两个洞。

"我还第一次见着有人把跑鞋穿出窟窿的。"他笑了起来。

"没见，过吧，"初一低头看了看鞋，"我一，一口一个咬，的。"

"土狗，"晏航笑着说，"那带你去啤酒街吃海鲜，吃完把鞋先买了，然后再去海边。"

"好。"初一笑了笑。

鞋终于在一天的拉练之后被走破了，初一非常心疼。

这么好穿的鞋，就这么坏了。

坐在出租车上他还一直在盘算着，再买一双NB，是肯定舍不得的了，那么买双什么呢？

他对这些都不太了解，之前在家的时候也就是在门口的那条商业街上转转，也没见过什么牌子，见了也不认识。

晏航肯定知道很多，但是晏航花钱没个谱，万一把他带到好几百上千一双鞋的店里……他得事先跟晏航说好。

"我就想买，买……"初一转过头，话说了一半停下了。

晏航也转过了头，跟他面对面地看着。

他把脸扭开了，看着窗外："买双便，便宜的鞋。"

"二百以下？"晏航问。

"……嗯。"初一迷迷瞪瞪地点了点头。

点完头又后悔了，五十以下对于他来说才叫便宜。

今天初一有点儿奇怪。

从吃饭的时候开始，一直都有些奇怪。

话不像平时那么多，目光跟他一搭上就有点儿躲闪，每次都会迅速往旁边看。

平时吃饭，初一的目光基本就两个地方，菜和他的脸。

· 143 ·

"哎,"晏航在桌子下边儿踢了初一一脚,"狗大人,你今天派头很足啊。"

"啊?"初一愣了愣。

"感觉你今天不怎么想搭理我呢?"晏航问。

"没!"初一顿时有些着急,立马坐直了,"没有啊!"

"碰上什么事儿了?"晏航又问,"跟我说说。"

"没有,"初一垂下眼皮,咬着一个蟹脚,"平安无,事。"

"无事就无事吧,"晏航笑了笑,"我就跟你说啊,你要有什么事儿跟我说是最保险的。"

"我知道。"初一说。

吃完了海鲜大餐开始逛街的时候,晏航感觉初一的情绪高涨了不少。

难道之前是因为饿了?

这人得馋成什么样才会因为饿了情绪起伏这么大啊。

"五十。"初一突然举起手,冲他张开巴掌。

"什么五十?"晏航看着他。

初一有些不好意思地往旁边商店里扫了一眼,晏航反应过来:"五十以下的鞋啊?"

"嗯。"初一点头。

"五十以下的跑鞋啊?"晏航又问。

"啊。"初一点头。

"上哪儿买五十以下的跑鞋啊宝贝儿,"晏航无奈了,指了指自己脚上的鞋,"要不这双,四十卖你,上月买的。"

"我要新,新的。"初一说。

"我想打你。你觉得这个诉求合理吗?"晏航看着他。

"先看,看。"初一走进了一家店里。

没等晏航跟进去,他又退了出来,晏航往里面看了一眼,看到一个240元的标签。

超了呢。

初一之后似乎放弃了旁边的店,开始专心地盯着路中间摆着的那些摊位。

第十三章

晏航很无奈地跟在他旁边一块儿走着,琢磨着要怎么样能让初一接受自己送他一双鞋。

"怎么样?"初一拿起了一双鞋问他。

晏航看了一眼,把他手上的鞋拿过来放回了摊位上:"美少年,虽然现在人人都知道你是土狗,但你不用身体力行地去证明你很土。"

初一笑了起来:"那怎么,办,你帮我挑。"

"你哪天生日啊?我送你一双鞋当生日礼物吧。"晏航说。

"过了。"初一看着他。

"再过一次吧,"晏航说,"求求你了。"

"不要送鞋,"初一小声说,"小姨说送,送鞋走,得远。"

"这样啊,"晏航往旁边看了看,"你在这儿等我。"

没等初一回答,他转身跑进了旁边的小超市里:"给我拿个红包,生日快乐的。"

晏航手里拿着个红包走过来的时候,初一突然又有些想哭。

他知道晏航在想什么,无非就是想让他买双好点儿的鞋而已。

"给,"晏航把红包放到他手里,"生日快乐。"

"你真……真,真……"他有点儿说不出话来。

"我真好,"晏航说,"我知道,知道为什么我对你这么好吗?"

"我帅。"初一说。

晏航张了张嘴没说出话来。

"为什么?"初一问。

"因为我被你土着了,"晏航拽着他胳膊,"走吧,红包里有五百块,买不了太好的,但也差不多了,鞋这东西,一分钱一分货,你买十双五十的,顶不了一双五百的,懂了吗土狗?"

"懂了。"初一觉得被晏航抓着的胳膊都不属于自己了,娇弱得一个劲儿发麻。

499元。

本来还有更便宜些的,但初一还是挑了这双。

"旧的这双帮你放盒子里吧?"导购问。

"好的。"初一回答。

"不要了。"晏航跟他同时开口。

"谢谢,"初一对导购点了点头,"帮我装,起来。"

拎着鞋盒往海边走的时候,晏航问了一句:"你是要留着做纪念吗?"

"是。"初一点头。

"你有囤积癖吗?"晏航说。

"什么鸡,屁?"初一愣了愣。

"走吧,去看海。"晏航笑了半天。

吃饭的地方离海边不是特别近,走了得有二十分钟,初一闻到了海风的味道,就像他第一天在火车站闻到的那种味道。

他往前看着:"哪儿呢?"

"白天这会儿就能看到了,"晏航往前指了指,"走过去就是,可以下去到礁石边儿上看看。"

初一有些激动,加快了步子。

接着就听到了有海浪的声音,跟他想象中的不太一样,听着有些寂寞。

然后就看到了海。

记忆里无论是照片上还是视频里的海,都是白天,阳光沙滩比基尼。

眼前的海是黑色的,泛着光,涌动着的时候有白色的小浪尖儿,看上去深沉而又可爱。

就像我一样。

初一站在岸边。

"下去站会儿?"晏航问。

"嗯。"初一点头。

他俩顺着台阶下到了礁石上,离他们还有些距离,初一找了块大而平的石头坐下了:"我以为有沙,沙滩。"

"这片儿都是石头的,"晏航在他旁边坐下,"周末你要有空出来,我带你去看沙滩吧,之前崔逸带我去过一次,五星级海滩,不要钱,还没什么人。"

"好!"初一笑转头看了晏航一眼。

海滩上不少人,初一盯着看了一会儿才注意到,都是双双对对的。

第十三章

"上这儿谈恋爱的人挺，挺多啊。"他没话找话地说了一句。

"嗯，"晏航笑了笑，"可能就咱俩不是。"

"啊，"初一应了一声，"要不你……"

"嗯？"晏航看他。

初一立马忘了自己想说什么，张着嘴好半天才说了一句："做俯，卧撑吧。"

"靠，"晏航笑了起来，"你什么毛病啊？"

"五十个？"初一问。

晏航犹豫了几秒，一拍石头："行吧我陪你抽疯，五十个，你数着。"

看着晏航趴到旁边摆好姿势的时候，初一特别想一头撞死在脚下的石头上。

"一，二，三，"晏航开始做俯卧撑，"四，五……"

"六，七，"初一跟着数，努力地让自己的注意力集中在晏航姿势是否标准上，"十，十一……"

不过很快他就真的转移了注意力，因为他发现晏航比他想象的要厉害得多。

一直到三十多的时候，晏航的动作也没有一丝变形，始终很标准，一下一下不急不慢地撑着。

"四十八，四十九，五十，"晏航撑着石头没动，看了他一眼，"我太小看自己了，我大概能做到一百个。"

"脸呢。"初一说。

"你脸上呢。"晏航说。

初一笑了起来，乐了好半天。

晏航起身，走到他跟前儿蹲下了："初一啊。"

"嗯。"初一看着他。

"你今天到底怎么回事儿？"晏航抬手打了他一下，"别跟我这种老江湖装了。"

初一垂下眼皮，有点儿慌。

"我昨，昨天，"他皱眉着，"梦到你……"

一个钢镚儿 /2
A COIN

"梦到我?"晏航愣了愣。

这个反应让初一一阵紧张,想也没想赶紧补了一句:"和晏,叔叔。"

晏航没说话,看着他,过了一会儿才在他头上抓了抓:"我以为怎么了呢,那事儿……你就别老想着了。"

初一后悔自己说了这么一句。

晏航因为这件事有多痛苦自己明明很清楚,却偏偏这时候来了这么一句。

不愧是土狗,汽修老大土狗初一,能做七十个俯卧撑没当场趴下,一对六的汽修老大土狗初一。

初一这会儿心里突然很不好受,晏航以为他是梦到了一年前的事儿,马上安慰,又小心而迅速地换了话题。

明明晏航比他难受得多,毕竟当初是能确定晏叔叔是受了重伤的,而他们父子俩的感情非常深。

出了事之后那么长时间里恢复不过来的晏航现在却在安慰他。

他非常难受,也非常心疼。

他现在都还清楚地记得晏航那时沙哑的声音和疲惫沉沦的状态。

"那个……"他想要说点儿什么,但一时半会儿又不知道该怎么说,只想要快点儿给晏航一个回应,让晏航知道自己没事,他在晏航手腕上捏了一下,"我那天捏,捏人手来着,没捏动。"

"耍帅失败了呗?"晏航笑着问。

"嗯,"初一点了点头,"你不也,没成,功过吗?"

"谁说的?"晏航拿了个钢镚儿放到他手里,"抓紧。"

初一握紧了手里的钢镚儿。

晏航把手伸了过来,突然在他手腕上一错一捏。

他顿时觉得手腕一阵酸麻,虽然还想努力反抗,但手指已经开始发软,紧跟着就叛变了。

他眼睁睁地看着晏航把他的手指一根根轻松拨开,再捏着手腕向下一转,他手里的钢蹦儿掉到了地上。

"怎么样狗哥,"晏航松开他的手,捡起钢镚儿放回他手里,"服气吗?"

"你练，练过了？"初一有些吃惊，他很清楚地记得晏叔叔说过晏航这一招一直没掌握好，每次都失败，就算成功也纯靠的是使劲儿。

"我在此隐居已近一年，"晏航说，"内力大增，现在这招错骨捏捏手已经练到了十成……"

初一没忍住笑了起来："这么萌，哒的招，招式快教，教我吧。"

"自己悟去吧，"晏航说，"教会徒弟饿死师傅。"

两人沉默地对着大海发一会儿呆，晏航站起来伸了个懒腰："看够了吗，要不要过去舔舔？"

"不，不用了，"初一笑了笑，"你想，舔的话我陪，陪你。"

"送你回去？"晏航回手扒拉了一下他的头发，"明天要早起吗？是不是该上课了？"

"后天。"初一说。

"你……"晏航看着他，"要回宿舍吗？"

虽然有一瞬间的犹豫，但最多也就是一秒钟之后，初一飞快地回答："不。"

"我就多余问你。"晏航笑了。

"宿舍晚，上都玩游，游戏，"初一叹了一口气，"我玩不，明白，都不知道他，们玩，玩的是什么，没，意思。"

"小可怜儿，"晏航看着他，"连什么游戏都不知道？"

"嗯，"初一说，"就什么开，开黑，听不懂。"

"要我教你吗？"晏航问。

"就知道你，肯定会，"初一笑了起来，想了想又仰起头看着他，有些担心，"要花，钱吗？"

"不花也行……"晏航话还没说完就被初一打断了。

"那算，算了吧，"初一有些郁闷，"破游，戏还花，花钱。"

"我是说不花也行，"晏航说，"初·葛朗台·一。"

"能花钱的游，戏不花钱肯，肯定玩不下去。"初一虽然只玩过贪吃蛇，但这些概念还是有的。

"那你到底还要不要我教你啊？"晏航问。

"要。"初一回答。

"那还说这么一通废话,"晏航看了看手机,"走吧,回去先帮你把游戏装上。"

跟晏航一块儿的这种感觉,每次都让初一觉得很舒服。

在一个陌生的城市,有一个地方可以去。

一个重要的人,一个目的地。

无论初一之前有过多少尴尬,这一段路程还是让他觉得享受。

保安的记忆力不错,这才是初一第二次过来,他却已经能认出来了。

"弟弟过来了?"保安笑着跟晏航打了个招呼。

"嗯,来玩。"晏航笑了笑。

快走到楼下的时候,初一才反应过来:"弟弟?"

"嗯,弟弟,"晏航点了点头,"我告诉他的。"

"为什么是弟弟?不是朋,朋友?"初一问,不知道为什么,他似乎更想听到朋友这两个字,仿佛一种执念。

"弟弟听着亲近些啊,"晏航说,"一般熟不熟都会介绍这是我朋友,如果说这是我弟弟,感觉就不一样了。"

初一笑了笑,晏航的这个回答突然让他感觉暖洋洋的。

走到楼下时,初一一眼就看见了小刺猬,正趴在路边的草丛里,面前照例放着几块碎苹果。

"伙食真,好啊,"初一蹲到小刺猬旁边,"我都好,好久没吃水,果了。"

"我那有葡萄和桔子,"晏航说,"一大筐呢,都归你了。"

"好。"初一说。

上楼进了屋之后,初一一眼就看到了茶几上的一个大筐,还真是一整筐的葡萄和桔子。

"买这,这么多,能吃,完吗?"初一愣了愣。

"崔叔拿来的,"晏航说,"不知道谁给他送的,他每天打汁儿都快喝出糖尿病了,强行塞给我一大堆。"

"我去洗,"初一进厨房拿了个小果篮出来,把葡萄拎了几串放进去,"你吃吗?"

"吃,"晏航往沙发上一倒,"你手机拿来,我帮你把游戏先装上。"

第十三章

初一把自己的手机解了锁递给他，捧着小果篮进了厨房。

洗了一半的时候，他听到自己的手机响了一声，是微信的提示音。

他有些意外，虽然不像晏航那样微信上只有一个好友，但就算把好友加满了，正常情况下，除了晏航，也不会有别人给他发消息了。

也许是宿舍的同学。

"哟！"晏航在客厅里喊了一声，"哟哟。"

"切克闹，"他回应，"葡萄桔子来，一套。"

"这姑娘是谁啊？"晏航拿着他的手机走到厨房门口，冲他晃了晃，"我可看到内容了。"

"什么姑，娘？"初一愣了。

"贝壳儿，"晏航看着手机念着，"帅哥，你军训结束了吗？"

"贝壳儿？"初一还是没反应过来。

"演技不错啊。"晏航笑了。

"啊！"初一回手想拿过手机来看一眼的时候想起了贝壳是谁，"我在火，车站取，取票认识的，她帮我取，票。"

"土狗，"晏航有些感慨，"在撩妹子这方面，我真的很佩服你。"

"我没有！撩！"初一叹气，"我又不，不会变，魔术。"

"我会变也没撩着啊。"晏航笑了起来。

"那你该反，反省了。"初一说。

"人找你呢，赶紧给人家回复，"晏航拿着手机，"我帮你回，你说吧。"

"嗯。"初一应了一声。

晏航没说话，过了一会儿才又开口："说啊！"

"说，完了啊。"初一回头看了他一眼。

晏航愣了愣，冲他竖起拇指："牛。"

——嗯。

晏航帮初一给贝壳儿回了消息，由于初一的回复过于简单，他怕小姑娘尴尬，擅自做主，多加了个句号。

——这周末有没有时间呀？

贝壳儿马上又发了一条过来。

"人问你这周末有没有空,"晏航冲厨房喊话,"有空没啊狗哥?"

"没。"初一回答。

——这周末有事。

——啊,好失望……

"我不管了,"晏航把手机放到茶几上,"我还得帮你中译中,太费劲了,你一会儿自己回吧。"

初一拿着洗好的水果出来,捏了颗葡萄,一边吃一边看了看手机:"这不,不是说,完了吗?"

"……你觉得这是说完了?"晏航看着他。

"啊。"初一也看着他。

"不愧是狗哥,"晏航靠回沙发里,"三句话就把天给聊死了。"

"那我该怎,怎么回啊?"初一坐到他旁边,拿过手机低头看着,"我也没,跟别人聊,聊过。"

"我也不知道,"晏航叹气,"我平时也没这么跟人聊过。"

"一块反,反省吧,"初一把手机放回了茶几上,"游戏装好,了吗?"

"装好了,你先上线,刑天小哥哥就是我,"晏航拿了颗葡萄,"你先把新手教程什么的熟悉一下。"

"哦,"初一盯着屏幕,对于一个只玩过贪吃蛇的人来说,这个游戏的界面复杂得他眼睛都不知道该往哪儿看了,"我得先想,想个名,字。"

晏航笑了笑:"嗯,用什么名字?"

"土狗,"初一一说,系统提示他名字重复了,"这名字还有,有人抢啊?"

"加个下划线就行。"晏航说。

"不。"初一觉得下划线太草率了,万一他将来牛了,人家叫他的时候是土狗下划线,多难听,他想了想,重新输入了名字。

土狗很凶。

这名字非常好。

接下去他就自己开始新手旅程,晏航摸了本书靠在沙发那头翻着。

折腾了不知道多长时间,系统提示他可以打排位了。

他有点儿迷茫,抬头刚要问晏航,却发现晏航看书看得特别投入,嘴里叨着支笔一上一下地咬着,眼睛盯着书。

这样状态的晏航,他不敢出声打扰。

愣了几秒之后晏航抬了抬眼睛:"怎么样了?"

"说能打排,排位了,"初一说,"你带我,打吗?"

"……我现在带不了,"晏航笑了笑,"我钻石,带不了你。"

"差等,级吗?"初一愣了愣。

"嗯,"晏航点头,"你……"

"不玩了。"初一很干脆地退出了游戏。

跟刑天小哥哥面对面坐着都不能一块儿玩,还玩个屁啊。

早知道是这样,他都不会让晏航帮他装游戏了,之前还想着能让晏航带他,然后还能跟宿舍里的人一起玩。

结果没想到折腾半天还得自己先挣扎,本来就眼花缭乱挺受罪的,唯一的支撑现在还落空了。

土狗非常不爽。

"要不你拿我号玩?"晏航问。

"不玩了。"初一坚持自己的决定,土狗和土狗的倔强。

"行吧,"晏航笑了起来,"那你看电视还是玩电脑?"

"看电视。"初一说。

晏航把遥控器扔给了他。

其实对于很多人来说,玩电脑应该更有意思,但初一基本就没玩过,他能有个手机都很不错了,现在让他拿着电脑,他也不知道应该干什么。

电视就熟悉得多了,姥姥和老妈每天晚上都盯着电视,无论电视上演什么都能看一晚上不带换台的。

他随便找了个台,看人介绍各地美食。

不过余光一直停留在晏航那边。

看了一会儿之后,他听到了很低的说话声。

"嗯?"他转过头。

"你看你的,"晏航笑了笑,"我练习呢。"

初一往他那边蹭了蹭,继续看着电视,听出来了晏航是在小声说着英语,大概是跟着电视试着翻译。

他没再出声,安静地听着晏航的声音。

非常舒服的感觉。

晏航低沉而又有些细碎的低吟,传进耳朵里时,像是有人在头皮上轻轻按摩,一阵阵酥痒的感觉从耳后一波波爬向肩膀和后背。

没多大一会儿,初一就感觉到了困倦,慢慢闭上了眼睛。

一直到晏航在他脑门上弹了一下,他才猛地惊醒,一下坐直了:"啊?"

"洗个澡睡吧,"晏航说,"感觉你都快做梦了。"

"我说,说梦话了,吗?"他问。

"没说,"晏航笑了笑,"就哼哼了两声。"

"哼哼什么了?"他赶紧追了一句。

"这哪听得懂,"晏航说,"你找头猪听听看,差不多就是那个效果。"

"哦。"初一搓了搓脸。

洗完澡,他换上了上次放在这里的衣服,也许是用了相同的洗衣液,他能闻到自己衣服上有熟悉的气息。

他躺在床上,看着窗外泛着红光的夜空。

"要不你扔几套衣服在这儿得了,"晏航洗完澡进了卧室,"方便换。"

"我一共就几,几套衣服。"初一说。

"是哦,忘了你是个抠门儿精,"晏航笑了笑,躺到他旁边,"关灯了啊?"

"嗯。"初一应了一声。

晏航关掉了灯,一切都变得安静下来。

初一闭上眼睛,听到晏航的手机轻轻滴了一声。

"有消息。"他提醒晏航。

"是闹钟。"晏航说。

"还没屁,响呢,能闹什么啊?"初一有点儿迷茫。

而且大半夜的定个闹钟是要干嘛?

"这是我的睡觉提示音,"晏航说,"表示现在是我入睡的最后期限。"

"那现在,睡就能睡,着吗?"初一知道晏航时不时会失眠。

"不一定能,只是个心理暗示。"晏航笑了笑。

初一皱了皱眉,如果今天晚上晏航失眠,那罪魁祸首可能就是他,因为他脱口而出的那句"晏叔叔"。

听着晏航在旁边轻轻地翻身,初一轻轻叫了声:"晏航。"
"嗯?"晏航轻声应着。
"你做梦吗?"他问。
"……你是傻子吗?"晏航笑了,"谁能不做梦啊。"
"就是,你会梦,梦到人吗?"初一小声问。
"会啊,"晏航说,"人山人海。"
初一笑了笑,有些不好意思地揉揉鼻子:"你有,没有梦,梦到过……我?"
晏航没说话,过了一会儿初一听到他笑了笑:"你怎么了啊?"
"我没,没有梦,到晏叔叔,"初一说,"我只梦到,你了。"
"啊,"晏航翻了个身跟他面对面地侧躺着,"梦到我什么了?"
"做俯,卧撑。"初一再次想起了梦里的情形。
晏航没说话,过了几秒钟之后他笑出了声音。
一边乐一边往初一身上拍了几下:"做俯卧撑啊?做了多少个啊?"
"数,乱了,"初一说,"一直没数,明白。"
晏航还在笑,初一都能感觉到床垫都被他笑颤了。
"能,不能严,严肃点儿啊。"他说。
"这个话题你让我怎么严肃啊,"晏航继续笑,"就这么一个梦你之前还不好意思呢?"
"啊,"初一应着,不知道该说什么好了。

晏航这句话,突然让他一下就放松了。
是啊,不就是梦见晏航光着膀子做俯卧撑吗,也许就是因为没有见过晏航光膀子的样子,所以才会不好意思和尴尬。
初一松了口气,这一个星期以来他的那些茫然和无措,被晏航一句话给打散了。
他跟着晏航笑了起来。
"来,"晏航大概是睡不着,这么一笑更加精神抖擞了,干脆坐了起来,伸手把灯打开了,"让你见识一下,什么叫好身材。"

初一没来得及反应,就看他一扬手把上衣脱掉了。
"看到没,"晏航冲他抬了抬下巴,"刑天小哥哥的腹肌。"
初一张着嘴,脑子里乱哄哄的,不知道是该指挥眼睛先看腹肌,还是该先感慨一下晏航这样的人居然会有这么幼稚的行为。
"我也有,"初一在一片混乱中,随便挑了一句,"你看吗?"
晏航喷了一声:"小土狗也有腹肌了?"
"让你开,开眼。"初一也不知道自己是怎么了,也坐了起来,把自己上衣给脱了,一拍肚皮,"伟,伟岸不?"
"非常伟岸,"晏航伸手过来也在他肚皮上拍了拍,"挺结实,真不是当初的小土狗了,可以叫一声狗哥不用找补了。"

"哎,给我笑精神了,"晏航叹了口气,"赶紧睡,明天我还要应付讨厌鬼。"
"晚安。"初一说。
"晚安。"晏航回答。

这一个晚上,初一睡得都不太踏实,虽然没做梦,但他感觉晏航每次翻身他都知道。
他想摸手机过来看看几点了,但又一直没敢动,晏航那种睡眠质量,睡着估计不容易,他想让晏航自己醒。
晏航终于动了动,翻了个身。
他拿过手机看了一眼,时间还算早。
"醒了啊?"晏航在旁边问了一句,"还早,我闹钟没响。"
话刚说完,晏航的手机响了。
"响了。"初一说。
"不是闹钟,"晏航打着呵欠拿过手机看着,"是电话。"

手机上没有显示电话号码,只有"私人号码"四个字,愣了两秒之后,晏航感觉自己心跳突然加速。
"哪位?"接起电话的时候他的手抖得厉害。
电话那头没有声音。

第十三章

"喂?"晏航又看了一眼屏幕,接通了的。

那边依然一片寂静,连杂音和电流声都没有,晏航皱了皱眉。

接着很快地挂掉了电话。

"怎么了?"初一坐了起来,看着他。

"没,"晏航说,"打错了估计。"

接起电话之前,他想过可能是老爸打来的电话,但现在他却可以确定,电话那头的人绝对不是老爸。

老爸虽然总是没个正经,但绝对不会在这种时候,拿这样的事来开玩笑。

初一不知道自己算不算是个敏感的人,长这么大,他一直需要在隐身的同时察言观色,但也要不断忽略掉那些或大或小无法避开的伤害。

所以他时而敏感,时而迟钝。

不过在晏航的事情上,他应该是很敏感的。

晏航接了一个没有人说话也不显示号码的电话,然后就有些走神。

"我叫个车到楼下,"吃完早点之后晏航拿出手机叫了车,"直接送你回学校得了。"

"我坐公,交车就行,"初一愣了愣,"不,不用叫车,吧。"

"没事儿。"晏航的回答很简单。

初一也没再说话,车到了之后他跟晏航一块儿下了楼。

车先把晏航送到了酒店,晏航下车的时候扒着车窗冲他笑了笑:"到地方了给我发个消息。"

"嗯。"初一点了点头。

看着车开走之后,晏航拿出手机给崔逸打了电话过去:"我爸的事有什么消息吗?"

"没有什么动静,怎么了?"崔逸马上问。

"可能是我想多了,"晏航说,"早上接了个没人说话的电话,也没有来电显示。"

"按说不太可能,你这两天注意点儿,"崔逸说,"我找人再打听打听。"

"嗯,"晏航笑了笑,"我是不是太紧张了。"

"这种事也没谁能镇定自若,"崔逸说,"正常反应。"

· 157 ·

一个钢镚儿 /2
A COIN

跟崔逸又聊了几句之后，晏航进了酒店。

每天早上安排工作是个挺烦人的事儿，特别是看到故意站得懒懒散散一脸不痛快的马力，他就尤其感觉烦躁，本来一大早心情就不怎么样，这会儿就想过去收拾丫一顿。

环境的改变真是特别磨练人，他现在仿佛忍者神龟，要搁一年前，就马力这样，有一次他就该动手了。

行走江湖，要的就是肆意洒脱，现在成了定点摆摊，也就顾虑重重了。

安排完工作各自散开之后，张晨走了过来，小声说：" 是不是有新领班过来？"

"不清楚，"晏航挺佩服张晨，干的时间没比他长多少，但总能打听到小道消息，"还没有跟我说呢。"

"如果是真的，"张晨说，"你一定要让我在你这组啊，换到别的组我怕适应不了。"

晏航笑了笑："嗯。"

这事儿陈金铃休假之前就听说过，不过没有准消息，新总监来了之后有过不少调整，餐厅生意明显好了很多，服务员也新招了一些，增加班组也正常。

晏航挺希望一次多来几个领班，直接让他干回服务员……或者去后厨。

没过多大一会儿，唐经理就打了电话过来，上过二十分钟去他办公室开个短会。

晏航看了看时间，到餐厅后门的走廊窗边站了一会儿，调整了一下自己的情绪，今天这一大早的开头没开好，他不想在开会的时候带着情绪，哪怕是个短会，哪怕他并不在意领班这个职位。

手机响了一声，初一发了个消息过来。

——我到学校了，今天没什么安排，去教学楼转转参观。

——新鞋好穿吗？

——好穿，走十步配俩扫堂腿一点儿问题没有。

晏航对着手机笑了半天，顿时感觉人轻松些了，他伸了个懒腰转身往餐厅走。

第十三章

没走两步就看到马力叼着根已经点上了的烟从餐厅后门走了出来,往这边的时候看到了他也没有任何反应,就是把嘴上的烟拿到了手上而已。

他到跟前儿了马力也没有打个招呼的意思。

晏航也没说话,跟他擦肩而过的时候一把抓住了他拿烟的手,然后在手腕上一捏。

马力猛地往旁边一蹦,皱着眉皱了口气,烟从他手上落到了地上。

晏航把烟头踩灭了,看了他一眼:"上班时间不能抽烟,走廊上也不能抽烟。"

马力不吭声,狠狠地想甩开他的手,但他抓着没松劲。

"这是第二次了,"晏航说,"规矩是拿来遵守不是拿来通融的,听懂了吗?"

"放开!"马力瞪着他。

晏航没动,在感觉到马力运足了气准备拼尽全力甩手的那一瞬间,他松了手。

马力的手没有阻碍肆意飞扬地一挥,甩在了身后的墙上。

顿时疼得脸都拧上了。

晏航没再理他,进了餐厅,跟几个服务员交待了一下要去开会,然后出门往唐经理办公室那边走过去。

经过电梯的时候,电梯门开了,晏航停了停,看到了总监从里面出来,他打了个招呼:"总监早上好。"

"小晏啊,"总监笑了笑,"去开会?"

"是。"晏航回答。

"这段时间工作压力大吗?"总监问。

"还行,干服务员压力也不小。"晏航说。

他对总监的印象挺好,总监自打刚来的时候去餐厅微服私访一通刁难都被他扛住了之后,每次见了他都是笑眯眯的,还表扬过他好几回。

不过他对总监印象好倒不完全是因为表扬,总监这人没什么架子,挺随和,唐经理看着都比他像总监。

"You've been doing a very good job recently,"总监突然切换了模

·159·

式,"but I do hear some complaints."

晏航愣了愣,差点儿没反应过来,一边迅速适应一边在心里把总监是个好人的评价收了回来。

工作状态不错,但还是有人投诉他。

啧。

酒店的员工投诉都是匿名的,马力要是去投诉他十次八次的,就能造出挺磅礴的效果了。

"Although I don't think you are the one to blame for most of them, I'm still expecting a better performance from you."总监笑了笑。

"I will see what I can do and give it my best shot."晏航心里有点儿不爽,但还是中规中矩地给了个标准回答。

总监点了点头:"Talk to me if you've got any problem."

"Everything is under control so far. Thank you very much."晏航说。

"去开会吧,"总监再次切换模式,"好好干。"

"好的。"晏航应了一声。

唐经理的短会的确挺短的,没十分钟就结束了。

跟张晨的情报一致,新来了一个领班。是个叫王琴琴的姐姐,名字很温柔,但风格跟陈金铃很相似,唐经理从别的餐厅挖来的。

晏航没有什么想法,唯一的感觉就是以后工作会轻松很多了,休息时间多了……

"服务员分组就由小晏来安排吧,"唐经理说,"他比较熟悉这些人。"

"我今天下班之前把名单做好。"晏航说。

"好的,"王琴琴说,"辛苦小晏了,以后多多指教。"

"我现在是代理领班,要多向你学习,如果我有什么做得不对的请一定给我指出来。"晏航笑了笑。

从唐经理办公室出来之后,他搓了搓脸上的假笑,松了口气。

回到餐厅,晏航站在吧台旁边开始琢磨分组的事儿,别的服务员还没想

第十三章

好,反正马力他肯定要分到王琴琴那组去。

终于不用再看到这个人了,这是今天最愉快的事。

"晏航,"张晨走了过来,"刚有个客人打电话来想联系团餐,直接说找小晏,我说我们暂时不接受团餐,但是他说要直接跟你说,要我把你电话给他,我没给,说让你回来给他打过去……这是他的号码。"

"嗯,"晏航接过纸条,看了看上面的号码,"我给他打过去吧。"

龙先生。

经常来的客人他差不多都认识,点名叫他也不奇怪,但他想不起来自己跟什么姓龙的客人有过交情。

晏航拿起吧台的电话,按照号码拨了过去。

系统提示此号码未启用。

晏航愣了愣,又重新拨了一遍,依旧是未启用。

"张晨,"晏航转过头,"号码你记对了吗?"

"记对了的,我还跟他核对了两遍的,"张晨说,"怎么打不通呢?"

"嗯,"晏航放下听筒,"没事儿,等他再打来吧。"

一整天也没再接到龙先生的电话。

其实这事儿搁平时,他根本不会多想,客人的号码报错了,客人临时改主意了,都有可能。

但放在今天,他却想得真是一点儿也不少。

虽然觉得是紧张过头了,但却有些控制不住,他转身去了洗手间,得洗个脸让自己情绪稳定些。

"接着打啊,一个两个有什么用,"洗手间里有人在低声说话,"跟之前一样就行。"

晏航站在门口,一耳朵就能听出这是马力的声音。

这没头没尾的一句话,却让晏航突然对这个人产生了怀疑。

这句话之后马力没再说别的,挂了电话,从最里面的隔间里走了出来。

看到晏航时,他脸上的表情平静,跟平时一样连看都没看晏航一眼,直接就往门外走。

"洗手。"晏航说。

马力停下看了他一眼,转身走到洗手池边洗了洗手,然后面无表情地从他身边走了出去。

晏航看着他的背影,心里对他的厌恶达到了顶点。

那个订团餐的电话也许跟他没有关系,但早上的那个电话,却很难让人不怀疑他。

其实晏航更希望这件事就是马力做的,这样他不仅能够松一口气,他所有的愤怒不爽,也都有了出口。

而一下午手机上接到的三个无声电话,让本来还有些不确定的晏航几乎能够肯定这件事就是马力做的。

只有马力这种档次的人,才会选择这样低俗的方式。

但晏航不得不承认,这样的方式虽然对他没有什么杀伤力,但的确很影响他工作。

因为电话在快到晚餐的时间,频率开始加快,跟那种响一声的骚扰电话不同,这个电话差不多是一分钟一个,每次都坚持响到自动挂号,而且因为不显示号码,也没办法拉黑。

当然,就算显示号码,一分钟换一个也不是什么难事。

"航哥,"一个服务员走过来,"那边有客人找你。"

"嗯。"晏航应了一声,把手机调成静音放回兜里,一边走一边往服务员指的方向看了看。

有些意外地看到了……初一的同学。

"航哥晚上好。"周春阳冲他笑了笑。

"约了朋友吗?"晏航笑笑。

"没,就一个人。"周春阳说。

"挺会享受,"晏航说,"想吃什么?"

"鳕鱼拼虾,"周春阳没看菜单,"土豆泥鸡肉饼。"

"好,"晏航点点头,"喝饮料吗?"

"柠檬汁就行,我减肥。"周春阳说。

晏航往他身上扫了一眼:"这身材减肥是要气死胖子吗?"

周春阳笑了起来,在晏航帮他下了单准备转身走开的时候,他又说了一句:

第十三章

"航哥你真不用微信吗?"

"嗯?"晏航看着他。

"初一给你发照片不会是用彩信吧?"周春阳问。

"那倒不是,"晏航没想到他会说这个,"不过那是私人号码,我没有对公的微信号。"

"……哦,"周春阳愣了愣,"不好意思。"

晏航笑了笑,转身走开了。

今天不知道是什么日子,各种神奇的事一个接着一个,晏航回到吧台,打开了电脑上的日历。

挺平凡的,连黄历上的话都平淡无奇。

裤兜里的手机又振上了。

晏航一阵烦躁,有种想把手机掏出来砸到马力脸上的冲动。

他可以换号,这个号码用的时间不长,而且主要都是酒店和客人联系用,换掉了没什么大的影响。

但马力要知道他号码太容易了。

最重要的是,他没有证据证明这是马力干的,也就没办法用任何正当的手段让马力得到教训。

他撑着吧台,低头看着地面。

他挺能忍的了,毕竟他对目前的工作没有什么不满。

但今天早上他的确是因为那个电话而心慌意乱,那种恐惧和突然涌上来的他不愿意细想的记忆,几乎把他这段时间以来的平静全盘打破。

哪怕现在知道了这件事是马力干的,他也没有办法马上让自己的情绪平稳下来,也没有办法马上把脑子里那些他一想到就会痛苦的记忆压回去。

一个晚上晏航都觉得自己脑子发懵,周春阳吃完饭走的时候过来跟他打招呼,他差点儿都没能挤出笑容来。

"航哥,今天不用给我打折了,"周春阳说,"我拿的我爸的卡,不用给他省。"

"要不我给你打个十一折吧。"晏航说。

周春阳笑了起来:"没问题啊。"

· 163 ·

一/个/钢/镚/儿/2
A COIN

"你还打包了?"晏航看了他的单子。

"嗯,"周春阳点头,"宿舍里一帮狼呢,带点儿回去给他们解馋。"

虽然觉得小孩儿有点儿奇怪,但晏航对他总体的印象还是挺好的。

——你今天怎么没跟周春阳一块儿过来?

——过哪儿?他去哪儿了?

——他今天晚上在我们餐厅这儿吃的饭。

初一看着手机上晏航发来的这条消息,有种眼眶里都快冒血了的感觉。

他一下午都没见着周春阳,还以为他回家了,怎么也没想到周春阳会突然跑到晏航他们餐厅去了!

——他一个人吗?

——是啊,不过我不知道他是不是不想让你们知道,他要没说,你就别问了。

——嗯。

周春阳一个人去的!去吃饭了!

而他下午吃的食堂,特别难吃,还觍贵的,吃得他肉疼。

但他完全没想到过去找晏航,他一下午屁事没有,他却没想到去找晏航玩!

……当然想不到了,晏航在上班,玩个屁。

周春阳有钱,他过去往餐厅里一坐,是可以点菜的,理由是非常充分的。

而他买双鞋都得晏航给他塞红包。

真穷与真抠。

初一叹了口气,脑子里跟炸了似的一通狂想,之后一下就平静下来了,有些郁闷。

宿舍门被推开了,初一没抬头,就听到胡彪喊了一声:"春阳你上哪儿……带什么吃的了?"

"披萨,还有点心,"周春阳拎着一个大袋子,往桌上一放,"还有肉饼,我打车回来的,还热呢,有吃的吗?"

宿舍里几个人立马围了过去。

初一趴在上铺,一眼就看到了袋子上晏航他们餐厅的标志。

第十三章

"哪儿买的啊？"张强问。

"就上回去的那个西餐厅，"周春阳说，"领班是初一朋友那家。"

"什么？"李子强有些不满，"你上那儿去不叫我们？"

"意外，"周春阳推了推眼镜，"我爸在楼上健身，非拉着我去，我待不下去就去餐厅了。"

去健身还戴个平光镜，是有多臭美啊！

几个人跟抢似的开始从袋子里往外掏吃的。

周春阳扑进去抢了个盒子出来，然后拉着初一上铺的栏杆，站到了下铺，把盒子递给了他。

"鳕鱼拼虾，"周春阳小声说，"上回看你挺喜欢吃鳕鱼的。"

初一愣了愣，看着他没说话。

"袋子里还有呢，"周春阳笑了笑，"我就是看你那样子估计抢不着。"

初一觉得自己真是太没脾气了。

周春阳回来之前，他非常生气，虽然不知道自己在气个什么玩意儿，总之就是一想到周春阳一个人去晏航他们餐厅吃饭，而自己只吃了个破食堂就非常生气。

但现在他却突然就消了气。

就因为周春阳怕他抢不着吃的，专门拿了一盒给他。

对于别人的示好，只要他能感觉到是真心的，哪怕只有一丁点儿好，他就立马能变成一坨橡皮泥。

"谢谢。"初一说。

"……这么客气。"周春阳笑了笑，跳了下去。

快下班的时候，晏航把服务员分组的名字给了王琴琴，她拿着名单来了餐厅，通知她那一组的服务员一会儿稍微晚些走，相互熟悉一下。

不过这个稍微晚些，晚得挺多的，晏航安排人卫生都做了，今天的工作也都收尾准备走的时候，她还在跟服务员说着话。

"怎么感觉她比陈姐还凶，"张晨跟晏航一块儿往外走的时候小声说，"谢谢老天你没把我分过去。"

"你这月再出错我就让你过去。"晏航说。

一个钢镚儿/2
A COIN

"拼死不会出错的,你放心。"张晨笑了笑,跑进了女更衣室。

晏航换好衣服,走之前路过餐厅,看到王琴琴的谈话还在继续,服务员们一脸麻木。

他迅速地下了楼。

平时他一般不走员工通道,他没有车,每次都是直接从大堂出去坐公交或者遛达几站地回去。

今天他也照样从大堂出去,然后绕到了酒店员工停车场那边的路口。

马力平时骑小黄车,但每次都会把小黄车藏到停车场里。

今天果然还是老样子,慢悠悠地骑着车出来,拐上酒店和旁边商场之间的小路。

晏航戴上口罩,悄无声息地追了上去。

在马力要拐弯的时候一脚踹到了他腰上,把他从车上踹了下来。

接着没等马力起身,晏航过去对着他的脸又是一脚蹬了下去。

马力才喊出了声,但晏航手里的刀贴到他脖子上时,他立马没了声音。

商场后面是一大排垃圾桶,他拎着马力的衣服,把他拽了过去。

"晏航!"马力咬牙低声说,"我知道是你!"

晏航没出声,对着他肚子又是一脚。

他希望马力认不出来他,但如果马力真认出了他,他也无所谓。

打到这人什么也不敢说为止。

马力被他扔到两个垃圾桶中间,接下去的五分钟时间里,马力都没再有机会站起来,只能一直抱着头。

晏航很久没有这样打过人了,上一次是打初一的那个同学,还没敢下重手。

这会儿面对着马力,他没太控制,只保证骨头不断就行。

每一拳每一脚都结结实实。

最后马力终于抱着脑袋出了声:"航哥我错了……我真错了,你放过我……"

晏航又把他揪出来,在地上踢了两脚才停了手。

马力躺在地上,抱着头一动不动。

第十三章

晏航甩了甩手,沉默着转身往另一头走了。

回到大街上,听到了车子的喇叭声,身边行人的说话声,商店里传出的音乐声,他才慢慢找回了些实感,而自己身体里的怒火也总算是平息了一些。

走到公交车站,他靠在广告牌上,给初一发了个消息。

"明天上课了吗?"

"是啊,不过我不太想上课。"

"那你去要饭吧。"

"你帮我留意一下有没有兼职吧,我想打工。"

"行。"

晏航笑了笑,琢磨着干点儿什么比较合适,不用多说话,不占用上课的时间……

正出神呢,有种奇怪的不安的感觉让他往右边看了一眼。

总觉得感受到了某种视线。

右边人行道上来来往往的人,下班的,出来逛街的,看上去没有什么特别。

他搓了搓脸。

到底是怎么了?

今天是上课的第一天,宿舍的人不知道是还没从军训的疲惫里缓过来还是干脆就没从暑假的懒散里缓过来,总之今天初一起床的时候,连一向起得比较早的周春阳都还在蒙头大睡。

初一坐在床上靠着墙,他起得早是因为昨天没太睡踏实。

感觉自己像只暮年老狗,一天天的有点儿什么事就睡不好觉。

在碰到晏航之前,他每天什么也不琢磨,挺多就是想想怎么躲开李子豪之流,怎么能让自己更透明一些,晏航走了之后他想得就更简单了,就是找到晏航。

可在找到晏航之后,他就老了。

老狗的特点就是睡得不踏实,还老做梦。

继上回梦到晏航做俯卧撑之后,也就过了十来天,他又梦到了晏航,这回晏航一直在前面埋头走路。

· 167 ·

他在后头跟着,拼命追也追不上,脚无论如何也迈不开步子,都快爬了,速度也比不上旁边的刺猬,想喊一声让晏航等等他,却怎么也喊不出声。

这种感觉比在梦里总也找不着厕所和永远也拨不对电话号码要痛苦多了。

主要是跑得累。

这会儿他都感觉自己全身酸痛。

起床洗漱完了之后,宿舍的人还都在睡,他站在宿舍中间,不知道该不该像周春阳那样敲敲饭盒大喊两声,或者是像张强那样直接往人膀子上甩巴掌。

他不好意思,哪怕宿舍里的人对他都挺好的,他也没有那份自信。

不过还有个简单而快速的方法。

他走到周春阳床边,把周春阳给晃醒了。

"嗯?"周春阳一脸迷瞪地看着他。

"要迟,到了。"初一把手机上的时间给他看了看。

"就你一个起了?"周春阳坐了起来。

"嗯。"初一点头。

周春阳打了个呵欠,下床走到了架子旁边,拿了个饭盒和一个勺,绕着宿舍当当当地敲着,每一个人耳朵边都凑过去敲两下。

"起了起了起了……"

"我——!"李子强骂了一句。

这样效率就是高,没到两分钟,宿舍里的人全坐了起来。

就在大家打着呵欠准备洗漱的时候,苏斌第一个进了厕所,把门一关。

张强看着厕所门,"他这一进去没十分钟出不来,每次都憋一群人在外头!"

"便秘吗?"高晓洋说。

"谁知道,真想拿个皮掀子给他通通。"张强说。

"我去隔壁上厕所,"周春阳说,"他们要是起得早这会儿应该已经完事儿了。"

学校里的学生有不少都是本地的,周春阳没来两天就都混熟了,除了之前

第十三章

跟他干过仗的那个宿舍,这层别的宿舍他进去都跟进自己宿舍一样。

说起这一点,初一是真的很佩服周春阳,也很羡慕他。

不像自己,明明干什么都没底气,做什么都怕被人笑,却居然被扣了个狗哥在头上。

苏斌一直没出来,宿舍里几个人在外面骂骂咧咧他也还能镇定自若地继续蹲在里头,这种心理素质也是很过硬的。

初一打算先去食堂吃早点,他除了初三因为晏航和老爸的事旷过课,别的时候连迟到都没有,新学校的第一节课,他这么多年来的惯性让他不想迟到。

而且他还想早些去教室,占据一个偏僻的角落,比起初中的时候,现在上课最让他愉快的大概就是可以随便坐了。

"去食堂?"吴旭问,"我跟你一块儿。"

"嗯。"初一应了一声。

走廊上有不少学生了,叼着牙刷的,光着膀子秀着肌肉假装晨练的,来回遛达不知道干嘛的……

初一习惯性地低头往前走,不知道是不是因为自己想多了,老觉得这些人都冲他这儿看着。

土狗呢。

狗哥呢!

他和吴旭刚穿过走廊,还没到楼梯口,就听到身后有些嘈杂的声音。

初一回过头的时候,就看到周春阳和一个光膀子大汉从407的宿舍里打了出来。

那天找周春阳的几个本地学生里他没看到这个光膀子大汉,这又是周春阳新出现的仇家?

走廊里的闲散人员迅速被他俩给吸引,有的驻足围观,有的上前围观。

"这怎么回事儿?"吴旭吓愣了,他到校晚,第一次打架他都没见到,这会儿愣在了原地。

初一有些发愁,再次不知道该怎么办了。

光膀子大汉从体型上看比周春阳大了一号,但是战斗力却没占上风,周春阳没戴眼镜的时候还是很厉害的,就这几秒钟,他出了三拳,每拳都正中膀子哥的脸。

  正在初一觉得可能不用帮忙的时候，宿舍里又冲出来两个人，他一眼就认出其中一个是那天挑头的。

  没完了啊这是！

  两个人加入战斗之后，场面顿时一阵混乱，接着周春阳就吃力了。

  "过去帮忙。"吴旭回过神来之后说了一句。

  初一感觉自己脑子里叹气的声音都快能飞出了脑壳了，没有跟同学相处经验的他完全不知道这种情况下到底应该怎么做。

  但吴旭开了口，他也看到403的门打开了，李子强从里面冲了出来。

  跟着宿舍的人走吧，初一一咬牙跟在吴旭身后跑了过去。

  膀子哥宿舍的人似乎比他们403的要平和，李子强一帮人出来是干仗的，膀子哥宿舍除了膀子和那俩之前打过架的，后面出来的人都是拉架的。

  不过这种场面想要拉住也不是一件容易的事。

  这种时候就需要汽修一班拉架大王，江湖人称土狗的初一出手了。

  初一不愿意打架，但如果有人要拉架他还是很愿意帮忙的。

  过去之后依旧是老规则，抓着胳膊就往后抡，把人一个个抡出去。

  但是他抡开一个，再抓住膀子哥胳膊的时候，猛地看到了周春阳的脸上有血，从额角流得半边脸都红了。

  他顿时感觉一阵害怕。

  就刚才膀子哥那几拳，先不说有没有打到周春阳，以他天天练拳的经验，就算是打到了，也不可能把人砸出这么大口子来。

  这让他顿时想起了梁兵那个使阴招臭不要脸的玩意儿，当初他在晏航脸上划的那一道现在想起来都还让初一生气。

  正想把膀子哥推开的时候，他抽空一拳又对着周春阳脸上打了过去。

  初一想也没想地就一抬胳膊挡在了他这一拳的去路上。

  膀子的这一拳砸在了他手臂上。

  疼疼疼疼疼疼疼疼！

  初一要不是人多的时候习惯性不敢开口，这会儿肯定会喊出声来。

第十三章

疼痛会让人愤怒，特别是本来就对打架的时候用阴招的人极其反感。

初一抬着胳膊扛下这一拳之后，转过头看着膀子。

膀子扬起的拳头在空中顿了顿。

初一不知道自己这一个回眸为什么会有这样的效果，但他还是抓住了这个机会，猛地起身，肩膀对着膀子胸口撞了过去。

膀子被撞得往后飞出去四五步远，靠在了走廊栏杆上才没一屁股坐到地上。

初一站在原地没动，看着膀子。

手臂上的疼痛一阵阵地往胳膊上肩上窜着，他不用看都知道手臂流血了，血一直顺着流到了指尖上。

膀子这会儿还是一脸凶相，但是不知道为什么，他靠在栏杆上没有动。

初一也不知道该怎么办，只能继续盯着他。

"别打了！"高晓洋在这时抽空吼了一声，"一会儿舍管来了谁也没好果子吃！"

这一句配合的时机非常好。

打成一团的人终于都分开了，各自来回瞪着。

只有初一，一直还在瞪着膀子。

不是他想干什么，而是他突然非常尴尬，并且紧张，他甚至连移动一下目光都害怕自己会被人注目。

"狗哥！"胡彪这时到了初一旁边，一把抓住了他的胳膊，"算了狗哥，算了算了，消消气，先把伤口处理一下。"

什么狗哥……

什么算了狗哥……

还消消气……

初一都想抱头逃走了，胡彪这一句话出来，硬是把他塑造成了打架打得不想收手的刺儿头。

他赶紧转身，跟着宿舍的人往回走。

"最好别再上我们宿舍来，"膀子在后面突然开口，"我最恶心的就是他

· 171 ·

这人，根本不是个纯爷们。"

一条走廊上的人全愣住了。

初一用了起码十秒，才反应过来是在说周春阳。
所有人的目光都看向了周春阳。

周春阳一脸平静，慢条斯理地从口袋里拿出纸巾擦了擦脸上的血，然后又从口袋里摸出了眼镜，慢慢地擦着。
"滚！"膀子又骂了一句，还往地上啐了一口。
"别怕，"周春阳戴上眼镜，冲他笑了笑，"你省省吧。"
膀子往前冲了过来，被人拉住了。
"你少恶心这个恶心那个的，"李子强回过神，指着膀子，"我看你最恶心了，再多一句嘴我拿个扫把给你揍了。"
李子强这一通说完，初一都快蒙了。
跟着宿舍的人回了屋里，把门关上之后，他才猛地松了一口气，靠在门上都不想动了。

苏斌这会儿已经从厕所出来了，拿着书，一边往门口走，一边往周春阳身上扫了一眼："难怪人家总找你麻烦……"
"你给我站着！"张强指着他。
苏斌没理会，直接走到初一旁边："让一让，我要去吃早点。"
初一站着没动，还是靠着门。
他觉得无论怎么样，周春阳是什么样的人，同一个宿舍的人，平时关系也不差，苏斌这种时候这样的表现让人非常不爽。
哦。苏斌跟他们的关系并不好。

"我早看你不顺眼了！"张强过来抓着苏斌就把他拎到了后面胡彪的床上。
大概是刚才打架时间太短，他没过瘾，这会儿抓着胡彪的毛巾被往苏斌脑袋上一蒙，扑上去就开始抡拳头。
"哎！"胡彪愣了愣，"那是我的床！"

第十三章

张强没理他，继续打苏斌。

"算了，"胡彪叹了口气，转过头，"你俩伤口处理一下吧，洗洗？"

"我有小药箱。"周春阳过去打开了自己的柜子，从里面拎出来一个塑料小拎盒放到桌上。

"我的天，"吴旭很震惊地看着他从盒子里拿出了消毒清理包扎一条龙服务的材料，"你是不是天天跟人打架啊，东西这么全？"

"我妈给我备的，"周春阳说，"她觉得我随时都会被人打死，备着点儿能撑到救护车来。"

"初一你胳膊怎么样？"李子强问。

初一一边看着床上张强揍苏斌，一边走到桌子旁边："让他别，打了吧。"

"张强！"李子强喊了一声，"差不多得了。"

张强停了手："呸。"

苏斌掀开毛巾被站了起来，头发全乱了，衣服也被撕开了口子，但脸上的表情很坚毅，沉默地换了衣服，梳好头发，昂首挺胸地走出了宿舍。

"他就是嘴欠，"李子强说，"不抗揍，打两下得了。"

"我没使劲。"张强坐到桌子旁边。

"不好意思各位，给你们找两回麻烦了，"周春阳拿出一小瓶生理盐水放到初一面前，"冲冲，消消毒。"

"哦。"初一应了一声。

"我帮你狗哥。"胡彪马上过来拿起了瓶子。

"谢谢你们，"周春阳一边对着桌上的镜子处理自己额角的伤一边说，"我也不绕弯子，你们要有谁觉得我招事儿可以直说，我申请换宿舍或者出去租房住都行。"

"有谁有意见吗？"李子强看了看几个人。

高晓洋说："又没影响谁，我没什么意见。"

张强说："只要不冲着我来，我一点儿意见都没有。"

周春阳笑着叹了口气，把镜子转过去对着他："小强哥，你要不照照吧？"

"滚！"张强一拍桌子。

· 173 ·

几个人全都乐了。

把伤口处理完,也没时间去吃早点了,几个人去小卖部买了面包直接去了教学楼。

周春阳的伤在额角,他戴了个帽子遮住了,初一胳膊上的伤也特意穿了长袖T恤挡好了。

刚开学他们宿舍就打了两架,这要让老师知道了,估计都得有麻烦。

不过虽然老师们没有发觉,但就这么十几分钟时间,学生里基本都知道了,毕竟两栋宿舍楼是脸对着脸的,这边走廊上打架,那边站走廊上就能看高清直播了。

初一有些煎熬。

自打来了这儿之后,他就总被围观,这滋味儿对于他来说实在是有些不好受,他只希望没有人看不起他欺负他,并不希望成为视线中心。

不过这会儿他们过来,大家看的应该都是周春阳。

教室里已经坐满人了,初一跟宿舍几个人坐在了最后两排,周春阳坐在了他旁边。

这节是公共课,初一看了看课本,确定自己没晕晕乎乎地拿错书。

职业生涯。

这个课的名字听起来有点儿神奇。

上课的老师是个白头发老头儿,进了教室连个自我介绍都没有,就在黑板上写了个刘字,就开始了讲课。

还没讲三分钟,周春阳在旁边打了个呵欠。

初一顿时觉得眼皮有点儿发沉。

这个刘老师说话特别小声,初一本来上课就爱走神,现在他这个语调简直就是强迫走神。

不过旁边不是窗户是墙,他也没什么东西可看,只能盯着课本。

在周春阳打第三个呵欠的时候,他跟着也打了一个。

周春阳笑了:"终于传染上了。"

"我都听,不清他说,说什么。"初一叹气。

"这个课也无所谓听不听了,"周春阳说,"你没看他连名都不点么,这课两年时间统共就上这一节。"

初一笑了笑,趴到了桌上。

他用余光打量着周春阳。

周春阳虽然戴着眼镜看上去挺斯文,但是一点儿也不娘,打架的时候更是连那点儿斯文劲儿都没了。

下课之后他们宿舍的几个人一块儿站到走廊上。

李子强像是要给哥们儿撑腰长脸,胳膊一直搭在周春阳肩膀上。

他往旁边看了看,"估计这事儿都已经传遍了。"

"没事儿,"周春阳说,"我初中的时候就已经传遍了。"

"不是,"张强看着他,"早上是怎么能打起来的啊,那407那个傻逼是怎么知道的?那天那几个不是404的吗?"

"上完厕所出来就碰上407的过去找人,"周春阳喷了一声,"缘分。"

"不是……"胡彪皱着眉,"你至于吗,见一次就要打啊,你是不是盯上他了?"

周春阳看了胡彪一眼,冲他竖了竖拇指:"彪哥思路很广啊。"

几个人笑了半天。

"我跟404那几个不是因为这个事儿打,"周春阳说,"是本来就不对付,今天407这个……叫什么?他反应这么大还把我吓一跳呢。"

"我给你打听打听。"胡彪说。

"打听什么?"周春阳看着他。

"打听一下407那人叫什么啊。"胡彪说。

"打听这个干嘛,我又不打算怎么着他。"周春阳说。

"你别瞎打听,"吴旭在旁边说,"本来没事儿,你一打听,反而有事了。"

初一跟着几个人一块儿乐了一会儿。

这事儿对于他来说实在是有些神奇,这会儿宿舍的人都能拿这事儿开乐了,他还没缓过来。

今天的课安排得挺紧凑,上完一天课他才发现这个汽修专业也并是他想象的那样,天天蹲车子旁边折腾。

发动机维修、汽车电路、底盘维修、电工基础,都是看书都看得挺迷糊的东西,还有计算机基础和体育课。

体育课大概是最轻松的了,直接就分了两拨打篮球。

初一一直坐在场边看,他不会打篮球,确切说他什么球也不会打,以前上初中的时候,人多的球没人叫他,一对一的球也没人理他。

"狗哥,"胡彪打一半跑了过来,"我不行了,累死了,你上去替我会儿吗?"

"我不会。"初一说。

"……不能吧,"胡彪愣了愣,"那怎么行,你看那边女生,估计都等着看你呢,我们宿舍从军训的时候起就是万众瞩目,一个你,一个周春阳。"

"啊。"初一看着他。

"现在,"胡彪说,"就是土狗你了。"

"你闭嘴吧。"初一说。

体育课三个班一块儿上,汽修计算机和幼教的,胡彪说了这话之后,初一才注意到球场边儿上坐着不少幼教的女生。

"晓洋上。"初一冲旁边的高晓洋说了一句。

"那我上了。"高晓洋站了起来,活动了一下胳膊上场。

"哎。"胡彪有些遗憾地叹了口气。

陌生的课和陌生的老师,陌生的讲课方式,这一天的课上下来,初一居然感觉有点儿疲惫,虽然他回忆了一下仿佛什么也没记住。

吃完晚饭之后宿舍里的人就开始玩游戏。

初一照例是不参加的,躺在床上听着一帮人大呼小叫的,看看房顶发呆。

最后还是没忍住,拿出手机给晏航发了条消息。

——今天我们又跟旁边宿舍的人打架了。

——这是你们的健身方式吗?

初一看着晏航的回复笑了半天,然后又收了笑容,犹豫了一会儿才又发了一条过去。

"有个人找周春阳麻烦。"

"周春阳怎么说?"

"他不在乎,我觉得很难想象啊。"

第十三章

"你没跟着人家说他吧。"

"怎么可能。"

晏航那边好半天都没再回消息,屏幕都黑了,他又给按亮,看着晏航的头像。

正想点进去看看晏航的朋友圈有没有新内容的时候,晏航的消息发了过来。

"他没对你说什么吧?"

初一愣了愣,没等反应过来,晏航把这条消息撤回了。

"撤慢了,我看到了。"

"你一直抱着手机吗?"

"是啊,抱得特别紧,手机都喘不上气了。"

"【大笑】我发完了感觉不合适,对周春阳不太礼貌,你别瞎想知道吧,让人觉得你对他有什么意见呢。"

"嗯,我知道。"

这种感觉他当然知道,一个结巴就能让他话都不敢多说,何况是周春阳。

初一翻了个身,看着下面玩游戏的几个人。

目光扫过周春阳脸上时,他突然猛地一惊。

周春阳不会是跟晏航有联系吧!

第十四章

Chapter Fourteen

第十四章

晏航抱着笔记本靠在床头，漫无目的地在本地论坛上戳着。

自从老爸消失之后，他似乎就这么把老爸以前的习惯接了过来，过渡都没有就开始了，每天下班到家之后就会边吃东西边看着本地新闻。

他比老爸更高级一些的大概就是他还会看看论坛。

不知道在看什么。

就像不知道老爸以前都在看什么一样。

他只知道如果真的有什么变化，也许某个人随口说起的某件事某一句话，他就能感觉得到。

这样的状态，说实在的，他有些抗拒。

他一直在等老爸出现，也一直想要找到跟老爸有关的任何信息，或者捕捉生活中的任何细微预兆。

但他现在毕竟不再是从前。

他不会再跟着谁潇洒地到处跑，不会再只看今天这一天，他需要摆脱的东西很多。

这些事他不会放弃，但这样的状态却不能再出现。

一年前，他看到初一的时候，会觉得这孩子有时候会让他着急，所有的事就那么沉默地扛着，让一切都变成生活的常态。

但现在看到初一时，他才惊觉这个小孩儿有多大的力量。

改变和脱离需要多少勇气和多大力量，只有试过的人才会知道。

晏航拿出手机，看了看时间，还行。

他拨了之前崔逸给他介绍的那个心理医生罗老师的电话。

罗老师是个大姐，整个人从长相到气质再到声音，都很温和，让人放松，晏航还挺喜欢她的。

"喂？小晏？"罗老师接了电话。

"是我，罗老师晚上好，"晏航说，"我想……跟你约个时间聊聊。"

"可以啊，"罗老师笑了笑，"最近工作压力大吧？听说你做领班了？"

"代理领班，"晏航说，"工作也挺烦的，不过还能应付，主要是……我这几天感觉自己又开始有以前那种情绪了。"

"情绪会反复出现也是正常的，"罗老师语气很平和，"我们谁也做不到让某种情绪完全不出现对不对，学会控制和疏导才最关键。"

"嗯。"晏航应了一声。

"今天到周末这三天晚上我都有时间，你过来聊聊吧，我等你。"罗老师说。

跟罗老师通完电话之后，晏航关掉了笔记本，起身去厨房冰箱里拿了瓶冰红茶。

一口气灌下去半瓶之后觉得稍微舒服了一些。

晚上他还是老习惯，除了按时跟崔逸去健身房，他依旧每天都会去跑步，小区和小区旁边这个时间跑步都挺合适。

不过今天有点儿累了不想出门。

本来有了王琴琴，晚上还有值班经理，他的工作量比以前是少得多了，但这两天一是要适应，二是人手相对少了，一边安排工作费劲，一边申请招人还得写个报告。

晏航对于动笔写东西是最发愁的，毕竟他是个文盲。

好在有张晨帮忙，起码还是个大专生，帮着修改了他才拿去给唐经理的。

这两天折腾这些事比让他在餐厅里直接点菜上菜打扫卫生累多了。

不跑步的话他也得做点儿运动，他看了看书柜里放着的哑铃和腹肌轮……做做俯卧撑吧。

在阳台上趴下开始做俯卧撑的时候，晏航有点儿想笑。

他很少做俯卧撑，要不是那天初一突然抽疯，他根本想不到这个。

他把兜里的手机拿出来放到旁边的地上，又顺便看了一眼，没有消息进来。

初一跟宿舍里的人熟悉了之后，晚上就不需要一直抱着手机找他聊天儿了，就跟楼下的小刺猬似的，保安昨天说它自己不知道从哪儿找到颗小果子吃，

第十四章

可以不完全靠他去喂苹果丁了,说的时候保安有些怅然。

手机锁屏之前他看了一眼日历,上面有个红圈。

那是他的生日。

去年的生日是跟崔逸一块儿过的,或者说也不是一块儿过,就是吃了个饭,就像是以前跟老爸一块儿的时候那样,并没有刻意庆祝。

就连礼物都跟老爸送的一样没谱。

崔逸送了他一盒18色的蜡笔棒,不过盒子上写的是24色,崔逸说没找着18色的,但是又为了配合他的年龄,所以就拿走了六根。

晏航觉得他的理由简直是非常棒。

今年的生日他想叫上初一陪他过,他没有跟谁庆祝过生日,估计初一也没被谁邀请过。

"换药换药,"周春阳把小药箱拿出来放到桌上,"初一来换药。"

"嗯。"初一从上铺下来,一边拆开胳膊上缠着的纱布,一边看了看周春阳额角上的伤,"这伤得多久能好啊?"

"我这个好说,"周春阳看了看他的胳膊,"你这个可能还得要点儿时间。"

"到底是拿什么玩意儿砸的啊,"李子强坐到初一旁边看着他的伤,"我怎么感觉这是扎了个洞出来啊。"

"大概是把倒角刀。"周春阳说。

"倒角刀是什么?"胡彪很有兴趣地问。

"一种工具,"周春阳看着他,似乎是不知道该怎么说,"就是在钢板上钻椎形的洞,就是用它了。"

"……什么样的啊?"张强也凑了过来,看着初一胳膊上的伤,"这差不多就是个椎形的坑了。"

"什么样的啊……"周春阳想了半天,"就……大号的金针菇?差不多那样子吧。"

"突然想涮锅了,一锅肉,搁点儿金针菇……"吴旭躺在床上,摸着肚皮,"我是不是要长个儿了,天天听到吃的就饿,今天看人拿个饭盒我都饿得要疯。"

"有梦,想还是挺,好的。"初一说。

吴旭笑了起来:"你也没比我高多少,你居然还能嘲笑我了。"
"能嘲笑一个是一个。"初一点点头。

刚换好药,重新缠上纱布,手机在床上响了一声,初一赶紧起身,蹿了一下连楼梯都没踩,直接抓着上铺栏杆就上去了。
"初一你是不是练过,"李子强说,"猴儿都蹿不过你。"
"猴儿也不,等消息啊。"初一趴在床上,拿过手机看了看。
是晏航发过来的。
"周五晚上有时间吗?
上课时间我都能有时间,不上课的时间就更有时间了。
叭叭的这一串,你能拿嘴说出来吗?
你有足够耐心我就能说出来。
周五我去学校找你。
我出去就行了,你不用过来。
我们餐厅要弄拓展训练,我周五去联系,就在你们学校那边,顺便的。
哦。"
初一其实不懂什么是拓展训练,不过他没多问,他自打上课之后就一直没见过晏航了,现在晏航找他,他脑子里就剩了这一件事儿了。

"周五是我生日,记得买礼物,抠门精。"
晏航又发了一条消息过来。
初一看着这条消息,好半天都没回过神来,反应过来之后捧着手机一下坐了起来。
生日?
生日!
晏航的生日!
也许是他自己从来没过过生日,也没有去给别人过过生日,所以他对生日这件事儿几乎没有概念,他和晏航也说过生日的事儿,上回买鞋的时候晏航还提到过,但当时他却完全没有想过要问问晏航生日是什么时候。
"多少岁的生日啊?"
他飞快地打了一行字过去,发完才又想起来,补了一条。

第十四章

"祝你生日快乐!"

"好标准,我都跟着唱出来了,19岁生日。"

晏航19岁了,初一笑了笑,笑完了嘴角也还是勾着,不知道在乐什么。

"记得礼物啊。"

"知道了!"

礼物。

初一枕头下面压着之前晏航给他的那几颗小石头,他已经偷摸在宿舍的人打牌玩游戏的时候磨好了,只差钻眼儿了。

这个做礼物……是不是有点儿不合适?

太随便了吧。

用晏航给他的石头做成礼物再送给晏航?

抠门精。

他想起了晏航的话。

啧啧。

他才不抠,他只是节省,不是晏航那种穿一千块鞋子的人能明白的。

可是如果要不送石头,他该送点儿什么好呢?

他瞪着墙壁,想要在脑子里想出几个备选的东西,但是瞪了能有两分钟,硬是连一样东西都没有想出来。

送人礼物这种事,他是一点儿经验都没有。

最近一次送礼物也就是给家里人买的那些了,完全没有送礼物的愉快,也没有得到回应的愉快。

他轻轻叹了口气,这个时候想这个太不合适了。

送礼物,给晏航的礼物。

他继续努力想。

五分钟之后他放弃了,又过了两分钟他开始有些郁闷。

因为在他犹豫要不要向人求助的时候,第一个想到的,居然是周春阳。

他第一反应居然想要问问周春阳。

岂有此理!

不过从理智的角度上来说,问周春阳应该是正确选择。

周春阳是宿舍这帮人里最靠谱的了,有钱心细,性格也挺好,愿意帮人。

他回头往下面看了一眼。

然后一阵尴尬。

周春阳坐在桌子对面,这会儿正把椅子往后靠在床架上仰头枕着胳膊,他回头的时候一眼就跟周春阳对上了。

"嗯?"周春阳看着他。

初一张了张嘴没说出话来。

他只是想回头看一眼,根本都还没想好要不要问周春阳,更没想好要怎么问。

"啊。"他应了一声。

"神经病。"周春阳笑了。

"春阳,"他只得转过身,看了看宿舍里别的人,没有人注意到他这边,他趴到床沿上冲周春阳招了招手,小声说,"过,过来。"

周春阳站起来走到了他床边:"怎么了?要密谋造反吗?"

"是啊,把大强炖,炖了吧。"初一说。

周春阳笑了半天:"什么事儿,说。"

"能帮,帮我个忙吗?"初一小声问。

"什么忙?"周春阳。

"你会挑,礼物,吗?"初一说,"就生日礼,礼物。"

"就这个啊,帮你挑个礼物送人是吗?"周春阳问。

"嗯。"初一点点头。

"男的女的?"周春阳问,"多大了?"

初一突然有些尴尬,男的,19岁,这么一说,周春阳估计马上就能猜到是晏航,毕竟他在这儿就一个朋友。

其实……他不说,周春阳应该也能猜到了。

"晏航?"周春阳果然又问了一句。

"嗯。"初一点头。

也不知道自己到底为什么尴尬,是因为他前几天突然有一瞬间猜测过周春阳吗?

第十四章

"我想想,"周春阳的反应倒是很平静,"明天中午出去转转吧?"

"行。"初一说,"不过不,不能太贵。"

"放心。"周春阳打了个响指。

第二天中午下了课,初一和周春阳就出了门。

学校周围也有些店,不过周春阳不太看得上,随便吃了点儿东西就拉着他去了市区。

"实用些俗气些的呢,就什么打火机啊,剃须刀啊,皮带啊,墨镜啊,各种穿戴……"周春阳说,"想哪啥一点儿呢……"

"实用的。"初一马上说,礼物还是最好能让晏航用得上的。

"那就很好挑了,"周春阳说,"我刚说的那一堆都行,还有看他有什么兴趣爱好的照着买就行,如果不需要非常实用的,那我的花样就很多了……"

"实用。"初一再次打断他。

"哎,"周春阳笑了起来,"都没有发挥余地了。"

初一有些不好意思地笑了笑。

"那就挑点儿骚包的吧,"周春阳说,"我看晏航挺讲究的。"

"嗯。"初一马上点头,晏航的确是个挺讲究的人,哪怕是实用的东西,他也还是得周春阳这种看上去同样讲究的人来指点。

像他这种从小除了校服几乎没穿过别的衣服,吃穿用度都按"能用"这个标准来的人,实在是没概念。

最后在打火机和墨镜之间,初一纠结着不知道该挑哪个了。

"打火机吧,"周春阳说,"虽然非常普通……不过他一天抽十根烟,起码就得拿出来十次,会有十次想到你。"

初一看着周春阳,跟着他一块儿去挑打火机了。

"打火机的话就没什么可挑的了,Zippo吧,"周春阳说,"样子好看又不贵,如果你没有预算控制的话,我就推荐Dupont了。"

"嘟,嘟什么多,少钱?"初一问。

"得上千了,"周春阳看着他,"要考虑吗?"

"Z。"初一点点头。

周春阳笑了半天,在他肩膀上拍了拍:"你挺好玩的。"

晏航从拓展训练营出来的时候,时间离初一他们下午放学还有一阵,他打了个车到了学校门口。

学校大门挺不错,从外面看进去,校园面积也很大。

学校对于晏航来说是非常陌生的,小学毕业之后他就没有再进过任何学校的校门,就算是经过,也基本不会多看一眼。

这会儿站在初一学校门口的时候突然有些感慨。

他到过很多地方,见过很多人,经历过各种事,比很多同龄人要多得多,却也同样比别人少了很多。

走进校门的时候门卫看了他一眼,没有拦他,大概以为他是学校的学生吧。

初一之前跟他说过最后一节是体育课,他直接遛达着往操场的方向走过去。

路上碰到不少学生,来来往往的,估计是生面孔,都往他这边看,有几个看着挺社会的看得更是眼神里都带着挑衅。

小杂毛。

晏航连对视都懒得回一个,直接走到了操场旁边站下了。

操场上一帮小孩儿正在打球,晏航都不用细看脸和身型,就扫一眼高度就知道这里头没有初一。

小土狗不知道什么时候才能窜到他自己立下的两米目标。

看了一圈没看到初一,晏航冲旁边两个一直往他这边看的小女生笑了笑:"同学你好……"

"找人吗?"一个女生马上回答。

"嗯,你认识初一吗,"晏航问,"他是汽……"

"土狗啊,认识,"另一个女生说着往一栋教学楼指了指,"他们在那个楼后头的操场。"

"谢谢,你们学校俩操场啊?"晏航忍着笑。

猛地听到初一的同学用这样的语气叫出土狗的名字时,他有种想爆笑的冲动。

"嗯,"那个女生也笑了笑,"你是他朋友啊?"

"是。"晏航往那边走过去。

第十四章

  初一看了看手机，晏航的消息还没有发过来，估计是还没到，他看了看旁边放着的包，里面是他和周春阳在店里用了快一节课挑得店员都不说话了才挑出来的一个打火机。
  一想到这是他这辈子送出的第一份生日礼物，他就有些兴奋。
  "初一喝水去，"高晓洋走了过来，"春阳请客。"
  "嗯。"初一站了起来，跟着他们一块儿往小卖部走。
  "你一会儿要出去？"张强看着他的包。
  "嗯。"初一应了一声。
  "去哪儿？"张强又问，"吃饭带我一个。"
  初一没说话。
  周春阳伸手在张强脸上按了几下。
  "干吗？"张强看着他。
  "我看你是脸皮没在了还是多了一层。"周春阳说。
  "滚蛋！"张强说。
  "一会儿请你们吃小火锅去。"周春阳说。
  几个人立马兴奋了起来。
  "认识个有钱的吃货就是幸福啊。"李子强感叹。

  刚从楼后面拐出去，初一就看到了前面有个熟悉的身影。
  他愣了愣。
  "那是航哥吧！他怎么来了？找你吗初一？"张强冲晏航挥了挥手。
  晏航笑着也挥了挥手。
  初一非常想跑过去，但感觉就这么跑过去有点儿傻，他能想出至少十个电视剧电影里这么奔跑的慢动作场景，一个赛一个地傻。
  "怎么直，直接进来了啊？"一帮人走到晏航跟前儿他才笑着问了一句。
  "看看你们学校，"晏航说，"挺大，我刚在那边操场还找半天。"
  "航哥你这制服一脱，"李子强说，"跟变了个人似的啊。"
  "变成谁了？"晏航问。
  李子强退后一步，上上下下地看着他："你说你是不是除了领班还有点儿什么别的身份啊？"

"比如?"晏航笑了笑。

"黑社会老大什么的,"李子强说,"航哥你还收小弟吗?"

"把我们收了吧。"胡彪立马也凑热闹地说。

初一在一边看着,每当这种时候,他就没办法出声,一帮人你一句我一句地跟晏航聊着,他只能在旁边沉默。

啧。

早知道坚持不让晏航过来了。

几个人正跟晏航说着话,404的那几个人走了过来。

看到晏航的时候,他们停了下来。

现在404这几个外加407的膀子哥,跟他们403算是结下了长期稳定的梁子,平时见了面就一定会停下来相互眼神交战一通。

今天还多了一个陌生面孔,他们更是眼神如箭,嗖嗖就戳了过来。

"别理他们。"周春阳说。

"是不想理啊,"李子强说,"备不住人家死盯着咱不放。"

"估计以为我们找外援了。"胡彪挺兴奋地看着晏航。

"总跟你们打架的那些人吗?"晏航问。

"嗯。"初一点头。

"一帮小杂毛,"晏航不屑地转过头看了看那边,"跟你们一样。"

"我们是纯种毛。"胡彪说。

"这么严肃的时候你不要搞笑行吗?"周春阳忍着笑。

初一看着晏航。

莫名其妙地跟着胡彪也有些兴奋。

他挺久没有看到这样的晏航了,带着漫不经心的江湖气和匪气的晏航,当初就是这样,拿着个正在直播的手机走到他旁边。

从今天开始,他归我罩了。

初一心里一阵带着激动的暖意涌了上来。

不过404那几个估计是要给陌生面孔一个下马威,挑头的那个走了过来,站到晏航跟前儿抬了抬下巴:"哪儿来的?谁让你进我们学校的!"

第十四章

晏航看了他一眼,笑了笑:"你比你们学校门卫尽职多了,拿工资吗?"

那人瞪着他,既没有说话,也没有动。

初一感觉他大概该没有在斗狠的时候碰到过这样的对话,一时半会儿找不到正确答案。

"走。"晏航说了一句,转身往学校门口走。

一帮人跟着他一块儿走,看上去非常有气势,仿佛是要去参加大型械斗,其实只是去门口吃小火锅。

初一忍不住晃着肩膀走了两步,就是这么嚣张!

挺幸福的。

跟晏航在一起的时候,哪怕是跟人耍个嘴皮子斗个狠,都能萌生出幸福感。

真是神奇。

其实学校门口的卫门大叔是不管谁进谁出的,404的无非就是找个借口而已。

学校的管理很松散,跟初一以前念的82中一比,简直跟没人管一样。他们在宿舍打了两回架了,硬是没有老师知道,舍管都不知道。

连女生那边都有人打架,虽然规模不大,但次数似乎比男生这边还要多,一个个都挺凶的。

他们先去了小卖部喝水,每次体育课他们都会过来喝水,一开始初一是找了个饮料瓶子从宿舍带水喝的,结果发现周春阳每次都请他们喝水,就不带了。

"下回我请水吧,"高晓洋说,"老是春阳请,多不好。"

"得了吧,"周春阳说,"你一个月多少生活费?"

高晓洋想了想刚要开口,周春阳说:"我不封顶。"

"去你的吧。"高晓洋笑着说。

"我不想请的时候会说的,"周春阳说,"我就这点儿乐趣,喜欢一帮人在一块儿瞎热闹。"

喝完水,一帮人遛达着出了校门,周春阳带着往小火锅那边走了,初一和晏航打了个车去市区。

"生日快乐。"坐上车了之后初一冲晏航说了一句。

他实在是没有什么过生日的经验,老怕会漏了什么步骤,从看到晏航的时候起他就一直提醒自己,一会儿要说生日快乐。

"谢谢,"晏航笑着说,又凑过来小声问,"带礼物了吗?"

"嗯,"初一点头,想想又叹了口气,"正常人有这、这么追着、人要礼物的吗?"

"我就是这么追着要礼物的正常人,"晏航喷了一声,"我收保护费呢。"

初一笑了笑,拎着自己的包拍了拍,压低声音:"这儿呢。"

"还要悄悄说,"司机大哥说,"是怕我抢了吗?"

初一有些不好意思地笑了。

包里的小盒子包装得漂亮,小盒子本来是得单买的,一个盒子就得十五块了,他砍价说不明白,周春阳帮他说的,事后表示作为一个大少爷他从来没费过这么大劲讲价,走慢点儿都怕人会追出来打他们。

晏航在一家很有名的蛋糕店给自己订了一个生日蛋糕,下了车之后他们直接先去把蛋糕拿上了。

是个巧克力大蛋糕,非常大,上面还有很多巧克力小花。

"真漂亮,啊,"初一拎着蛋糕,"好吃吗?"

"你是不是没吃过生日蛋糕?"晏航问。

"啊,"初一笑了笑,"是。"

"我也是。"晏航低头看了一眼蛋糕盒子。

"一会儿去、哪儿吃饭?"初一问,他带了几百块钱出来,准备看看是在什么地方吃饭,如果不是太夸张的话,他就可以请客了。

"海鲜,"晏航说,"我订好桌了,就在海边,可以一边吃一边看海,看一晚上,让你看够了为止。"

"高级吗?"初一又问。

"一般吧,就是正常有点儿格调的小店,这边很多。"晏航说。

"我请客。"初一说。

晏航看了他一眼,偏开头笑了半天。

"笑屁。"初一说。

"我生日啊,得我请客,"晏航说,"你想请客改天吧。"

第十四章

"……哦。"初一想了想,好像的确是,每次有同学叫过生日,都是在家里或者家人给在饭店订几桌。

晏航挑的这家小店的确就在海边,而且订的桌就在二楼的平台上,可以吹着海风看海。

很棒。

初一坐下的时候看了看四周,除了他俩和旁边的一家三口,其余几桌都是情侣。

这真是个大家都爱谈恋爱的城市啊。

晏航来之前已经点好了菜,他们坐下没多大一会儿就开始上菜了。

初一托着下巴,偏头看着那边的海。

现在已经过了落日的时间,看不到夕阳坠入海面的情景了,不过远处海天相接的云层还泛着暗红的光,看上去很壮观漂亮。

初一拿出手机拍了几张照片,犹豫了一下发了朋友圈。

这还是他玩微信这么久以来第一次发照片到朋友圈时没有设置只有自己可见。

"我直个播吧。"晏航突然说。

"要先预,预告吗?"初一看着他拿出手机。

"微博说一声就开始了,预什么告。"晏航在手机上按着。

"你现在过,过气得,厉害,"初一说,"不预告没,没人看多,惆怅啊。"

"你少说两句我就一点儿都不惆怅了,"晏航看了他一眼,"狗哥。"

没等初一说话,他突然又笑了起来,趴桌上乐了好半天才又开口:"哎,今天我跟俩女生打听初一来着。"

初一叹了口气,他已经知道晏航在笑什么了。

"她俩跟我说,土狗啊,在后边儿操场呢,"晏航边乐边说,"我真是差点儿要喷了,为了你的面子,我才咬牙挺住的。"

"我好感,动。"初一说。

"别客气,"晏航笑着说,开始了直播,把手机先是对着海面,"这是我现在呆的地方,有山有海,有啤酒有烧烤……"

初一凑过去看着屏幕,他一直说晏航过气,但是就这几分钟,居然陆续也

· 191 ·

进来了……四十多个人了。

也不算完全过气吧。

"小天哥哥终于在我大学毕业之前出现了!"

"抱着手机猪般嚎叫中。"

"这是哪里?有人能看得出来吗?"

"海啊!好美啊!"

"我在吃饭,还没吃饭的可以看一看,"晏航拿起一盘刚端上来的蛤蜊,"这个是我最喜欢的,虽然很普通,但是我超级喜欢吃……"

晏航镜头还是对着海,估计是想把盘子举到镜头面前,以后面的大海为背景,初一伸手接过盘子,帮他举着。

"我帮你们吃一个。"晏航伸手从盘子里拿了一个蛤蜊,递到了初一嘴边。

初一举着盘子愣了愣,张嘴把蛤蜊叼住了。

"手手手手手手手……"

"万年看不够的手啊……"

"美手!再拿一个。"

"等一下!"

"谁举的盘子?"

"盘子谁举的啊?"

"我举的谢谢。"

"举盘子的啊,"晏航拿了一个蛤蜊放到自己嘴里,把手机镜头往下压了压,对准了初一拿盘子的手,"实不相瞒,我有四只手。"

初一笑得手都有点儿抖了。

屏幕上的发言刷得很快,中间还夹着礼物,他都有些看不清了,就看到好几条喊着要看脸。

服务员继续上菜,是一条鱼,挺大的。

初一放下了那盘蛤蜊,准备去举鱼盘子。

晏航按住了他的手,镜头先对着他的手,再慢慢往上,顺着胳膊。

"这角度。"

"小天哥哥四只手居然是面对面长的。"

"我已经知道对面是谁了。"

第十四章

"我也……"

"小帅哥！小帅哥！"

"肯定是帅宝宝！"

镜头对准初一脸的时候，他突然有点儿不好意思，抬手遮了一下。

"初一，"晏航笑了笑，"跟小姐姐们打个招呼吧。"

"大家好。"初一说。

屏幕上的发言瞬间刷满，晏航都有些来不及看了。

他知道这些小姐姐是什么样的感觉，当初那个有些怯生生的有些害羞的小不点儿，一年时间里，已经变成了一个帅气的少年。

也许当年的那些小心翼翼依然在他的身体里，时光刻下的东西不是想扔就能扔掉的，但初一已经有了把那些痕迹都压到角落里的勇气和能力。

晏航看着镜头里的初一。

跟直接看着初一有些不太一样，这样让他有更明显的感觉。

小土狗已经长成狗哥了的那种感觉。

"吃饭了，"晏航还是老习惯，没有多余的话，"关了。"

他放下手机，拿起一扎啤酒："来碰一个。"

初一拿起另一扎跟他撞了一下："生日快乐，晏航。"

"断句挺合适，听起来跟没结巴似的。"晏航挑了挑眉毛。

"你是，不是特别怕，怕我哪天不，结巴了，"初一喝了一大口啤酒，"你就说，不过我了。"

"我现在也说不过你，"晏航也喝了口啤酒，"主要是你嘴这么欠，再不结巴了，我怕你让人揍。"

"你罩，我啊。"初一笑着说。

"放心，"晏航看着他，"说了罩，就说话算数，就怕你用不着我罩了，狗哥。"

"土狗。"初一纠正他，拿了个鲍鱼吃着，吃得很带劲，汤汁顺着手指流到手腕上了都没注意。

"小土狗，"晏航抽了张纸巾，在汤汁流到他袖口之前，把纸巾塞了过去，"袖子捞捞吧，吃得这么野蛮。"

"嗯。"初一笑笑,吃完了这一个才拿了纸巾擦了擦手。

然后抓着袖子往上扯了扯。

扯了两下他突然就停下了。

把袖子又往下扯回去了一点儿。

余光里晏航没有动,应该是没有看见已经露出了一个角的纱布。

这不是什么大不了的伤,再有几天应该就能不用纱布了,他不想让晏航担心,毕竟在晏航的角度,他练拳他打架,是没有记忆的,他一直被欺负被人打的记忆倒是满满当当。

他弄了弄袖口,假装袖子捞到这儿就合适了的样子,然后伸手又拿了个鲍鱼。

刚嘬了一小口汤,晏航的手伸了过来。

速度太快他都没来得及躲开,晏航已经用手指勾着他袖口一挑。

"怎么弄的?"晏航问。

"门夹,夹的,就我,我们宿,舍那个门是,是,是……"初一没怎么撒过谎,这一紧张结巴得他自己都说不下去了,最后只能停下来叹了口气,"打架的时,候弄的。"

晏航喷了一声。

"快好了。"初一补充说明。

"自己包的吗?"晏航问,"我看看。"

初一没动。

"信不信我抽你?"晏航看着他。

初一把手臂往前伸了伸,搁到了桌上。

晏航把他袖子拉上去,捏着纱布的角扯起来看了看,皱了皱眉:"口子好像挺深?"

"还好。"初一回答。

"还得有一阵儿才能好了,"晏航说着看了看旁边,"服务员呢?"

"干吗?"初一看着他。

"点几个别的菜,"晏航说,"有伤口好像不能吃海鲜,发的。"

"谣言。"初一说。

第十四章

晏航看着他。

"谣言。"初一又说了一遍。

"你确定？"晏航眯缝了一下眼睛。

"周春阳脑，门儿上，"初一比划了一下，"这，这么大一个，口了，中午还出去买，了俩螃，螃蟹吃。"

"这是什么鬼理由？"晏航问。

"他本，地人。"初一说。

晏航没出声，他又补充了一句："不是谣，言我也要吃。"

晏航叹了口气，想想又笑了："吃吃吃，大不了好得慢点儿，吃吧。"

初一马上夹了块鱼放到嘴里，吃得一脸陶醉："这什，什么鱼？"

"我听老崔他们都叫它寨花，"晏航说，"就是鲈鱼。"

"啊，"初一看了看，夹了一块放到了晏航碗里，"为什么不，不叫村花？"

"寨子大点儿？"晏航说，"听上去气派点儿？"

初一笑又吃了两口。

的确非常好吃，这家的海鲜做得很好，虽然都是挺大众的东西，什么海蛎子蛏子还有各种螺，味道却非常好，加上这个让人放松和享受的环境。

初一一顿饭吃下来连一扎啤酒都没喝完，却觉得有点儿晕乎乎的。

"还吃吗？"晏航问，"是不是喜欢那个大波螺？再来一份？"

"留点儿肚，肚子吃……"初一转头看了一圈，"蛋糕呢？"

"让服务员搁冰柜里了，"晏航说，"现在吃吗？"

"吃，"初一抓过自己的包，"我还要送，礼物。"

"好，"晏航笑着招了招手叫服务员过来，"我看看你给我送了个什么。"

"好东西，"初一揉揉鼻子，"不过是周，春阳帮我挑，挑的，我没给，给人送过正，式的礼物。"

"你送我十块钱三双的袜子我也高兴的。"晏航说。

"抠门精，"初一说，"也是你，说的。"

"记仇，"晏航笑了起来，"不过我还真就是想要你送贵点儿的。"

"放心吧挺，贵的。"初一点点头。

服务员把蛋糕拿了过来，帮他们把生日蜡烛插好点上了。

现在的生日蜡烛非常方便，就一个1一个9，都不用数着插了。

"生日快乐啊！"不知道哪桌有人喊了一声。

"生日快乐！"又有几个人跟着喊。

"谢谢！"晏航笑着回应，又跟服务员小声说，"一会儿麻烦帮我把蛋糕切好给这几桌分一分。"

"好的。"服务员点点头。

"唱个生日歌。"晏航冲初一抬了抬下巴。

"我没唱，唱过……"初一有些犹豫，他长这么大除了国歌之外应该就没唱过别的歌了，生日歌倒是会唱，就怕唱得不好。

"没事儿。"晏航说。

晏航嘴角带着微笑，蜡烛跳动的火苗把他的脸映成了淡淡的暖黄色。

"好，"初一看着他，吸了一口气，然后很小声地开始唱，"祝你生日快乐，祝你生日快乐……"

"唱歌不结巴啊？"晏航有些吃惊地挑了挑眉毛。

"别打，打岔行吗？"初一停下了，"认真听。"

"好。"晏航笑着点点头。

"祝你生日快乐，祝你生日快乐……"初一重新开始唱，"祝你生日快乐……"

唱到一半的时候他就看到了晏航嘴角的笑容在加深，而且以无法控制的势头慢慢扩散着。

"祝你生日快乐……"他唱完了。

晏航和旁边的服务员一块儿给他鼓了掌。

"现在吹吗？"晏航问了一句。

初一愣了愣，他也不知道步骤。

"先许个愿，"服务员提醒，"闭上眼睛在心里悄悄许哦，说出来就不灵啦。"

"好。"晏航勾勾嘴角，闭上了眼睛。

初一托着下巴看着他，拿出手机把晏航和他面前的19岁的生日蛋糕都拍了下来，过了一会儿晏航睁开了眼睛，初一看到了他睫毛隐约有些湿润。

"过来。"晏航冲他招招手。

第十四章

　　初一起身坐到了他旁边，晏航搂住他的肩，拿出手机递给服务员："麻烦了。"

　　服务员举起手机，晏航用手指顶了顶初一的脸，他顺着劲儿把头冲晏航那边歪了过去。

　　"一，二，三，茄子！"服务员说。

　　他俩愣了愣一块儿笑了起来，服务员按下了快门。

　　拍好照片之后晏航低头吹灭了蜡烛。

　　服务员开始帮他们分蛋糕。

　　晏航果然是不太有经验，这个蛋糕如果不分给别桌和服务员，他俩无论如何是吃不完的，切了一多半分出去，剩下的都还能切出四块来。

　　服务员走开之后，初一拿起蛋糕咬了一口，一边嚼一边闭上眼睛陶醉得不行："好，好……好好吃啊。"

　　"都给你了。"晏航把自己面前的两块蛋糕推到了他面前。

　　"不，"初一笑了笑，"一起。"

　　"礼物呢？"晏航拿起一块蛋糕边吃边问。

　　初一打开包，从里面拿出了那个小礼盒，放到了桌子中间："送你的。"

　　盒子是黑色的，上面扎着深蓝色的蝴蝶结，一看就知道这肯定不是初一自己配的色，初一自己配的话，大概会是粉色的盒子配嫩黄色蝴蝶结。

　　盒子很精致，晏航拿起来的时候感觉还有点儿分量。

　　他轻轻打开了盒盖，一眼就看到了里面的东西。

　　一个打火机，火机上有凸起的翅膀。

　　"Zippo？"他笑着把打火机拿了出来。

　　"嗯，天使之、之翼，"初一马上趴到桌上给他介绍着，"有两种，黑冰和古、古银，这个是古、银。"

　　"这个好看。"晏航点头。

　　"我也觉得，"初一笑了，看着他，"你喜、欢吗？"

　　"喜欢，"晏航在他鼻尖上弹了一下，"特别喜欢，谢谢。"

　　"试试吗？"初一说，"我灌好、油了。"

　　晏航翻开打火机的盖子，轻轻一拨，一团小火苗窜了起来，他把火机在手指之间转了两圈,然后合上了盖子。

"你……"初一眼睛都瞪大了,"这也能玩?"

"会玩的多了,要不怎么打发时间?"晏航笑了笑,把手伸到他面前,火机在指尖转了一会儿之后先是叮的一声打开了盖子接着小火苗再次跃了出来,"土狗。"

"你直播玩这,这个,"初一说,"就不用,靠我的脸,了。"

"滚蛋。"晏航笑了起来。

初一看着他,过了一会儿才想起来问了一句:"我刚唱,生日歌的时,候你笑,什么?"

"嗯?"晏航先是愣了一下,接着就猛地偏开头,冲着那边的海面一通笑,笑得都有点儿撑不住了。

"有,没有点儿礼,礼貌了!"初一被他带得也开始笑,虽然都不知道他到底在笑什么。

"你以前没唱过歌是吧?"晏航边乐边问。

"国歌。"初一说。

晏航又一通笑。

初一好像明白了什么,叹了口气:"我是不是跑,跑调?"

"没,"晏航摇头,"第一句我都没听出来,后面才发现的,你是根本没有调,每句都一个调。"

"念经啊?"初一问。

"差不多。"晏航继续乐。

初一顿了顿之后也笑得有些停不下来。

"我都不,不知道。"他又有点儿不好意思又觉得非常好笑,好半天才搓了搓脸,又叹了口气。

"可能是唱得少,"晏航笑着拍了拍他的脸,"有空我带你去K歌吧,你随便学几首歌,到时唱来听听是不是还一个调。"

"你会唱吗?"初一看着他。

"我啊,"晏航想了想,"我其实也唱得少,以前跟我爸去唱过几次,就听他喊了,我抢不过他,俩小时我就轮上一首还是他不会唱才给我的。"

"那我请,请你去唱,歌吧,"初一说,"我不跟你,抢。"

第十四章

"跟我抢我就揍你。"晏航说。
"嗯。"初一点头。

晏航笑了笑,看着他没说话。
初一也没出声,跟他脸对脸地瞪着,过了一会儿才开口又说了一句:"生日快乐。"
"快乐。"晏航说。
"生日快乐,"初一说,"明,明年也快,乐。"
晏航把手上的打火机转了转,打着了,看着火苗:"快乐。"

晏航和初一是这个饭店二楼平台上坚持得最久的一桌,旁边几桌情侣都比他们先走。
当然,人家情侣周末的漫漫长夜还有很多地方可以去,喝个咖啡看个电影吃个烧烤逛个街什么的。
他俩就一直在平台上看海。
"哎,"晏航伸了个懒腰,转身脸冲着大海,把腿搭到了旁边的木头栏杆上,拿了根烟叼上,用初一送的打火机点着了烟,又把打火机拿到眼前看了看,"这里头棉芯火石什么的不知道能用多久……"
"有这个,"初一马上从包里摸出了一个纸袋递给了他,"替换套,套装。"
"刚怎么没一块儿拿出来?"晏航看了看,里面有一小罐油,还有一套火石棉芯。
"这个没,没有包装不,像礼物。"初一说。
"哦。"晏航笑了起来。

抽完一根烟,晏航站了起来:"走吧,想逛逛夜市吗?"
"好。"初一跟着站起来,晏航从来不拿包,他把这袋配件又放回了自己包里,跟着晏航遛达着走出了饭店。
没遛达多大一会儿,就到了夜市,除了啤酒烧烤,还有很多小摊,衣服鞋,日用品,各种小玩意。
初一没什么逛街的机会,除了上回买鞋,夜市他更没逛过了。
今天逛夜市不需要买东西,所以他盯着各种小摊子,晏航也没拦他,这样逛起来就非常愉快了。

"这比我,我家那边热,闹多了。"初一一直东张西望。

"你家那边热不热闹你知道个屁,"晏航说,"音乐节的时候不也很热闹吗?真不热闹的城市怎么会有音乐节?"

"……哦,"初一笑了笑,有些不好意思,"我晚,上也不,不去远地,方。"

"白天你也就去上个学,再跑步去个菜市场给你姥买桶油。"晏航说。

"是啊,"初一说,"没你牛,一跑就好,好几个小时。"

晏航没说话,笑着把胳膊搭到他肩上晃了几下。

走过一个卖各种运动水壶水杯的店时,晏航停了停:"进去看看?"

"你要买杯,杯子?"初一问。

"嗯。"晏航点点头。

"前面不,是有个摊,摊子……"初一说了一半又停了,"算了进,去吧。"

晏航笑着进了店里。

初一进了店先看标签,一个塑料杯子要一百多,好看倒是好看,比外面地摊的漂亮得多,但是……

一个塑料杯子!塑料的!

一百多!

"哪个颜色好看?"晏航站到他旁边。

"你们领班,"初一看着他,"钱是捡,捡来的吗?"

晏航拿着个运动水杯笑了半天:"也不光靠捡。"

"还讨?"初一说。

"我一会儿找个创口贴给你贴一下嘴,"晏航抛了一下水杯,杯子在空中转了两圈落回他手里,"我反正每月工资都花光,又不存钱……哪个好看?"

初一在一排杯子里纠结了半天,最后挑了一个蓝色带桔黄色盖子的:"这个吧。"

"那就它了,"晏航看了看,"图案也好看。"

杯子外面印了个白色的图案,是一条狗,看不出品种,大概是个土狗。

走出店门的时候晏航把杯子塞到了他包里:"别用你那个饮料瓶子喝水

第十四章

了。"

初一愣了愣,猛地转头看着他。

"饮料瓶子不符合你现在在学校的人设。"晏航说。

初一把杯子又拿出来,回头往店里看了看,犹豫了一下没敢说回去退了换个便宜点儿的。

他低头看着杯子,的确是漂亮,非常时尚,看上去非常不土。

"败家玩,玩意儿。"他叹了口气。

"嗯。"晏航笑着点了点头。

正想继续往前走的时候,旁边传来了一个女孩儿的声音,带着些犹豫:"初一?"

初一转过头,看到了旁边站着三个女孩儿。

中间那个看着有点儿……眼熟。

"不认识我了?"那个女孩儿冲他挥了挥手,"我贝壳啊。"

"……啊。"初一这才想了起来。

"逛街呢?"贝壳笑着走了过来,看了看晏航,"你朋友?"

"嗯。"初一应了一声。

"你好。"晏航打了个招呼。

"我也跟我同学逛街呢。"贝壳回头指了指后面的两个女孩儿,她俩冲这边也挥了挥手。

初一有些尴尬地冲她俩笑了笑。

接下去就一点儿也不出他所料地冷场了。

他用眼角往晏航脸上扫了一眼,虽然晏航也没什么朋友,但应付这种场面他肯定没问题,他指望晏航能给他挽个尊。

但晏航却一直没说话,只是把胳膊肘架他肩膀上笑眯眯地在旁边仿佛等着看热闹。

"要不……"还是贝壳先开了口,指了指旁边一个奶茶店,"我正要请她俩喝奶茶呢,一块儿吧?"

初一刚想说喝了一大扎啤酒喝不下奶茶了,晏航终于开了口:"好啊。"

初一转头瞪着他。

晏航笑得很愉快地冲他挑了挑眉毛。

跟在贝壳往奶茶店里走的时候,晏航在他耳边小声说:"挺漂亮。"

"你……"初一非常无奈。

"去给钱,"晏航用胳膊肘轻轻推了他一下,"别让小姑娘给钱。"

"哦。"初一赶紧一边摸钱一边快步往前。

"我做主帮你们点了啊,"贝壳站在收银台前笑着说,"我每次来他家都强行推荐我最喜欢的那款。"

"好。"初一点头。

点好了五杯奶茶,贝壳拿出手机准备扫码,初一愣了愣才反应过来。

太土了,他完全没想到还有手机支付这么简便迅速的方式。

为了执行晏航的建议,他赶紧把手里抓着的一百块钱桌上一放。

大概是有点儿着急,劲儿有点儿太大了,呼地一声。

收银员和贝壳都吓了一跳,一块儿看着他。

"收钱。"初一扛住了内心的尴尬,简略地说了一句。

贝壳愣了愣,然后有些不好意思地笑了起来:"不用啊,我说了我请客的呀。"

初一没说话,看着收银员。

收银员拿过了那一百块钱:"收您一百。"

一块儿往桌子那边走过去的时候初一听到了晏航在他后头没忍住的笑声。

他转过头看着晏航。

"很酷。"晏航小声说。

初一不知道该说什么了,几个人坐下之后他也只能是继续保持沉默。

"你们哪个学校的?"晏航终于不再围观,开口给他解了围。

"不是什么好学校,"贝壳说了学校的名字,初一没听说过,这里的学校他只知道他们中专一个,估计晏航也不知道,贝壳笑着说,"是个很普通的大专,就是混个日子啦。"

"初一你呢?"贝壳看着初一。

"我中专,"初一说,"就……"

他还没报出学校的名字,贝壳就有些吃惊地打断了他的话:"你这么

第十四章

小?"

"啊?"初一愣了愣。

"我以为你来上大学的,"贝壳笑了,"你看着挺稳的,不像高中生呢。"

以前像,以前一米五八还可以像小学生。

初一笑了笑。

贝壳和她两个同学都挺开朗的,话不少,初一一直沉默着也不影响她们聊天儿,加上晏航时不时搭两句,气氛还挺好。

初一松了口气,认真地喝着奶茶。

聊了差不多半个小时,几个人一块儿走出了奶茶店,贝壳问他们:"你们还逛吗?"

"我们刚是准备去坐车了。"晏航说。

初一非常感谢他没说还要逛。

"那行,我们还要往那边转转,"贝壳挥挥手,"初一,下回叫你出来玩,别再拒绝我啦。"

"啊。"初一应了一声。

看着三个女生走了之后,他才转头看着晏航:"她上,上次是要,叫我出,出来玩吗?"

"不然呢?屁事没有谁问你周末有没有空啊?"晏航说。

"哦,"初一说,"我以为她就,就是聊,天儿。"

"你耍贫嘴的时候觉得你特别聪明,"晏航叹了口气,"这种时候就觉得你是不是脑浆子有点儿稀。"

"要不你,听听,"初一凑到他旁边晃了晃脑袋,"有响儿吗?"

"……哗哗的。"晏航说。

"那可能是,稀点儿。"初一点点头。

俩人一路笑到坐上了出租车才终于停了下来。

只要是跟晏航一块儿出来了,初一就不太想回学校,今天是晏航的生日,他就更不想回学校了。

晏航估计也早就知道他的习惯,给出租车直接说的就是他们小区的地址,都没问问他要不要回宿舍。

回到小区楼下的时候，初一往草丛里仔细地看着："小刺，猬呢？"

"可能在那边儿，"晏航往另一栋跟前儿的小花园指了指，"晚上都乱跑，现在活动范围比前阵儿要大了，毕竟是个少年刺猬了，要探索世界呢。"

初一笑了起来，往那边走过去。

绕了一圈儿果然在一丛草里找到了它。

"长大了啊，"初一说，"真的，胖了。"

"是啊。"晏航拿出手机拍了张照。

上回来的时候已经把自己的那套衣服穿走了，今天他洗完澡还是又换上了晏航的衣服。

"你现在多高了？"晏航看了看他，"我裤子你穿着也不是长太多了嘛。"

"跟身高没，关系，"初一盘腿坐在床上，拿着刚晏航给他买的杯子一边喝水一边说，"跟腿长才，有关，关系。"

"我就在想啊，"晏航躺到床上，撑着脑袋看着他，"你什么时候跟别人说话的时候能像现在这么自在啊？"

"你看我就从，来不想这，这种没谱，的事儿。"初一说。

晏航笑了起来，过了一会儿才又说了一句："那个贝壳儿喜欢你。"

初一平静地喝了一口水，在往下咽的时候才反应过来晏航说的话，顿时呛得咳了半天。

眼泪都咳出来了。

"什么？"他抹了抹泪花。

"你不至于吧，"晏航看着他，"你没想过会有女生喜欢你吗？"

"没有，"初一诚实地回答，"我根本没想，想过女，生会喜，欢我。"

"以后还会有更多女生喜欢你，"晏航勾着嘴角笑笑，"你得快点儿适应了，小帅哥。"

"你呢？"初一问。

"我什么？"晏航靠到床头，"我喜欢不喜欢你？"

"……不是，"初一叹了口气，"是有，有没有……"

"有啊，"晏航笑了起来，"你不会觉得我这样的帅哥活了19年都没姑娘喜欢吧？"

"脸啊。"初一看着他。

第十四章

"我说这话的时候脸一点儿也不大,"晏航喷了一声,"姑娘不少呢。"
初一愣住了。

"吓傻了吧?"晏航笑了起来,"土狗。"
"那你,"初一往他旁边凑了凑,"谈过恋,恋爱吗?"
"没有,"晏航叹了口气,"我连朋友都只有你这一个,跟谁谈去,我最长的一次也就在一个地方待了半年而已。"
初一跟着也叹了口气。
晏航这么一句话,他又想起了晏叔叔。
还想起了老爸。
突然就有些难受。

"怎么了?"晏航踢了踢他。
"晏叔叔……"初一咬了咬嘴唇,"有什,什么消息吗?"
"没,"晏航说,"他要真还活着,除非他自己愿意,别人想找到他恐怕难,要是死了……那更不会有消息了。"
初一沉默了很久。
"老想这些干吗,"晏航在他胳膊上拍了拍,"不是正说有姑娘喜欢你的事儿吗,怎么突然说到我爸了?"
"如果,"初一抬眼看着他,"我毕,毕业的时,候我爸还,还不出现,我就去找,找他。"
晏航皱了皱眉,没有说话,只是看着他。
"我要找,到他问问,"初一说,"为什么,为什么这么没,担当。"
"去哪儿找?怎么找?"晏航问。

初一没说话。
他没想过,就像当初他想找晏航,也没有想过要去哪儿找,怎么找,就想着去找就行。
"你能找到我是因为我放了照片,"晏航说,"如果我没放呢?你怎么找?你打算找多久?"
初一还是没有出声。

· 205 ·

"要不要我教你?"晏航说。

"嗯?"初一愣了愣。

"一个城市一个城市跑,去找那些流动人口聚集的地方,"晏航一边说一边点了根烟,"想法跟他们混熟,然后打听打听,再看看本地新闻,看有没有什么线索,也许你会听到谁说有个差不多的人曾经去了哪儿哪儿,然后你再过去,继续……"

"晏航。"初一看着晏航,他已经听出来了,晏航说的似乎就是晏叔叔。

"你花一年,两年,还是三年五年?"晏航没理会他,"还是十年?嗯?"

"别说了。"初一打断了他下面的话。

晏航的情绪不对,手在抖,这让他很担心:"对不起。"

"对不起什么?"晏航嗓子突然有些哑,"你想过代价吗?这么干的代价?"

初一紧紧抓着他的手。

"可能是一辈子,"晏航说,"你想过吗?"

两个人都没有再说话。

初一没动,晏航也没动,掐掉没抽完的烟拿遥控把空调的换气打开了。

换了一会儿好像没什么变化,他动了动"去把阳台门打开。"

初一跳下床去把落地窗打开了,又跳回来。

"我可能是想得有点儿太多了,"晏航说,"我就是……一听到你说去找什么的,就有点儿……"

"我不,不找了。"初一说。

"我爸,"晏航仰了仰头,看着天花板,"就一直在找杀了我妈的人,这么多年他就是这么找的。"

初一吓了一跳,愣了好一会儿才颤着声音问了一句:"是我爸?"

"不是,"晏航看了他一眼,笑了笑,"怎么可能,给你爸十条胆他也不敢。"

"那老丁?"初一松了口气。

"我不知道,"晏航说,"这案子太久了,警察都还没太多头绪呢,我也懒得去想。"

初一看了看床头放着的两个小药瓶。

第十四章

上两回来的时候还没有。

真的是懒得想吗?

"给我唱个歌吧小土狗,"晏航偏过头看着他,"随便什么都,国歌也可以。"

"国歌就,算了吧,"初一说,"我还是很,爱国的。"

晏航笑了起来,看着他。

"我想想。"初一说。

"嗯。"晏航点点头。

初一想了好半点,清了清嗓子:"门前大,大桥下……你听过吗?"

"吓我一跳,我以为你这就是唱了呢,"晏航一下笑出了声,"听过,数鸭子。"

"那我开,始了。"初一拿起水杯。

"请开始你的表演。"晏航说。

"门前大桥下,游过一群鸭,"初一抓着水杯开始唱,一边唱还一边伸手往晏航这边一下下点着,"快来快来数一数,二四六七八……"

这会儿旁边没有人,也不是在外头,晏航实在是没有忍笑的理由,冲着一脸正经的初一就是一通爆笑。

他见识过不少唱歌跑调的人,但像初一这种大概是唱歌次数太少而完全谈不上跑不跑调因为他根本就没有调的人还真没见过。

初一对他的狂笑无动于衷,继续拿着水杯,声情并茂地念着经:"嘎嘎嘎嘎,真呀真多呀,数不清到底多少鸭,数不清到底多少鸭……"

晏航边笑边抹了抹眼泪,他实在是很久没有把眼泪笑出来的经历了。

感谢上天赐了他一个初一。

"后面的忘,忘了,"初一唱了一半停下了,皱着眉思考着,"我想,想想啊……"

"不用想了,"晏航靠在床头按着肚子,"真唱完了我可能得打120。"

"谢谢大,家捧,捧场。"初一一把拿着杯子的手背到身后,盘着腿儿弯腰鞠了个躬。

"热烈鼓掌。"晏航拍手。

"要不你,你给我唱,一个吧,"初一笑了笑,"我想听你,唱歌。"

"行,"晏航往下滑了滑,靠着枕头,把灯关掉了,"你睡觉吧,我给你唱个摇篮曲。"

"好。"初一倒到枕头上,侧身对着晏航。

晏航拉开床头柜的抽屉,摸了个小瓶子出来,对着他这边喷了两下。

"迷魂香,"初一说,"我那儿还,有半,半瓶。"

晏航顿了顿:"我的吗?"

"嗯。"初一应了一声。

晏航过了挺长时间才拍了拍他肚皮:"给你唱个英文歌,听不懂容易睡着。"

"嗯。"初一闭上眼睛。

"这个歌叫Look how far we've come,"晏航说完,轻轻用响指打了几个节奏,"One day, I won't be insane, Won't Play, all their foolish games……"

初一本来闭着的眼睛睁开了。

晏航的声音很低,带着些许沙哑和懒洋洋,轻轻唱出来时,就像是一串跳跃着的小风,在他头发梢上一路蹦过去,带起细细的痒。

他没太注意过晏航的声音,只是觉得晏航说英语的时候很好听。

唱歌会有这样的让人心里猛地一抖的感觉,他是完全没有想到的。

也许没那么好吧,只是因为晏航的一举一动,对于他来说,都是意外惊喜。

"We all need to play, for you to get yours and me to get my way,"晏航在他胳膊上用指尖点着节奏,"Some days, I don't have the will……"

初一也用指尖跟着一下下地点着。

很快就觉得有些迷糊。

但也在这时听了出来,这是那次去音乐节时,晏航和晏叔叔一块儿唱过的那首歌。

真好听啊。

晏航在梦里笑起来的样子跟平时没有什么不同,看上去都让人舒心。

第十四章

周春阳嘛,也差不多。

周春阳?

初一愣了愣。

他怎么会在这里?!

初一被周春阳吓醒的时候,看到晏航正站在阳台上伸懒腰。

他坐了起来,瞪着晏航的后背。

"起了?"晏航回过头。

"啊。"他点了点头。

一会儿回学校的时候给周春阳带份早点吧,初一拉过毛巾被抱着,这一天到晚的尽拿人家瞎琢磨,梦里都把人琢磨成那样了,实在非常过意不去啊。

晏航做一顿两个人的早点非常快,今天做的是焗饭,初一一边刷牙一边站他旁边看着。

以前在家总觉得早点吃这么复杂是不太可能的事儿,因为老妈煮个汤圆都会边煮边发火,会骂人,他一般是拿了钱出去买个包子什么的。

现在看着晏航做焗饭,就觉得大概还是看人吧,洗漱完,两份焗饭就放进烤箱等着时间到了。

"冰箱里有牛奶,"晏航说,"你要是想喝热的就倒出来微波炉热一下。"

"冰的就,行。"初一说。

晏航去洗漱,初一站在烤箱前看着。

他以前不喜欢厨房,他家的厨房很乱,不少地方还有永远也洗不净的油迹,油盐罐子都有缺口,怎么看都不会让人心情愉快。

去晏航家吃过饭之后他就觉得晏航家的厨房很不一样。

干净整洁,虽然晏航和晏叔叔都拖拖拉拉地不乐意洗碗,但别的地方收拾得很利索,看着就舒心。

厨房嘛,本来就应该是一个家里最暖的地方。

烤箱叮了一声。

"可以吃了!"晏航一边洗脸一边喊了一声。

"啊!"初一也喊了一声回应。

晏航猛地从厕所里探出头来:"怎么了?"

"没,怎么啊。"初一愣了愣。

"那你啊什么啊?"晏航说,"我以为你烫着了呢。"

"我就是答,答应一声。"初一说。

"你嗯不行吗?"晏航说。

"声儿不,不够大啊。"初一说。

晏航笑了笑:"行吧,你把饭先拿出去。"

焗饭非常香,初一咽了咽口水,倒好牛奶,坐在桌子旁边,非常焦急地等着晏航出来。

晏航刚走到桌子旁边,他立马拿了筷子低头开动。

"不用等我。"晏航笑着说。

"虚伪地,做个样,样子而已,"初一边吃边说,"不,不用当真。"

"好吃吗?"晏航拿起筷子。

"嗯。"初一点头。

"厨师最喜欢你这样的客人了,"晏航边吃边说,"特别有成就感。"

"主要是我,也没吃,过什么好,好吃的。"初一笑笑。

"过完年我想跟经理申请去后厨。"晏航说。

"领班不,不做了?"初一有些吃惊。

"本来也不想做,"晏航说,"干到过年算是把这部分工作也熟悉一下,我还是想去后厨。"

"那又要从,从头开始,吗?"初一问。

"肯定啊,后厨我就是个新手,肯定从最初级的做起,"晏航说,"无所谓了,我也没别的事儿,干什么都一样。"

"钱可不,一样,"初一提醒他,"你会被,被迫变成抠,抠门儿精。"

"怎么,"晏航笑了,"怕你第一抠门儿精的地位不保?"

"让给你。"初一很大方地挥挥手。

今天出门的时候晏航没有专门叫个车到楼下,而且是一块儿出门坐的公交车。

那天他接了个奇怪的电话之后为什么突然会那么紧张,初一没有多问,他觉得应该是跟晏叔叔的事有关。

第十四章

今天没有再那么紧张,大概是已经处理好了?或者调整好了心态了?

初一其实疑问挺多的,晏航的药,看上去应该不是药店里随便能买到的,是什么药?

他为什么要吃药?

不过都不敢问。

他连为什么星期六晏航还要这么早去上班也没敢问。

他暂时只敢以晏航当下的状态为标准,晏航现在放松就可以,晏航现在开心就可以,晏航现在平静就可以。

别的再说。

"我这几天会特别忙,"晏航站在他旁边,跟他一块儿看着车窗外,"我们现在工作内容调整了,问题挺多的,我这个月估计都没得休息。"

"啊。"初一点了点头,难怪今天还要一大早过去。

"晚上我还要去……"晏航犹豫了一下,"看医生,所以这阵儿就没办法找你出去玩了。"

"什么医,生?"初一偏过头。

"心理医生,"晏航笑了笑,"没事儿,我以前也看。"

初一点了点头没出声。

过了一会儿他小声问:"如果我去吃,吃饭,你能打,折吗?"

晏航看了他一眼,笑着问:"能啊。"

"哦,"初一应了一声,"那……"

"你想去就去,"晏航笑着说,"喝杯水什么也不吃也不会赶你走的。"

"那多,不首富。"初一说。

周末的时候宿舍里几个人,除了周春阳,本地的高晓洋和吴旭都回家,其他人一般睡到中午。

不过周春阳一向起得稍早一些,现在时间应该差不多。

初一在旁边的小店里买了一份海鲜面。

这家店是周春阳发现的,一份面18块,还送一瓶小可乐,他说很便宜。

初一觉得一点儿也不便宜,玻璃瓶小可乐批发也就一块钱,18块的面,里面也没看有多少海鲜……

拎着打包盒刚走到四楼楼梯口,就看到周春阳一边伸着懒腰一边打着呵欠地走了过来。

"初一?"他停了下来,"这么早回来了?"

"啊。"初一笑了笑。

"周末呢,我以为你得周一才回来。"周春阳说。

"没,"初一不知道该怎么说,于是直接把手里的餐盒递了过去,"给你。"

"哦,"周春阳接过去之后才又愣了愣,"什么?"

"海鲜面,"初一说,"早,早点。"

"几份啊?"周春阳撑开袋子往里看了看。

"一份不,不够你,吃吗?"初一问。

"你专门给我带了份早点?"周春阳看着他。

这话一问出来,初一突然就有些尴尬了。

"啊。"他应了一声。

"不用这么客气啊,"周春阳说,"就挑个礼物而已,我自己正好也逛逛街。"

谢谢天!

感谢老天爷!

阿门!

初一猛地松了口气,然后一边为周春阳自发找到了理由避免了一些尴尬而庆幸,一边又为自己居然完全没想到周春阳帮自己挑了礼物自己应该有些实质的感谢而觉得郁闷。

如果不是碰巧他以别的理由给周春阳带了这份海鲜面,周春阳该怎么看他啊,帮着跑了一个中午挑礼物……

初一叹了口气,觉得自己真的完全没有跟人相处的经验。

"去操场待会儿吧,"周春阳说,"大强快天亮了才回来,这会儿呼噜打得我想拿刀捅他。"

"嗯。"初一笑了笑。

"这面是在我说的那家买的吗?"周春阳问。

"嗯,送小,可乐的。"初一说。

"可乐你喝吧,"周春阳说,"我减肥。"

第十四章

初一看了看他。

"没你那么好的身材，"周春阳说，"我除了打打篮球，也懒得动，稍微控制点儿自我安慰。"

"你个儿高。"初一说。

这个宿舍里除了吴旭，每一个人都是他羡慕的身高。

"帅不在高，有脸则灵。"周春阳说。

初一张了张嘴，没说出话来。

这会儿操场上没有人，他俩在看台上坐下，周春阳在旁边愉快地吃着海鲜面，初一看着安静的球场。

到学校之后他还是第一次看到这么清静的球场。

"你是不是不会打篮球？"周春阳问。

"嗯，"初一笑了笑，"什么球都，不会。"

"一开始感觉你挺内向的，后来熟了听你说话又不像，"周春阳边吃边说，"有时候又还是觉得内向。"

"就是说，说话费劲。"初一说。

"说慢点儿就行，"周春阳说，"小时候我邻居家小孩儿，老眨巴眼睛，我就学他，学了几天完蛋了，我眨得比他还厉害，我爸差点儿没把我打死。"

初一没忍住笑出了声音，转头看着他。

"后来我就特别慢地眨眼，用力控制，"周春阳说，"就恢复了，你可以试试，就慢点儿。"

"嗯。"初一点点头，还是有点儿想笑。

不过……慢慢说话，这让他想起了晏叔叔。

那是第一个安慰他结巴没事儿的人。

"你今天有什么事儿吗？"周春阳问。

"没有。"初一说。

"那一会儿出去转转吧，叫上他们几个浪会儿去。"周春阳说。

"好。"初一点头。

宿舍的人一块儿出去浪，其实也没什么目标，就是坐车往外走，去市区，然后满街遛达，到点儿就吃东西。

但初一觉得很有意思。

他以前害怕站在人堆里,但现在如果是跟宿舍这些人在一块儿,他却慢慢能够放松,体会到了"我同学"的滋味。

李子强是被几个人从床上强行拖起来的。

"我刚睡下!"他非常不满地喊。

"你要不跟我们走,今天一天你可就跟……"张强说着往苏斌那边看了一眼,"在一起了。"

"……"李子强立刻起了床。

出门之前,初一往苏斌床上看了一眼,苏斌正一脸平静地玩着手机。

被人孤立是件很可怕的事,这滋味初一细细体会了十几年。

很多时候他会给出信号,想要给苏斌一点机会,让他能跟大家一起,但……也许苏斌并不需要。

跟自己的被动不同,苏斌是在主动把自己孤立出去,不屑与他们为伍的感觉充斥在他四周。

初一叹了口气,把门关上了。

这世界上的人真是千千万。

最可爱的还是土狗。

最帅气的是晏航。

"今天去火车站那边儿玩玩吧,"周春阳说,"这阵儿来的游客很多了,到十一就基本哪儿哪儿都是人了。"

十一?

也许是因为到了新学校新环境还没完全回过神,他完全没有意识到,就快到十一了。

"你们十一回家吗?"胡彪问。

"回啊,"李子强说,"你不回吗?"

"我肯定回,回去跟我姥姥哭一鼻子骗点儿钱。"胡彪说。

"我也回,"张强说,"初一呢?"

"不回,"初一说,"我要打,打工。"

"我妈要认识你,肯定要认你当干儿子,"胡彪说,"这么能干,好容易放

第十四章

假了居然想着去打工。"

初一笑了笑没出声。

打不打工他是真没想过，晏航说帮他打听一下，他是想先等晏航那边的消息的。

十一去打工，完全只是一个借口。

一个宿舍的人都走光了，全都回家了，只有他。

从他过来到现在，只有小姨联系过他，会在微信上问他的情况，而他主动打电话回去的也只有小姨和爷爷奶奶。

到现在他也不敢跟老妈或者姥姥姥爷联系，他实在害怕电话被挂断，或者听到什么让他难受的回应。

最重要的，他觉得家里根本没有人在等他这个电话。

更没有人在意他回不回家。

"小晏，"王琴琴走了过来，"国庆的排班表你看看你那组还有没有什么地方要调整的。"

"嗯，辛苦王姐了，"晏航接过来看了看，"你国庆不留两天回趟家吗？"

王琴琴不是本地人，不过家离得不算太远。

"不用，这儿一堆事儿呢，过年再回去也一样，"王琴琴笑笑，"那你呢？"

"我一个人，"晏航说，"不用回家。"

王琴琴愣了愣，过了一会儿才又笑了笑："难怪觉得你比一般这么大的小孩儿要稳……那这个假期咱俩就都泡这儿吧。"

"嗯。"晏航笑着点了点头。

临近假期，酒店的客人多了起来，他们餐厅里的客人也多了不少，还没到中午的用餐高峰，就已经开始忙了。

晏航站在吧台后边，看着服务员们来回忙碌着，随时准备过去帮忙。

马力拿着两个托盘走了过来，把一个托盘放到了前台，等着别的服务员有空的时候送过去。

晏航过去拿了托盘。

他现在不太能见得着马力,今天他是跟人换了班过来的。

最近马力还算消停,自打上回把他拖到后巷揍过之后,他跟晏航偶尔碰见时就仿佛看空气,但那些投诉和莫名其妙的电话都暂时消失了。

只要不再折腾,晏航现在也不打算怎么着他,毕竟最近服务员不够用,他们还在招人。

马力应该庆幸被分到了王琴琴那组,要不晏航招够人之后第一个要赶走的就是他。

帮着上完两桌菜,晏航回到吧台的时候,张晨端着两杯咖啡冲他身后抬了抬下巴:"航哥你弟弟来了。"

晏航愣了愣,回过头。

看到了初一和他宿舍的那几个小男生。

初一冲他有些不好意思地笑了笑。

"来,坐这桌,"晏航走过去,把他们带到了最靠近餐厅后门的桌子旁边,"这桌是熟人专座。"

"什么是熟人专座?"周春阳问。

"就是别的客人都不乐意坐的地方。"晏航说。

几个人都乐了。

"出来逛街吗?"晏航看了看初一。

"嗯,"初一笑笑,"上午去火,车站了。"

"点餐吧,"晏航看着他们几个,"跟上次一样吗?我省点儿事了。"

"你能记得上回我们吃的什么?"周春阳问。

"记得,"晏航在点餐器上按着,"一会儿你们可以对着看看。"

"他们自,己可能都不,记得了。"初一说。

"那正好,不会觉得吃重复了,"晏航笑笑,"等着,今天忙,我一会儿再过来。"

今天这顿是胡彪提议来吃的,而且是AA,他们要在回家之前把手头的钱都花掉。

初一挺心疼的,虽然他很想来看晏航,但是……

本来他是想按晏航说的来喝一杯水。

第 / 十 / 四 / 章

而且他也不愿意有这么多人过来。

特别是还有已经神奇地单独来过一次的周春阳。

初一看着晏航的背影,一直到他转到大门那边看不见了,他才转回了头。

刚一转回来,就跟周春阳的目光对上了。

周春阳冲他笑了笑,没有说话。

初一没太明白他这个笑容的意思,不过自己刚那么盯着晏航的确是有点儿好笑。

晏航给他们上的菜跟他们第一次来的时候分毫不差。

别人也许真的不记得了,但初一记得非常清楚,毕竟他吃这种东西的机会屈指可数,他现在都还记得小姨带他吃的每一次大餐的具体内容。

土狗的特殊本领。

不过晏航能记得就挺让人吃惊的人,每天那么多客人,那么多桌,那么多不同的食物。

"回来的时候我给你们带吃的,"胡彪一边吃一边说,"我妈肯定得给买一大堆。"

"都一样,"张强说,"我们带过来的吃的估计能吃一个月。"

"那你就太小看这个宿舍的人了,"周春阳笑了笑,"能撑一星期都算我们减肥了。"

大概是因为快到假期了,今天晏航他们餐厅里的人特别多,晏航也始终都在来回走着。

他们吃一顿饭边吃边聊一个多小时,晏航站下休息的时间加一块儿估计都没有超过十分钟。

他们凑钱结账的时候晏航才走了过来:"今天太忙了,没空招呼你们。"

"我们都坐熟人专座了,"周春阳笑着说,"就不用招呼了,下次来我们可以自己过去端过来。"

"没错,"胡彪说,"下次我们全程自助就行,航哥你不用管我们。"

"省点儿吧,吃一顿挺贵的,还总来啊?"晏航说。

这一个宿舍,能总去吃的人,也就只有周春阳了。

这顿大餐吃完,宿舍里的人身上的钱也就差不多了,加上之后天天晚饭一帮人都吃烧烤,还没等到放假,李子强就喊没钱了。

"还好留了车票钱!"他拿着钱包在桌上一下下敲着,"听听这空荡荡的声音。"

初一倒是还有钱,他用钱一直挺省的,小姨给他的钱他除了日常必要开销,也就是之前给晏航买生日礼物,这几天花了一些,但不算多。

他倒是一直想去晏航餐厅喝水,不过没好意思,他怕晏航为难,也知道晏航最近非常忙。

但除了宿舍这几个人,他在这个还没有熟悉起来的城市里,晏航是唯一能让他安心,产生归属感的人。

中间有两天,周春阳晚饭时间没有出现,他几乎想要给周春阳打电话了,问问他在哪儿,是不是又一个人跑去晏航那儿吃饭了。

当然他没好意思。

这种像小孩子抢玩具一样的幼稚的嫉妒让他觉得自己有点儿傻。

"宿舍没人了?"

晏航给他发了消息。

初一看了看空了的宿舍,明天就放假了,这会儿宿舍里除了周春阳还在等他爸的车来接,别的人都已经走了。

"嗯,就我和春阳了。"

"我屋钥匙在保安那儿,你一会儿直接过来。"

初一愣了愣,然后猛地一下站了起来,盯着手机。

他之前只是跟晏航说了不回家,晏航也没说别的,现在突然来这么一句,让他惊喜得想吼两声。

"你之前怎么没说啊。"他飞快地回了消息。

"我没跟你说过吗?"

"没有啊!"

"我忙得像洋狗一样,以为跟你说了呢。"

"洋狗?"

"我这么洋气难道还能是土狗吗?"

初一冲着手机乐了半天。

第十四章

"你一会儿去吃食堂吗?"周春阳推门进了宿舍。

"嗯。"初一点了点头。

"要不要跟我和我爸去吃点儿?"周春阳说,"食堂这会儿都没几个人吃了,估计没什么菜。"

"不用。"初一笑了笑。

"你……这几天就在宿舍待着?"周春阳看着他。

"我去晏,晏航那儿。"初一说。

"哦,"周春阳点点头,穿上外套之后看了看手机,又转过头看着他,"初一。"

"嗯?"初一应了一声。

"我一直有个事儿吧,想问你。"周春阳说。

"问。"初一说。

"你跟晏航,"周春阳推了推眼镜,"是好朋友吗?哥们儿?铁哥们儿?兄弟?"

"啊,"初一似乎明白了周春阳的意思,但他还是不知道怎么回答,他没有过别的朋友,宿舍的这些是关系很好的同学,除此之外,就只有晏航了。

晏航是朋友。

是什么样的朋友他却没想过。

不过周春阳说的这一大堆,他又觉得都能套到他和晏航身上,晏航可以是所有形式的朋友。

"是。"他点了点头。

"你确定?"周春阳看着他。

"真的!"初一点头。

晏航对于他来说是很重要的人,非常重要的朋友,这辈子的第一个朋友,一个让他安心,让他放松,让他可以用一年时间去寻找的朋友。

"那行吧,"周春阳笑笑,拿了自己的包,"我走了,这几天我不出门,你要想去哪儿玩就给我打电话,我导游。"

"好。"初一说。

第十五章

Chapter Fifteen

第十五章

初一在宿舍里转了一圈,这帮人走的时候跟逃难似的,东西都扔得乱七八糟,他把东西都归置好了,又检查了一遍窗户电源之类的,然后拿了包,塞了两套换洗衣服……

去晏航家了!

哈哈哈去晏航家了!

去晏航家过十一!

啦啦啦!哈哈哈!

初一一边收拾自己的东西一边来回蹦着,时不时对着空气挥几拳:"唰!唰唰!唰!"

唰完了之后他背着包出了宿舍,关门,反锁,再推了推门,确定锁好了才跑着下了楼。

他们这层宿舍已经没有学生了,都是新生,盼回家已经盼了一个月了。

楼下的宿舍倒是还有人,还有人刚打了饭回来在走廊上边聊边吃。

如果没有晏航,他这几天就得一个人守着空无一人的四楼,每天发愣,这里连个树洞都找不到,没有可以倾诉的地方,大概只能趴在床上往小线圈本上写写了。

初一放慢了脚步,突然有点儿想念那棵树,和那个边缘被自己的脸和手磨光滑了的树洞。

他现在在一个漂亮的大城市里,有晏航,有山有海,有同学……如果回了家,他大概会趴在树洞上说上半小时不停吧。

他没有去食堂吃饭,吃完饭再去晏航家,会正好碰上晚高峰,车上太挤了,不如早点儿走,过去吃小李烧烤。

上了公交车之后他给晏航发了条消息。

· 221 ·

"我上车了。"

"嗯你先自己待会儿,我今天下班晚。"

"不用管我。"

初一回完这条消息,拿着手机又等了一会儿,晏航果然如他所说没再管他,他才把手机塞回了包里。

下了公交车,天已经暗了下去,吹过来的风里带着凉意。

两边的饭店里灯火辉煌,路上的人走得都挺匆匆的。

初一站在路边,等着绿灯过街,感受到了属于秋天的那种有些慌张的寂寞。

不过跟以前那种想要赶着回家,回了家又还是摆脱不了的那种感觉相比,现在这种"寂寞"是他可以去体会的了。

身后是宿舍,虽然人都回家了,但这会儿手机微信里全是他们的消息,前面是晏航家,虽然晏航还没回来,但钥匙就在保安那里。

他跑着过了街,一路跑进了小区。

大门口的保安已经认识他,敬礼的时候带着笑,楼下的保安也认识他。

"弟弟来了啊?"保安站在小花园的草丛边跟他打了个招呼。

"嗯,"初一看了看他手上的苹果,"喂,刺猬呢?"

"是啊,"保安笑着说,"我去拿钥匙给你。"

"不,不急,"初一把包往身后甩了甩,"刺猬在,哪儿呢?"

"这儿,"保安蹲下,往草里递了块苹果,"看到没?"

"嗯。"初一笑了笑,刺猬跟上回见似乎变化不是太大,就是感觉胖了,"胖了好,好多啊。"

"秋天了吃得多,"保安说,"到时得冬眠呢。"

"在哪儿冬,冬眠?"初一问。

"草堆木头堆里一钻,"保安说,"到时我给他堆点儿草啊叶子的就行。"

保安的这个描述不知道为什么让初一一觉得特别温柔,一个小刺猬自己的小窝,木头,草,叶子,堆出一个小小的空间。

他一直想要拥有却一直都没法拥有。

第十五章

现在宿舍还算不错了,帘子放下来就是自己的。

初一看着刺猬吃掉三块苹果之后拿了钥匙上了楼。
打开门时扑面而来的暖意让他舒服地眯缝了一下眼睛。
他把包扔到沙发上,到阳台上站了一会儿,又转进了厨房,拉开冰箱看了看。
里面的食材不少,还有各种调料,不过他都看不明白,本来想着在晏航回来之前弄点儿吃的拍个马屁,现在看着这一冰箱西餐材料,他只能放弃。
犹豫了一会儿他决定去小李烧烤打包。
晏航回来了他俩可以一边吃烧烤一边看电视。
非常完美了。

晏航回到餐厅的时候,客人已经走得差不多了,几个服务员正在收拾。
"今天的工作日志我帮你填上了,"张晨把日志本递给他,"你看一下有没有要补充的。"
"谢谢。"晏航说。
"客人那边怎么样?"张晨小声问。
今天他们后厨给客人送的餐没有按客人的备注准备,他跟唐经理刚去了房间给客人重新送餐外带道歉。
"不太高兴,"晏航轻轻叹了口气,"要不也不会折腾快一个小时了。"
"我看是个老太太,以为挺好说话呢。"张晨吐了吐舌头。
"特别不好说话,但也没办法,"晏航看着工作日志,"错的是我们……你那种茶还有吗?给我一杯。"
"等着。"张晨拿出自己的热水瓶,给他倒了一杯茶。
晏航不知道这是什么茶,反正放了一堆花啊草的,还有看着跟小木棍似的玩意儿,但是味道还不错,喝了也能提神。
"哎航哥我问你,"张晨看了看旁边没人,小声问,"你跟马傻子,怎么了?"
"嗯?"晏航看着她。
"他跟王姐说你有黑道背景,"张晨说着就笑了起来,"还跟他们组的人也说过。"

"有人信吗?"晏航笑了笑。

"谁信啊,"张晨捂着嘴边笑边说,"混黑道的连个文身都没有。"

"……要不我明天去买点儿贴纸吧。"晏航对张晨以如此简单粗暴的方式判断黑道与否非常服气。

"我看行。"张晨点头。

"赶紧去收拾。"晏航把日志合上放进抽屉里。

今天回家比晏航计划的早了大概二十分钟,路过小李烧烤的时候他犹豫了一下,拿出手机想叫初一下来吃个烧烤。

"小哥,想吃烧烤了吧。"大叔从店里走了出来,靠在门边笑着说。

"您再挥个帕子吧。"晏航说。

"不用进来了,"大叔挥了挥手,"你弟弟刚过来点了一大堆拎回去了。"

"啊?"晏航愣了愣。

"不骗你,真的,"大叔说,"你这会儿跑几步还能撵上他。"

"谢谢,"晏航笑了笑,"那我试一下。"

晏航犹豫了一下,往小区那边跑了过去。

进大门的时候他冲门卫问了一句:"我弟刚进去?"

门卫点点头,手比划了一下:"这么大一兜烧烤,看得我都饿了。"

晏航往前又追了一段,看到了前头走着的初一。

一手拎着一大兜烧烤,一手拿着手机按着。

晏航放轻步子,一边快步靠过去,一边在兜里摸了摸,想找个凶器。

最后只摸到了初一送他的打火机。

他在离初一只还有一步的时候伸出了胳膊,正准备过去搂初一肩膀的时候,他兜里的手机突然响了。

晏航吓了一跳。

初一也吓了一跳,猛地转回了头。

晏航没管电话,戏都开始了得演完。

他一把箍住了初一的肩,把打火机顶到了初一头上:"不许动。"

第十五章

"大,大,大哥饶,命。"初一愣了愣。

这个时候他的结巴配合得非常完美。

晏航忍着笑:"钱拿出来。"

"都买,烧烤了,"初一说,"要不你,你把烧,烤拿,拿走。"

晏航手指一错,打着了打火机。

小火苗窜了出来。

接着他俩就同时闻到了股焦糊味儿,一块儿愣住了。

"啊!"晏航赶紧收回手把打火机关上了,"燎哪儿了?"

"头发,"初一说完马上用手指戳在了他肚子上,"啪!"

"啊!"晏航捂住肚子往后跟跄了两步,"没想到你是这样的人……"

"啪啪!"初一手指对着他又开了两枪,然后把手指头放到嘴边吹了吹。

晏航笑了起来:"演技不错啊。"

初一这会儿才笑起来:"你怎,怎么下班也没,发个消息告,诉我啊?"

"上了车才想起来,挤成一团懒得掏手机了,"晏航一边说一边拿手机,"刚电话不知道……"

"我打的,"初一说,"刚一通后,后边儿响了吓,我一,跳。"

"买这么多烧烤?"晏航扯开袋子往里看了看。

"连宵夜一,一块儿了,"初一说,"我看你,那儿有啤,啤酒。"

"烧烤啤酒电影,"晏航说,"是不是这么想的?"

"是,"初一笑了笑,"我没试,过。"

"小可怜儿,"晏航和他一块儿往楼那边走,"你以前晚上除了跑个步,上河边儿树洞露会儿脸,还有什么别的项目啊?"

"坐书桌那儿愣,愣着,"初一说,"我能愣一,晚上。"

晏航叹了口气。

"不过后,后来就在拳,馆了,"初一说,"打工,我得打,扫卫生。"

"那会儿一个月多少钱?"晏航问。

"一千三,"初一想了想,"不,一千,八。"

"打扫个卫生一千八?"晏航看了他一眼,"你蒙谁呢?"

· 225 ·

"有一次教,练让我打,打拳,"初一突然有些得意,"说赢了加,五百。"
"你赢了?"晏航问。
"嗯。"初一点了点头,突然觉得自己仿佛就成了一个拳师。
一代拳师土狗。

"哪天有空找个地方咱俩试试,"晏航说,"我还真得试试看你到底是不是真的这么牛了。"
"输了算我让,让你。"初一说。
"要脸吗?你赢了算你牛,你输了是你让着我?"晏航看着他。
"嗯。"初一严肃地点了点头。
其实他跟别人无论是打拳还是打架,都不会去考虑这些,能不能打得过,他都默认能打得过。
只有晏航,他判断不出来。
他根本没太见过晏航打拳打架,跟人动手那两次,对手的实力都太弱,晏航没有发挥余地。
总感觉晏航就跟晏叔叔一样,是隐居深山轻易不现身的高手。

回到家的时候天已经完全黑了,屋里的窗帘都开着,能看到外面黑沉沉的天空,和天空下一片片的灯光。
初一站在窗口看得有些出神。
"怎么了?"晏航站到他身后,把胳膊肘撑到他肩上。
"你,"初一偏头看了一他的胳膊肘,"我长,不高了。"
"真能赖啊,"晏航胳膊肘上使了使劲往下压着,"影响你两米大业了?"
"我们宿舍就,就我和吴,旭最矮。"初一叹了口气。
"还有人比你矮你应该很高兴啊,"晏航笑了起来,转身拉开了电视柜的抽屉,"去,站墙边儿,我给你量量。"
初一站到墙边贴好。
晏航拿了本书在他脑袋顶上比着划了一条线。
初一抬眼看了看。
不知道为什么,每次看到晏航的书,他都会有一种奇特的感觉,平时他感

第十五章

觉不到晏航跟书有什么关联。

晏航就像是一个潇洒行走江湖的剑客。

但听到晏航说英语，唱英文歌，还看……没等他看清书名，晏航已经把书拿开了，拿了尺子开始比着墙上量。

初一看着放在旁边的那本紫色封面的书："那是你口，口，口……"

晏航偏头看着他："停一下。"

初一停下了。

"总觉得你再说下去会有什么了不得的词儿要蹦出来了，"晏航说，"那是一个小姐姐推荐给我的，口译教材。"

"口译，"初一对不熟的词儿得有一个熟悉过程，"什么了，不得？"

晏航笑了笑没说话，看了看尺子："一百七十……七？"

"长了！"初一一听就兴奋地往墙上拍了一巴掌，"三！三公分！"

"至于吗？"晏航看着他，"不知道的以为你长了三米。"

初一笑着没说话。

长个儿真的是让他很高兴的事儿，以前他没什么感觉，姥姥说他长不高，因为老妈个儿不高，老爸也不算高，小姨也担心过，理由是他小时候营养没跟上，而且老被惊吓。

所以他开始长个儿之后就一直挺担心的，怕一不小心就不长了。

现在突然发现又高了一些，他坐在沙发上乐得活儿都不想干了，就看着晏航出出进进地从厨房里把锅和调料一样样拿出来放到他面前。

东西都差不多拿完了他才跳了起来："我去拿，拿……"

"坐着吧，"晏航说，"拿完了，我正打算给你计个时呢，三公分到底能让你乐多长时间。"

"你不懂。"初一坐下了。

"我有什么不懂的，我一米五的时候就一点儿没担心过。"晏航打开了电磁炉。

"晏叔叔个儿，高，"初一说完想了想，"你现在还，长吗？"

"废话，"晏航说，"我才19岁，浇点儿水我随便就能再窜个一米两米的。"

· 227 ·

初一笑出了声音。

晏航在家里弄了个投影仪,在墙上能打出很大一块屏幕来,坐在沙发上的时候感觉像是坐在电影院里。

还有音箱,初一来了好几回了,今天才发现电视柜旁边那两根银色的跟棍子一样的玩意儿是音箱。

"晏航,"初一忍不住有些担心,"你的钱都,都是这么败,光的吧?"

"嗯,"晏航把画面和音效都调好,看了他一眼,"我习惯了,有多少花多少,不留钱。"

初一叹了口气。

"你还担心我呢?"晏航笑了,"刚想跟你说呢,打个岔忘了,我跟我同事打听了一下,她那儿有个活儿,是个小餐厅,想找个专门的晚班服务员……"

"我不,不行吧,"初一说,"我说,说不明白。"

"服务员有多少话啊,"晏航说,"晚上他们不做正餐,主要就是逛街的小情侣来喝个饮料吃点儿点心什么的,不需要说话。"

初一没有说话。

这个兼职很合适,他非常想去,但是……一想到服务员,他就又有些怵,万一客人问点儿什么,他吭哧吭哧半天说不明白怎么办。

"去试试吧,"晏航说,"很多事儿你得去干了才知道,不行大不了不干呗,有什么可担心的。"

初一犹豫了两秒之后点了点头:"好。"

"准备开吃,"晏航把黄油放到锅里化了,放了一把烤串儿进去,"遥控在你手边,你自己挑个电影看吧。"

初一伸手去拿遥控器的时候看到了茶几上着一个银色的圆球,球上有很多细细的小眼儿,看上去很漂亮,也很有质感。

"这是什,什么?"初一问。

"一个小喇叭,还能当小夜灯用,"晏航接了过去,打开开关,手在旁边晃了一下,小眼儿里就亮起了细细的黄色灯光,"你不知道?"

"没见过这,这么高级的,东西。"初一拿着圆球转圈看着。

第十五章

"我是说你不知道这个……"晏航看着他,"这是周春阳送我的生日礼物。"

"什,吗?"初一愣住了。

"我生日过完之后,他跟他爸去店里吃饭,"晏航说,"带过去的,我以为你知道呢。"

"我不知道。"初一瞪着手里的圆球。

周春阳!

那几个没在宿舍待着的晚上果然有一天是去了晏航他们餐厅!

居然还给晏航送了生日礼物!

他怎么知道晏航生日的!

哦,是自己告诉他的。

那他怎么能悄悄地过去送礼物呢!

为什么不能呢?

"怎么了?"晏航碰了碰他,把两串羊肉放到了他面前的盘子里,"你俩没什么矛盾吧?"

"没有,"初一回过神,放下闹钟,拿了一串羊肉咬了一口,"他经,经常去吗?"

"也不是经常,两三次吧,都是跟他爸,"晏航说,"我刚知道他爸是我们酒店VIP。"

"特别有,钱。"初一说。

"嗯,还成。"晏航笑了笑。

初一说不出自己现在是什么样的心情,说堵吧,也谈不上,说郁闷吧,好像又不准确,就老觉得身体里有个什么角落里卡住了,想要挠挠又找不着在哪儿。

就是特别不得劲儿。

"我挑电影吧,"晏航拿过遥控器,"看恐怖片儿吗?下饭。"

"不知道。"初一有些迷茫,他对电影几乎没有记忆,小学的时候看过学

· 229 ·

一个钢镚儿 /2
A COIN

校组织的防拐教学片,别的似乎就没看过了。

"我们土狗估计没看过电影,"晏航叹了口气,"随便来一个吧,这个我还没看呢。"

"好。"初一看了看片名,万能钥匙。

大概是个锁匠的故事。

说到锁匠,初一转头看着晏航:"我会开,开锁。"

"嗯?"晏航看着他,愣了愣之后又转脸瞅了一眼片名,顿时笑得筷子都掉到地上了。

"真的。"初一说。

"哎,"晏航边乐边叹了口气,把筷子捡了起来递给他,"去,给洗洗,都让你给乐掉地的。"

初一起身去把筷子洗好之后才反应过来:"不,不是锁匠啊?"

"你闭嘴。"晏航刚停下没笑了,他这一说顿时笑得把一串虾掉在了桌上。

初一有点儿不好意思,要搁平时他也不至于傻到这种程度,主要是那个突然出现的周春阳的小喇叭兼小夜灯,让他整个人都不怎么好了。

电影好像挺吓人的,初一一边吃边看,心里还琢磨着周春阳的事儿,也都能看得身上汗毛起立了。

"再喝几罐?"晏航晃了晃空了的啤酒罐。

"我就再一,一罐就可,以了。"初一说。

晏航起身去了厨房,初一没忍住,拿出手机飞快地给周春阳发了条消息。

"你送了晏航礼物?"

周春阳估计是正在玩手机,回复很快。

"嗯,也是别人送我的,我用不上,就顺路拿给他了。"

初一突然松了口气。

"你喜欢吗?我这儿还有一个,回学校我带给你。"周春阳又发了一条过来。

看着这条消息,初一都不知道该怎么回复了,突然觉得自己跟个傻子似的。

第十五章

"我用不上。"

"手机也能用,蓝牙的,那个是黑的。"

……

初一拿着手机,有一种不知道应该怎么跟周春阳解释的尴尬感觉。

初一连普通的聊天都进行得非常艰难,更不要说眼下跟周春阳这么尴尬的场面了,晏航拿着几罐啤酒出来的时候,他决定就这样结束聊天。

反正已经说完了。

"我用不上。"他又重申了一遍,把手机放到了旁边。

周春阳也没再发消息过来,他松了口气,接过晏航递来的啤酒打开了。

"爽。"晏航往他旁边一倒,喝了口啤酒。

"你这几,几天都,上班吗?"初一看着他。

"嗯,晚餐结束了才能回,"晏航说,"不过中秋节那天我安排了休息,王姐说那天她去。"

"中秋节啊。"初一愣了愣。

"今年中秋跟国庆接着呢,"晏航拿出手机把日历点出来,"你看。"

"哦。"初一有些恍惚。

他本来觉得就是个十一,没想着中间还卡着个中秋,宿舍里的人也都没提……大概大家都知道吧。

只有他对中秋没有什么特别的感觉。

不,以往他对中秋的确是没什么特别的感觉,而且还有点儿反感,因为从中秋前几天开始他的早点就都是月饼了。

他不爱吃月饼,老爸公司发的还行,但那个是要留着给姥姥一个人吃。家里其他人吃的,得去菜市场买。

散装的最便宜的那种,去年他还买过一块钱一个的,有些一咬一嘴渣,有些咬不动。

但今年的中秋,却让他突然有些怅然。

第一个没在家过的中秋,家里也第一次中秋缺了两个人,一个失踪了,一个不肯回家。

· 231 ·

"是哪,哪天?"初一看了看晏航的手机。

"3号,"晏航给他指了指,"你是不是得打个电话回去?"

初一犹豫着没有说话。

"要不寄盒月饼?"晏航叹了口气,"我这阵儿太忙了都没顾得上这些,明天我给你拿一盒我们酒店的月饼回来,你给家里寄回去吧,加钱寄个快的,能赶上。"

"不,用了吧……"初一非常不好意思,明明是自己的事儿,却让晏航觉得没做好。

"又不麻烦,"晏航想了想,"把你家地址写给我吧,我明天一早让他们帮我寄一下就行。"

"嗯,"初一点了点头,"多少钱?"

"不要钱,发的,"晏航笑了笑,"发两盒,你寄一盒回家,拿一盒回来吃,正好。"

初一想想又突然有些兴奋:"赏月吗?"

"去海边赏吧,"晏航说,"带上吃的,估计人不少,去年我跟崔逸在天台上赏的,今年一块儿去海边吧。"

"好!"初一搓了搓手。

跟很多人一起赏月是件很有意思的事,初一是这么认为的,因为他没赏过。

他顶多也就是中秋吃完月饼之后出门跑步,在河边一个人仰头看一会儿,土狗望月。

跟晏航还有崔叔一块儿去海边赏月,还有很多别的人,想想都让人兴奋。顿时把他之前的那些别扭的感觉给压了下去。

这一晚上晏航和初一吃光了全部烧烤,电影看了两部,地上的啤酒罐子倒是不算多,初一的酒量跟他的土气成反比,以前跟老爸这么吃一晚上,地上的罐子能铺得下不去脚。

不过也挺痛快了,什么时候睡着的都不知道。

第十五章

醒过来的时候没在地板上已经很有进步了,晏航从沙发上坐了起来,看了看在那头团着的初一,还睡得正香。

晏航打了个呵欠,吃了一晚上,这会儿也没什么吃早点的胃口了。

他起身往浴室走过去,打算洗漱完了再琢磨琢磨吃什么。

刚走了两步,踢到个啤酒罐。

他赶紧一脚踩住,刚想看看是不是把初一吵醒了,一回头吓了一跳。

初一一脸迷茫地顶着乱七八糟的头发站在沙发跟前儿。

"你什么时候起来的?"晏航瞪着他,"一秒钟之前你还睡那儿呢,你演鬼片儿啊?"

"我以,以为有人敲,饭盆儿叫,叫早呢。"初一抓了抓头发。

"你们的宿舍文化很另类啊,"晏航进了浴室,"你想吃什么?给你五分钟想想,我不想吃东西,你想吃什么我给你做。"

"哦。"初一应了一声。

晏航洗漱完出来,看到他坐在沙发上,还是一脸迷瞪,但是地上的啤酒罐已经全捏扁收拾到昨天装烧烤的袋子里了,茶几上扔得乱七八糟的签子也都没了。

"你是不是梦游的时候也能收拾屋子啊?"晏航问。

"闲着。"初一笑了笑。

"想吃什么?"晏航又问了一遍。

"我也不,不饿,"初一摸了摸肚子,"你去上,班吧,我饿了出,出去吃。"

"行吧,"晏航拿了外套准备出门,站在门口又交待着,"你无聊可以看看电视,我电脑你也可以用,要实在还无聊你就去餐厅找我。"

"嗯。"初一点点头。

今天是放假第一天,从早餐开始就很忙,晏航把早会都缩短了时间,只随便讲了两句,交待了一个服务员帮他把给初一家的月饼寄了之后就开始忙了。

临近中午的时候,餐厅里已经都是客人,一多半都是游客。

晏航平时还能在吧台后头站着来回倒着休息一下腿,今天基本就没停下过。

"航哥,"张晨走过来,"那边的客人一直没点餐,占了个四人桌快一小时了……"

"我去。"晏航说。

张晨说的那个客人,他之前已经注意到了,一个中年男人,坐在靠窗的桌边,一直看着窗外,没点餐也没有提过任何要求。

就晏航有一眼没一眼看到的服务员给他加水都加了四回了,换个人这么喝水估计早就得上厕所了,膀胱的承受力真强。

晏航往那桌走了过去。

平时这种客人他们不会管,但像今天这种占了四人位只喝水的情况,他就得去委婉地提醒一下了。

"先生您好。"晏航站到了这人旁边,打了个招呼。

这人还是看着窗外,似乎没听到他的声音。

"先生?"晏航又叫了他一声,同时迅速地打量了一下这个人。

头发不长,应该是理过没多久,但是一看就没打理,还有些油腻,大概有三四天没洗过。

穿着一件旧T恤,外套也旧了,袖口有些褪色。

裤子是普通的休闲裤,看不出新旧,但脚上的鞋一眼就能看出来穿了挺久了,比初一拿回去做纪念的那双旧NB还要沧桑。

他们餐厅在五星级酒店里,他虽然不会从外表做出什么结论,但这样打扮的人,他在餐厅干了这么久,从来没见过。

"先生您好,"他往旁边走了一步,站到了这人的侧对面,第三次打了招呼,"我是这里的领班,请问您现在需要点餐吗?"

又过了几秒钟,这人终于把脸转了过来,看着他:"领班啊?"

"有什么我可以帮您的吗?"晏航问。

这人脸上的胡子挺长了,乱糟糟的夹杂些灰白的胡子茬,看上去非常颓废。

"给我倒杯水。"这人说。

第十五章

"好的,"晏航叫住了旁边经过的一个服务员,给这人加了一杯水,在这人转开脸的时候他又补了一句,"先生是在等人吗?"

"是的。"这人回答。

"一共大概几位呢?"晏航问。

这人犹豫了一下:"三个。"

"那先生可以先点餐,"晏航把菜单往他面前放了放,"后厨备料需要时间,今天用餐的客人又比较多,您可以先点餐,客人到了再帮您通知后厨。"

这人没说话,盯着他的脸看了一会儿,目光往下落在了他的胸牌上:"晏航。"

"是的。"晏航点点头。

这人拿起杯子,把刚加的水一口气喝光了,然后站了起来:"厕所在哪儿?"

"请直走,出后门左转就是。"晏航说。

这人没再说话,往后门那边走了过去。

他站起来之后晏航才注意到这人裤子皱得厉害,走路的时候左脚微微有些跛着。

"小杨。"晏航冲一个男服务员招了招手。

"航哥什么事?"小杨走了过来。

"跟过去看看那个客人,"晏航看着那人的背影,"我怕他迷路了走岔到别的楼层。"

"明白了。"小杨点点头,跟了过去。

节假日客人多的时候,他们安保方面的警惕性就得高一些,餐厅跟酒店别的楼层是相对独立的,但厕所那边的走廊上有消防通道,都能过去。

这人实在有点儿特别,晏航不得不防着点儿。

过了几分钟,这人又回到了餐厅,从正门离开了。

"没事儿,"小杨过来说了一声,"从厕所出来直接就过来了,然后就走了。"

"嗯,去忙吧。"晏航拍了拍他的肩。

初一坐在沙发上看着电视,下午这个时间没什么东西可看,他本来想弄个电影看看,结果研究了半天也不知道怎么能把投影仪打开,也没弄明白晏航的那些电影都在什么地方。

这么高级的东西他也不敢瞎按,又去把晏航的电脑打开了。

但电脑他抱着也不知道该干点儿什么,最后只能是坐回沙发上看电视。

土狗的人生啊,没见识过的东西太多了,要想进化成一条洋狗,不知道得用多长时间。

手机一直在响着,宿舍里几个人拉了个群,这会儿估计是在叫人玩游戏。

初一拿起手机,琢磨着要不再进那个不能跟晏航一块儿玩的破游戏看看,学学怎么玩,无聊的时候还能找点事儿干。

微信里的消息不全是群里的,还有周春阳发过来的。

"下午我要去晏航他们餐厅吃饭,你过来吗?"

吃你个大头!

初一眼睛都忍不住瞪了瞪。

"你一个人吗?"

"我们全家,你来的话咱俩另外坐一桌,我不想跟我爸妈一桌。"

初一看着这句话一下不知道该怎么办了。

他挺想去看晏航的,虽然晏航说了要是太无聊可以过去找他,但他知道晏航这几天非常忙,他不可能过去添乱。

如果是正当吃饭,就不一样了。

只是这饭得跟周春阳一块儿吃……他并不讨厌周春阳,哪怕是每次周春阳干点儿什么都能让他一惊一乍的。

他主要是别扭。

各种找不着源头的不得劲儿。

晏航发现周春阳他爸还真是个西餐爱好者,每个月都得来几次,有时候带朋友,有时候带儿子,今天干脆带了全家。

张晨过去领了座,他们一家三口坐下之后,周春阳又站起来,坐到了旁边那桌,还冲他这边招了招手。

第十五章

晏航叹了口气，只得走了过去。

"我约了初———块儿，"周春阳说，"跟我爸妈吃饭实在太无聊了。"

晏航愣了愣："初——一会儿过来？"

"嗯，"周春阳点了点头，"他估计也是闲的。"

"那你们是现在点餐还是一会儿点？"晏航笑了笑。

"一会儿吧，等初一到了的。"周春阳说。

"行。"晏航把菜单放到他面前，转身走开了。

这个周春阳让晏航有些摸不太明白。

初一宿舍里关系还不错的同学，这是他一开始给周春阳的定位。

但这段时间想想又感觉不完全是这样，特别是初一告诉他周春阳的事情之后，他每次看到周春阳都觉得小子是不是还有点儿什么别的想法。

他长这么大，也算是见过各种各样的人，朋友虽然没有，场面却没少见。

周春阳的心智比他们宿舍里一拨小杂毛都要成熟得多。

十分钟之后初一进了餐厅，一进来先往吧台这边瞅，看到他之后就有些不好意思地笑了。

晏航也笑了笑，走了过去。

跟周春阳走进餐厅时那种理所当然的放松自信不同，初一进来的时候有些紧张，碰到服务员都是他先迅速地让开。

虽然已经有了很大的改变，但这些小细节还是能一眼看出初一过去的那些经历。

每次都会让晏航觉得有点儿心疼。

"约了人在这儿吃饭居然不告诉我。"晏航看着他笑了笑。

"Sur, sur……prise，"初一揉揉鼻子，"吗？"

"……非常surprise了，"晏航说，"刚周春阳跟我说的时候我就已经surprise了起码五秒钟……你过去吧，他在那桌，吃完饭要是没事儿你就等我下班吧。"

"好。"初一点了点头，转身往周春阳那桌过去了。

· 237 ·

晏航虽然想不通周春阳为什么把初一叫过来吃饭,但初一的出现还是让他觉得接下去这通忙活没什么大不了的了。

"叔叔好,"初一跟周春阳的爸爸妈妈打了招呼,"阿姨,好。"
"你好你好,"周妈妈笑了笑,"你俩自己聊吧,不用管我们这边。"
"你坐我这儿。"周春阳站起来,把自己背对着他爸爸妈妈的位置让给了初一。
初一坐下,看不到身后周春阳父母的话,他的确是能放松下来了。
"点菜吧,"周春阳说,"你今天不吃鳕鱼了吧?"
"嗯,"初一拿过菜单慢慢看着,"但是也不,不知道吃,什么。"
"牛排吧,他家肋眼牛排不错,很香。"周春阳说。
"好。"初一反正也听不太懂,点了点头。
今天过来点餐的不是晏航了,晏航正跟一个穿着西服一看就是领导的人说着话,给他们点餐的是个小姐姐。
"甜点我看看……"周春阳看着菜单。
"甜点我们领班送了。"小姐姐笑着说。
"那就行了,"周春阳说,"帮我们谢谢航哥。"

牛排上来之后初一立马就有些后悔之前吃了两回鳕鱼,他果然还是更喜欢这种胖软的满是油香的一大坨肉。
"中秋你怎么过?"周春阳边吃边问了一句。
"去海边。"初一说。
说完之后又有些后悔,总有种周春阳也会出现在海边的感觉。
"我去我奶奶家,"周春阳叹了口气,"非常烦,每年跟仪式一样,吃饭,吃完了捧着月饼上后院围成一圈跟开座谈会似的,顺便喂喂秋蚊子。"
初一没忍住笑了。
"去海边就你跟晏航俩人吗?"周春阳又问。
"还,还有别人。"初一说。
"哦,"周春阳看着他,"我以为就你俩呢。"
初一没说话,不知道该说什么。

第十五章

"我送晏航的那个小喇叭,"周春阳说,"你真不要一个吗?"

"啊?"初一愣了愣,周春阳突然说起小喇叭,他一下都找不出合适的反应了。

周春阳笑了笑没说话,边吃边看着他。

"这个虾饼好吃。"周春阳指了指服务员刚端过来的一小筐饼子。

"嗯。"初一拿了一个咬了一口,的确很好吃。

"晓洋和吴旭说过两天出去逛逛,"周春阳说,"你一块儿去吧?"

"好啊,"初一点头,"去哪儿逛?"

"爬山,"周春阳笑了,"我说爬上去,他俩吓死了,说要坐索道。"

"索,道好,"初一说,"我没坐,坐过索道呢。"

"是吗?"周春阳看着他,"那就坐索道吧,看风景也能看得多些。"

初一低头吃了两口肉,又抬起头:"得多少,钱啊?索道。"

"一百多不到二百吧,套票。"周春阳说。

"哦。"初一应了一声。

对于他来说,去爬个山要花二百块钱,有点儿吃惊,他对景点的认识就小姨家旁边的那个公园,门票十块,儿童乐园套票二十块,当然,这是挺多年前的价格了。

"怎么了?"周春阳问。

"没。"初一笑了笑。

"前几天当着宿舍里的人我也没好问你,"周春阳说,"你怎么不回家啊?"

"我……"初一犹豫了一下,轻轻叹了口气,"就是不,不想回。"

"哦,"周春阳也叹了口气,"跟家里关系不好吧?我看你平时也不往家打电话,也没接过家里的电话。"

"嗯。"初一突然有些伤心。

"没事儿,"周春阳说,"就当提前离家自立了,平时还有宿舍这帮人呢,除了苏斌那个傻×。"

初一笑了笑。

"你在宿舍要是无聊了就找我和晓洋还有吴旭呗。"周春阳说。

"我没在宿……"初一说了一半停下了。

周春阳愣了愣,过了一会儿才往吧台那边看了一眼:"你住晏航那儿去了啊?"

"……啊。"初一应了一声。

从小到大他都没有朋友,晏航对于他来说,是很多的"第一个"。

第一个要罩他的人,第一个帮他打架的人,第一个知道他树洞的人,第一个带他回家吃饭的人,第一个跟他每天一起夜跑的人……

第一个让他开始想要一点点改变自己的人。

第一个让他几乎看遍全国所有小李烧烤门脸儿长什么样的人。

太多了,就好像他前十几年活得像个单线程的傻子,空无一物,晏航出现之后,他才开始接触到真正的生活。

晏航对于他来说非常重要。

周春阳看着他好半天都没说话。

初一被他看得有点儿没底气,他只能低头继续切肉,接着又挺不好意思地喝了口饮料。

"初一,"周春阳看着他,"你真是个神奇的人。"

"那你没怎,怎么见,过世面,"初一说,"啊。"

周春阳笑了半天:"有时候我都觉得你特别特别简单,一眼就能看穿了,有时候又觉得这个一眼看穿是假象。"

"多看两,眼试试。"初一也笑了笑。

初一跟周春阳聊得还不错,晏航这还是第一次看初一这么跟人聊天儿。

他记忆里初一就没跟人说过话,上两次跟同学一块儿来的时候,他话都很少,基本都是同学说,他在一边儿听着。

就那样晏航都觉得他已经有了神奇的改变,起码能融入"同学"这个圈子里了,而现在看着他跟周春阳居然能有说有笑,真是让晏航有些意外。

有些欣慰。

第十五章

晚餐时间差不多结束的时候，餐厅里的人终于开始慢慢减少，开始只出不进了，晏航撑着吧台舒了口气。

那边周春阳父母和初一他们那桌吃完了，叫了服务员买单。

周春阳的爸爸是VIP，晏航准备了两盒月饼，让服务员包好了亲自给送了过去，再把他们一家送到了门口。

"谢谢航哥。"周春阳走在最后头，冲他笑了笑。

"不客气。"晏航笑笑。

看着他们一家三口进了电梯，他转身往回走，看到初一有些局促地站在餐厅门口。

"在里边儿坐着，没事儿。"晏航说。

"占了一，一个桌。"初一说。

"现在没客人了，"晏航笑笑，"你占仨桌也没事儿，只要不睡下。"

初一笑了起来，犹豫了一下，回到了之前坐的那张桌前。

晏航过去给他倒了杯咖啡拿过去："我大概还有一会儿。"

"不着急，"初一看了看咖啡，压低声音，"是六，六十八一杯的那，那种吗？"

"你还看了咖啡的价格呢？"晏航也夸张地压低声音。

"没特意看，主要是吓，吓着我了就，记住了。"初一说。

"别害怕，这是我们员工价的咖啡，"晏航笑了笑，习惯性地想伸手在他脑袋上扒拉一下，想起现在是在餐厅才又把手收了回来，"我结账，你只管喝。"

"其实白开，水就行。"初一说。

"你烦不烦？"晏航喷了一声。

初一没说话，马上低头拿起杯子喝了一口，然后皱了皱眉。

"放糖放奶。"晏航说。

"哦。"初一这才拿起旁边的糖包。

"航哥，"张晨过来，把今天的工作日志放到了他面前，"你这个弟弟是认的吧？"

"嗯,"晏航应了一声,看了看日志,张晨每次都会把她能帮着写的那一部分写完,让他轻松不少,"怎么了?"

"一看就不是亲弟啊,也不是表弟堂弟什么的,"张晨说,"小酷哥。"

"酷?"晏航看了张晨一眼。

"挺酷帅的啊,你不觉得吗?"张晨说,"个儿再高点儿,绝对冷酷浪子型,倾倒一众傻白甜。"

晏航笑了笑没说话。

他已经不止听到一个人用类似这样的话来形容初一了。

有时候他觉得自己是不是应该跳出他对初一的那些记忆来好好打量一下这个小孩儿,他现在无论怎么看,都觉初一还是个耷拉着耳朵没长开的小土狗。

偶尔觉得他成熟了,也只是那么一小会儿。

真的酷了吗?

真的凶了?

成狗哥了?

晏航看着那边坐在桌子前一手握着咖啡杯子,一手玩着手机的初一。

还是个小孩儿啊。

"你不吃工,工作餐吗?"下班之后初一跟他一块儿走出酒店的时候问了一句。

"那你不是还得再等嘛,吃个工作餐怎么也得十分钟了。"晏航说。

"不花钱,"初一说,"不吃白,不吃。"

"我其实不怎么饿,"晏航笑着说,"特别忙的时候我都吃不下什么东西。"

"你们真是太,忙了,"初一说,"我看你就,就没停,下过。"

"平时还好,现在不是黄金周了嘛,游客特别多,"晏航伸了个懒腰,继续撑在他肩上,"晚上都跑不动步了……咱俩遛达回去吧,透透气顺便当锻炼了。"

"好。"初一点头。

"你在宿舍是不是跟周春阳关系最好啊?"晏航问。

第十五章

"不知道,"初一想了想,"都挺,好的。"

"我看你俩话还挺多。"晏航说。

"嗯,"初一看了他一眼,"他话痨。"

"你要不结巴,不一定谁是话痨。"晏航笑笑。

"他。"初一坚持。

"那咱俩谁是话痨?"晏航问。

"你。"初一说。

晏航笑着在他脑袋上用力扒拉两下:"刚我同事说你很酷,到底哪儿酷呢?我是真没看出来。"

"你同,同事说我,了?"初一问。

"嗯,说你很酷帅。"晏航说。

初一没说话,嘿嘿乐了两声。

"笑什么?"晏航问。

"没。"初一继续冲着前边儿自己傻乐。

晏航差不多能猜得到他为什么这么开心,被朋友的朋友,同学的朋友,朋友的同事提起的感觉,大概初一以前不经常能体会得到吧。

"前面有个超市,"晏航说,"我要去买点儿日用品。"

"小区对,面不是也,有吗?"初一看了看前面。

"这家东西全,"晏航说,"小区对面那个是小超市了。"

"哦。"初一点点头。

超市里人挺多的,他跟晏航在一排排货架中间慢慢走着,一到过节,连超市里都这么多人。

初一看着过道里码着的各种月饼有些出神,晏航帮他寄给家里的月饼不知道在哪儿了,明天能到吗,还是后天?

收到月饼的话,家里的人会高兴吗?会给他打个电话告诉他月饼收到了吗?

晏航在放毛巾的架子前停了下来,初一看了一眼毛巾的价格,这辈子他都没用过几十块的毛巾。

"你的毛,巾不是还好,好的吗？"他忍不住问了一句。

虽说晏航说过他不存钱,有多少花多少,初一还是有些心疼。

"毛巾一月一换,"晏航说,"比较卫生。"

"哦。"初一只得应了一声。

毛巾一月一换？他的毛巾大概是一破一换吧。

晏航拿了一包四条装的:"我两条你两条吧。"

初一愣了愣。

"你用粉条的我用蓝条的。"晏航说。

"我蓝的。"初一都没顾得上问为什么要给他买毛巾,先对颜色抗议了。

"我要蓝的。"晏航说。

初一往架子上看了一眼,拿了一包咖啡条和蓝条的放到他手上。

"那你蓝的我咖啡条的。"晏航说。

"我咖啡的。"初一说。

"你隐藏技能是抬杠吧？"晏航看着他。

初一笑了起来,也不知道自己为什么会这样。

最后晏航把这包放回架子上,拿了一包四条咖啡色的:"这行了吧？"

"蓝的好像好,看些。"初一小声说。

晏航又翻了一会儿,找到了大概是唯一一包四条蓝色的:"满意了吗？"

初一点了点头,明明不需要毛巾,却跟着晏航一块儿挑了毛巾,有点儿神经,但是他觉得挺开心。

走了没两步,手机在兜里响了,他拿出来看了一眼,是小姨。

"喂？"他接起电话,"小姨。"

"你什么时候回来啊？你姨父这两天有空正好可以开车去接你。"小姨在那边说。

初一停下了步子,张着嘴好一会儿不知道该说什么了。

晏航回过头看着他,轻声问:"谁？"

"小姨,"初一捂着话筒说,"问我回,回去没。"

"就说实话吧,不想回。"晏航轻声说。

"我放假不,不回去。"初一说。

第十五章

"不回？"小姨有些吃惊，"中秋你也不回家了？"

"嗯。"初一应了一声。

小姨过了一会儿才叹了口气："之前我就担心你会不会不愿意回家……你跟你妈你姥说了你不回家吗？"

"没。"初一说。

"没说？"小姨大概有些无奈，"是不是一直就没跟家里联系啊？"

"嗯。"初一咬了咬嘴唇。

"给家里打个电话吧，"小姨犹豫了一下，"你姥前几天住院了。"

"啊？"初一愣住了。

"我去医院看了看，说是头晕，医生也没检查出什么毛病来，就先观察两天，"小姨说，"你给家里打个电话，省得到时你姥又挑你理儿，来来回回说。"

"嗯。"初一点了点头。

"你实在不想回就不回吧，"小姨说，"我下月有时间，我跟你姨父过去看看你。"

跟小姨打完电话，初一站在原地半天都没有动。

他这段时间过得大概是有些太欢实了，哪怕是偶尔会想起家里和以前的事，也并不是太影响他的心情。

他就像是终于拍着翅膀飞起来了的小麻雀，扑棱得正欢的时候，突然被风吹回了地上一样。

有些害怕。

如果只是往家里打个电话，他还能扛得住。

可现在姥姥住院了，就算小姨说没检查出什么问题来，他也害怕。

他可能不太孝顺，他害怕的不是姥姥会不会得了什么病，他害怕的是在这种情况下他会被姥姥和老妈骂。

这种害怕就像是刻在他骨头缝里的，无论多久，都不会消失。

他差不多都能想出来老妈和姥姥会说什么。

白眼儿狼，一走了之，跟你爸一样不管这个家，不管这些人的死活，你还打电话回来干什么，看这家里的人死没死吗，你放心集体自杀的时候准保通知你……

"怎么了?"晏航在他肩上轻轻捏了捏。

"小姨说我姥住,住院了。"初一说。

"住院了?"晏航愣了愣,"严重吗?什么病?"

"没检,检查出来,"初一拧着眉,"先观,观察两天。"

"那你给家里打个电话吧,问问情况,"晏航说,"不行的话就回去看看。"

初一抬起头看着他,过了好一会儿才小声说:"我不敢。"

"嗯?"晏航看着他。

"我不敢,"初一说,声音里有些颤,在货架旁边慢慢蹲了下去,"我不敢……"

"初一,"晏航也蹲了下去,手在他背后轻轻拍着,"那就不打了,不打电话了,也不回去了。"

"我妈会骂,骂我,"初一声音很低,听得出他非常难受,"我姥也会,骂我。"

"骂就骂,"晏航说,"这么多年骂少了吗?"

初一没出声,蹲地上抱着腿,下巴顶在膝盖上。

晏航偏头看了看他的眼睛,没在哭,只是在愣神。

没哭就好。

晏航没再说话,蹲在他对面看着。

初一像是回到了他记忆里的那种状态中,甚至比记忆里的那个初一更让他难受,因为那时的初一,是已经接受了生活的现状,他可以把自己封闭起来扛住所有的打击和惊恐。

而现在的初一,已经回不到之前平静接受一切的心态了。

他更坚强了,却也更脆弱了。

"咱们先回去,然后再想想怎么办。"晏航伸手在他下巴上轻轻戳了戳,突然发现这么一看,初一的腿是真的挺长。

"嗯。"初一应了一声,但是没有动。

晏航站了起来,在旁边等着他,过了一会儿初一才慢慢站了起来。

第十五章

"走,"晏航搂过他的肩,"我再去拿两支牙膏,还有洗衣液。"

"嗯。"初一点头。

拿完所有的东西再结完帐,走出超市,初一都一声不吭,有些走神。

"打个车吧。"晏航看他这样子估计也没心情再遛达回去了。

初一点头。

晏航拦了三辆车才总算有一辆停下了,他把东西放到副驾驶,跟初一一块儿坐到了后座上。

车往前开的时候,晏航轻轻叹了口气,看了看窗外。

路边还站着几个伸手打车的人,还好他俩抢先一步了。

要不……

晏航看到了几个打车的人身后有个身影一闪而过,接着就裹进人群里消失了。

这会儿天黑了,超市门口的人又多,他并没有看得太清楚,但那个走路有些踮着左脚的姿势,却让他猛地想起了今天在餐厅里见到的那个人。

看花眼了?

又反应过度了?

回到家,初一还是没有说话,坐在沙发上愣神。

晏航去洗了个澡,出来的时候他从坐着换成了盘腿儿坐着,看上去还是有些闷闷不乐。

"其实也没什么大不了的,"晏航坐到他旁边,"你不想打这个电话就不打,不放心就打过去问问,挨顿骂怕什么,你现在可是狗哥了。"

初一笑了笑。

"有些事儿就是越琢磨越怕的。"晏航说。

"我怕会叫,叫我回去。"初一说。

"那也一样啊,想回就回,不想回就不回,实在要回去,也就一两天,"晏航说,"你还要上课的。"

"我……"初一抬起头看着他。

"怎么?"晏航起身从冰箱里拿了瓶冰红茶递给他。

不想回家。

不想看到姥姥和老妈，不想看到姥爷，不想看到那个所有东西里都透着破败和无望的家。

但更不想的是……跟晏航分开。

初一下下捏着冰红茶的瓶子，不知道为什么，他突然想到如果回家，会有几天见不着晏航，就猛地一阵心慌。

虽然现在在这里，他也不是每天都能见着晏航，有时候一星期也见不着一面。

但感觉完全不同。

就好像瞬间就会被扔回以前的日子里，那些天天对着各种小李烧烤的，心里永远不踏实的日子。

他觉得自己有些神奇，担心和害怕的点会突然跑偏。

比如他现在居然会担心回去再回来，晏航会不会突然不见了。

脑子好像经常不怎么好使。

"哎，"晏航踢了他一脚，"想什么呢？"

"周春阳说……"初一转头看着晏航。

周春阳三个字说出口之后他才吃惊地发现自己的点居然还在持续跑偏中，已经从打不打电话回家跑偏到了这里。

"周春阳？"晏航皱了皱眉，"周春阳跟这事儿有什么关系啊？"

"周春阳他，他说，说他，"初一停了下来，每当这种时候他都想把自己的舌头摘下来放在腿上好好捋捋，"他……想跟你交朋友。"

"哦，"晏航好一会儿才应了一声，"我猜到了。"

初一正低头拧冰红茶盖子，刚拧了两下，听到晏航这句话，捏着瓶子的手下意识表达了一下惊讶的情绪，猛地一使劲。

瓶子里的红茶直接顶开了瓶盖，唏里哗啦地划出一道短而胖的弧线，扑了晏航一腿。

"哎！"晏航吓了一跳，蹦下了沙发，拎着裤腿儿抖着。

初一赶紧放下瓶子，抓了两张纸先把沙发上的红茶擦掉了，还好是皮沙发，水没透进去。

"我换条裤子，"晏航看了看他，"你这一惊一乍的。"

第十五章

初一非常不好意思，晏航去换裤子的时候他去拧了抹布过来把沙发又擦了擦，坐下叹了口气。

晏航换好裤子坐回他身边："你没事儿吧？"

"没，"初一揉揉鼻子，"你……怎么猜，猜到的？"

"也不算猜到吧，之前觉得他有点儿自来熟，后来，"晏航说，"我就猜到了。"

"那你，你……"初一拿过冰红茶，居然还有大半瓶。

"你要喝就喝，别来回捏了。"晏航指指他。

初一喝了两大口，把瓶子放下："那你……"

"我什么？"晏航说完眯缝了一下眼睛，"你不是来帮他传话的吧？"

"啊？"初一愣了能有两秒才喊了一声，"不是！不！不是！"

"哦，"晏航让他这反应逗笑了，"不是就不是，喊什么？"

"我就是……"初一实在不知道应该怎么表述，他其实就是想知道晏航的想法，但又找不到合适的方式来问。

晏航笑了笑："我看他就是你的同学，没别的。"

"哦。"初一点点头。

看了会儿电视，听着晏航小声跟着电视练了会儿口译之后，初一拿出了自己的手机。

他已经不是小孩子了，不是以前那个什么都想缩着躲开的小土狗了。

他是狗哥。

很凶的狗哥。

打个电话而已，有什么可怕的呢？

他点出了老妈的电话号码，吸了一口气。

晏航偏过头看了他一眼。

他看过去，晏航冲他笑了笑。

他按下了拨号，把电话拿到耳边，听着里头的拨号音。

响了几声之后那边接起了电话。

"喂。"老妈的声音传了出来。

在听到这声"喂"的时候,初一才发现自己的确很久没有跟老妈说过话了,这一个简短的字,猛地让他想起很多,甚至有一瞬间把他拉回了过往的回忆里。

这声音他还是很熟悉的,老妈惯常的状态,有气无力,了无生趣,光听声音都能想象得出她脸上拉长到嘴角的法令纹。

"妈,"初一开口,"是我。"

"哦,干吗?"老妈的声音里没有意外,更没有惊喜,就好像这是他今天的第一百八十六个电话。

"我姥病,病了?"初一问。

"嗯,住院呢,我还想着等我们全死了再给你托个梦告诉你。"老妈说。

初一轻轻叹了口气,这话听着实在是熟悉得很。

"有事儿没有?没事儿挂了,"老妈说,"我可没你跟你爸集体失踪的那种本事,我在医院待了一天累得很。"

"我姥严,严重吗?"初一又问。

"不严重,且活呢,"老妈说,"要不给你她打个电话问问她什么时候死你再回来。"

初一没出声。

老妈也没再说话,直接挂掉了电话。

初一把手机顶在脑门儿上闭了闭眼睛,整个人都有些发闷。

"怎么?"晏航问。

"我可能还,还是得回去。"初一皱着眉。

"你姥病得严重?"晏航靠了过来,手放到他后背上拍了拍。

"不,知道,我妈说话那,那样,"初一叹气,"也问不,出来。"

晏航跟着也叹了口气,没说话。

"我爷说,"初一胳膊肘撑着膝盖,低着头,"要有担,担当,不能跟我,我爸似的碰,上事儿就,就会跑。"

"那你怎么想的,狗哥?"晏航看着他。

"狗哥要,回去看,看看。"初一转过脸。

第十五章

"行,"晏航没说别的,拿出手机看了看日历,"决定了就不犹豫了,我让我同事帮你订机票……"

"机,机,机……"初一有点儿着急。

"咯咯哒,"晏航看了他一眼,"放心吧,没多少钱,他们能拿到折扣低的票,待一天够吗?"

"够,"初一想了想,又一阵郁闷,"中,中秋过,不成了。"

"谁说的,"晏航笑笑,"你什么时候回来,什么时候过,这几天月亮都很圆。"

今天晚上的月亮其实就挺圆的了,还挺大的。

初一和晏航在阳台上坐着,看了挺长时间的月亮,还吃了两个月饼。

初一拿了手机自拍,想把自己和月亮还有月饼一块儿拍下来,拍了好半天都没成功,他有些郁闷,看着一直在旁边乐的晏航:"有没,有点儿同,情心啊?"

"没有。"晏航笑着说。

"给你五,五块钱,"初一说,"买一,分钟同,同情心。"

"好。"晏航伸手。

初一在兜里摸了半天,只摸到了三块钱,他叹了口气:"打个折?"

晏航拿走了他手里的钱,坐到了他旁边一手举起手机,一手把月饼杵到了他脸旁边:"让你看看小天哥哥手有多稳。"

初一看着镜头里的晏航。

晏航是个很上镜的人,无论怎么拍都很好看。

"你是要笑还是就这么酷着?"晏航问。

"酷。"初一说。

"好,一二三。"晏航很快地数完,按了快门。

他俩一脸冷酷地定格了。

"太酷了。"晏航把原图传给了他,然后给自己脸上P图加了个口罩,把照片发到了微博上。

"我为什,什么没有口,罩?"初一凑过去看了看。

"你帅啊。"晏航说。

· 251 ·

初一笑了起来:"你不,帅吗?"
"我谦虚啊。"晏航说。
"真有说,服力。"初一点了点头。

这一夜初一没怎么太睡得踏实。
一会儿梦一会儿醒的,但是梦了什么醒过来的时候又想了什么,全都不记得了。
还是心理素质不太过硬。
不就是回趟家挨顿骂吗?
不就是要跟晏航分开两三天吗?
不就是……没坐过飞机吗?
是啊没坐过飞机这个最可怕,机票怎么取?取了票以后干什么?从哪里上飞机?上去了怎么找座?

"走,你跟我一块儿过去,"晏航已经洗漱完了,拿着瓶酸奶边喝边说,"同事已经订票了,一会儿过去拿了票我送你去机场。"
一听说晏航要送他,初一顿时就踏实了很多,但马上又想起来:"你不上,上班了吗?"
"十点半的飞机,"晏航说,"我送你过去再回来能赶上中午开餐。"
"哦。"初一起身拿起收拾好的包,跟着晏航出了门。
去酒店拿了票之后,坐着出租车去机场的时候,初一总有一种现在是跟晏航去旅行的错觉。

机场挺大的,看着很高级。
初一一直处于乡下土狗进城眼睛不够用脑子也转不及的状态,跟在晏航身后东张西望,他得赶紧把这个环境熟悉一下,回来的时候可都得自己弄了。
"好了,票上写着登机口,"晏航把登机卡给他,"你一会儿进去就顺着指示牌走就行。"
"嗯。"初一点头。
"过去排队吧,可以进了。"晏航说。

第十五章

"哦,"初一赶紧排到了安检队伍后头,然后转头看着晏航,"你呢?"

"我得走了啊,"晏航看了看时间,"我也不能进去。"

"啊。"初一突然有些慌。

"进去了给我打电话发消息都行,"晏航在他头上扒拉了两下,"到了也给我打电话。"

"嗯。"初一应着。

"等你回来了我们去赏月。"晏航说。

"嗯。"初一笑了起来。

晏航转身往外走的时候,初一一直拧着脖子盯着他的背影。

晏航背影看上去特别抢眼,机场人来人往的,但他始终都能看到晏航。

走出去有二三十米距离了,晏航突然转过身,用手比了个枪,往他这边开了一枪,看口型还给"啪"地配了个音。

初一顿时乐得不行,捂住胸口"啊"地配合了一下。

旁边的一个大叔很紧张地看了他一眼:"哪儿不舒服?"

"没,"初一赶紧站好,"没有。"

一直到晏航走出了大厅,他才转回身,跟着队伍慢慢往前移动。

他只有一个小包,安检很快通过,往登机口走的时候他本来想先去个厕所,怕飞机上的厕所他不会用,但又担心会迷路找不着登机口,于是一路小跑着先到了地方确认之后,才又去了厕所。

坐在椅子上等着登机的时候他才缓过劲来,觉得自己洋气起来了。

"马上起飞了,要关机了。"晏航还没回到酒店,初一的消息发了过来。

"起飞了睡一会儿,你昨天晚上一直烙饼呢。"

晏航给他回了消息,接着餐厅那边的电话就打过来了,这几天的确是忙,他今天出来送初一,都没敢跟唐经理说,只能让张晨有什么事儿马上给他电话。

回到餐厅连水都没顾得上喝,就先开始了中午这一通忙。

等到午餐时间结束的时候,他才拿出手机,看到了初一的几条消息。

"晚点了!"

· 253 ·

一/个/钢/镚/儿/2
A COIN

"我到了,现在去坐机场大巴,不知道从哪个口出去。"

"跟着人走出来了。"

"上车了,顺利。"

晏航把电话打了过去。

"忙完了?"初一很快接了电话。

"嗯,"晏航笑笑,"到家了吗?"

"刚下公,交车,"初一估计是边走边说话,声音有点儿颤,"先回家,再去医,医院。"

"嗯,"晏航说,"你妈他们要说什么就让他们说,你随便听一耳朵就行了,不用多想。"

"好。"初一应了一声。

其实也没离开家多久,四周的景物都没有任何变化,除了气温要低了不少,他有点儿冷之外,别的一切都还是他看了十多年的老样子。

"哟,初一回来了?"小卖部的老板看到他有些吃惊,"这多才多长时间没见啊又长个儿了?"

"叔。"初一笑了笑。

"你妈刚进去,"老板说,"你回来得还挺巧。"

"我姥……"初一犹豫了一下,进了店里,"买两包,烟吧。"

"你姥这阵儿不怎么好,"老板给他拿了烟,"都不跟人吵架了。"

初一没说话,自打老爸出事儿之后,一家人就都像是被抽走了全部精力,他再一走,姥姥连个出气的人都没了。

打开家门时,家里那种熟悉的带着些久不见阳光的霉味儿扑面而来,还夹杂着些厨房里的陈年老油味儿。

老妈听到开门的声音,从屋里走了出来,看到他时,脸上有一瞬间的惊讶,接着就皱了皱眉:"回来奔丧呢?早了点儿。"

"哟,"姥爷坐在沙发上很吃惊地看着他,"这谁啊?"

初一没说话,换了鞋。

姥爷面前的茶几上放着一盒月饼,他一眼就认出了那是晏航帮他寄回来

第十五章

的那一盒。

月饼已经打开了，一个月饼被乱七八糟地切成了丁儿，姥爷正捏着往嘴里送。

"好吃吗？"初一问。

"皮儿太薄了，油还大，"姥爷一边不停嘴地吃着一边啧啧两声，"不如菜市场的呢。"

"那一会儿给，给你上菜，市场买去。"初一过去把剩下的几个月饼装了起来。

"你长行市了是吧！"姥爷一拍桌子吼了起来。

初一看着他没说话。

"放下！"姥爷又吼了一声。

初一把月饼又打开了。

"你就是贱的，"老妈在旁边说，"盒子上印着酒店的名字呢，你这辈子也没吃过大酒店的月饼，还菜市场呢，我妈要在家轮得着你吃？"

"我姥……"初一看着老妈，"在医院？"

"不然在哪儿，搁街上躺着吗？"老妈说。

"哪个医，院？"初一问。

"不知道。"老妈有些烦躁地转身进了屋，把门摔上了。

"你姥住精神病院最合适了。"姥爷在后头边吃边说。

初一在客厅里站了几秒钟，转身换了鞋又出了门。

这个家他之前是怎么生活了十几年的，他突然有些想不明白了。

也许是因为老爸的消失，本来就过得很压抑的一家人，现在变得更加古怪和让人难以忍受。

初一不知道是该去怪老丁，怪老爸，还是怪姥姥姥爷老妈这几个永远裹着一团丧气活着的人。

其实他之前也多余问老妈，姥姥的定点医院就在旁边的三医院，除了这儿，她也去不了别的医院了。

初一直接去了住院部，找护士查了一下名字，问到了姥姥的病床号。

以前他做这些事儿都会没底气，不敢开口，不敢问人，医院这种人来人往的地方，他会无端地紧张。

但现在，他往病房走过去的时候，突然发现，自己真的变了很多。

也许是刚才被姥爷和老妈气着了，也许是刚从机场出来，作为一条洋气的狗，他居然并没有觉得紧张和不安。

姥姥看上去精神很好，盘腿坐在病床上，扯着嗓门儿正在说话。

说话的对象应该是隔壁床的另外两个老太太，但那俩老太太却都躺床上闭着眼睛，一脸无奈，还有一个抬起胳膊挡在脸上。

初一在门口站了一会儿，姥姥的这个状态让他根本不想走进病房。

"哟！"姥姥一转头，看到了他，脸上震惊得眉毛都蹦了一下，"你们看看这谁！我跟你们说过吧，我那个外孙子！"

旁边床的老太太睁开眼睛往门口看了一眼，哼了一声："你可让你姥别再喊了。"

"你来干什么啊？"姥姥看着他，"这位贵客？"

初一没说话，走过去站到了床边。

"我好着呢，"姥姥斜眼儿瞅着他，"你跑回来干吗，是不是你小姨给你报的喜啊？"

"姥姥，"初一弯下腰看着她，"好好说，话。"

姥姥看着他，一时半会儿没反应过来。

"吃饭了吗？"初一问。

"没呢，吃个屁，"姥姥说，"你妈国庆节连个假都没有，这几天中午我都得靠吃空气活着呢。"

"我去买。"初一说。

姥姥床头挂着的牌子上没写需要忌口，初一在门口的饭店给她打包了一份回锅肉，拎回了病房。

姥姥这回没在喊了，坐在床上，垮着脸发愣。

"先吃饭吧。"初一说。

"你有你爸消息没？"姥姥突然问他。

"没有。"初一说。

第十五章

"都说他死了,"姥姥说,"要不怎么警察都找不着他,死了就找不着了。"

"吃饭。"初一说。

姥姥拿过饭盒夹了一筷子肉:"你给我开的这伙食比你妈强,她就想饿死我呢,省得操心了。"

初一没说话,靠在墙边看着她吃饭。

吃完之后他把东西收拾了扔掉,又在墙边站了一会儿,然后离开了医院。

不想回家,也没什么别的地方可去,初一遛达着去了河边。

一切都是老样子,现在天儿凉了,河边没有难闻的味儿,只要不往河滩那儿看,还是可以的。

他的树洞也还在原处,像以前一样安静。

他站到树洞前,摸了摸洞口边缘,熟悉的带着一点点温暖的触感让他有些鼻子发酸。

"你看,"初一从兜里拿出了小皮衣钢镚,贴在洞口,"又见,面了,你俩聊,聊会儿。"

他把脸贴到洞口上,什么也没有说,就那么静静地待了一会儿。

真是长个儿了,现在把脸贴上来都有点儿费劲了,他笑了笑。

在河边呆了一个下午,快晚饭的时候,他又去打包了一个红烧肉饭,拎去了病房。

这回姥姥没再阴阳怪气地说话,但是情绪也不怎么高涨。

没多长时间没见,初一却能感觉得到,姥姥精神是没以前好了。

"你们那个学校,"姥姥边吃边问,"毕业了管分配吗?"

"不管。"初一说。

"那你上哪儿工作去,自己找吗?"姥姥问。

"嗯。"初一应了一声。

"就你一个结巴,你自己找得着才见鬼了,"姥姥皱着眉,"废物,连个管分配的学校都考不进去。"

回去的机票是后天一早的,他本来以为自己能在家待上一整天,没想到就这么半天时间,他已经有些烦躁了。

明天他打算去爷爷奶奶家待一天,有些焦躁不安,在河边来来回回地走着,怎么也静不下来。

好容易挨到晏航下班的时间,他压着点儿把电话打了过去。

"土狗。"晏航接起电话笑着叫了他一声。

这声音一传出来,初一一屁股坐在了旁边的石凳上:"你下,班了吗?"

"刚出来,制服还没换呢,"晏航说,"你那边怎么样?"

初一突然有些不安。

"怎么不说话了?"晏航问。

"我不,不知道,"初一再开口时,声音里带着自己无法控制的颤抖,"我有,有点儿……害怕。"

"怎么了?"晏航站在自己的柜子前,刚打开了柜门要拿衣服出来换,听到初一这一句,他停住了,"出什么事了吗?"

"不,不是,"初一犹豫着,"没有出,事儿。"

"那你怕什么?"晏航靠到柜子上轻声问。

"不知道。"初一的声音有些发闷。

"你现在在哪儿?"晏航没有追问他。

初一的这句"我害怕"让晏航有些心疼,不知道是想起了自己,还是想起了以前的初一。

一个人害怕的东西很多,有时候是害怕某一个人,某一件事,有时候却是没来由的,觉察不到原因的,只是单纯地害怕。

"在河边。"初一声音里还是有些微微地发颤。

"树洞那儿吗?"晏航问。

"嗯。"初一应了一声。

"我在树洞那里说过话,"晏航笑了笑,"你去听一下,看能不能听到?"

"你说,说,什么了?"初一有些吃惊。

"说给树洞听的怎么能告诉你?"晏航说,"你去听听。"

第十五章

初一大概是往树洞那儿走,过了一会儿他才又说了一句:"你是,不是叫我土,土狗了?"

晏航笑了起来:"听到了吗?"

"我猜的。"初一也笑了笑。

"我还真叫了一声土狗。"晏航说。

"什,么时候的,事儿啊?"初一声音里已经没有了之前的颤音,听上去情绪也好一些了。

"我走之前,"晏航说,"去那儿跟你道了个别。"

"真的?"初一声音扬了起来。

"嗯。"晏航应着。

那边初一好长时间都没有说话,最后叹了口气:"你这个智,智商好像也不,不怎么,高啊。"

晏航笑了好半天。

其实那天在树洞他说了什么,他自己已经不能再完整地复述出来了,但还记得当时的那种感觉。

现在想起来,会觉得有些不可思议。

他们居然还会有一起吃饭聊天甚至是一起坐阳台上看月亮的这一天。

那么土,那么小心翼翼,那么没有底气的初一,却能带来这样的不可思议,本身就挺不可思议了。

跟晏航聊了一会儿之后,初一觉得自己稍微平静了一些。

挂掉电话,他又在河边一直坐到了十点多,夜风已经很冷,他身上的衣服没穿够,实在是冻得有些受不了,这才起身慢慢往回走了。

那种让他害怕的感觉,依然在心里,只是在听到晏航的声音之后,被舒缓和放松给压了下去。

眼下他只要回到家里,别说去琢磨这个感觉,就连随便想想几点睡几点起,他都会觉得烦躁不堪。

家里如同一潭死水,打开门的时候,客厅里只有电视的声音。

老妈大概是睡了，房门关着，姥爷还坐在客厅沙发上，对着电视发呆。

他从包里拿了毛巾牙刷去洗漱，发现厕所洗脸池的水龙头坏掉了，用水得直接开总闸。

他叹了口气，家里有备用的水龙头，姥爷在二手市场闲逛的时候买的，平时坏了一般就是老爸和姥爷会修。

现在看来，姥爷换水龙头的劲头都没了。

他去抽屉里翻出了一个旧水龙头，找了胶带和扳手，把水龙头给换掉了。

撑着水池沿儿看着流出来的水，他有些发慌。

以前这个家也就这样，充满了愤怒、不满、猜疑和相互伤害，但从来没有像现在这样，让他觉得破败。

随时会塌掉的感觉。

洗漱完回到客厅，姥爷已经进屋睡觉了。

他也想进屋睡的时候发现，自己那张小床，已经被拆掉了，放床的地方摆着两个纸箱，里面大概放着他的一些杂物。

他愣了愣，退回客厅，拉开了自己小书桌的抽屉。

抽屉里原本也没什么东西，他随时会用的都带走了，剩下一些本子和小玩意儿，什么坏了的笔、半瓶的墨水、小玻璃球……

都是些不值钱也没什么用了的东西。

但拉开抽屉发现它们都不见了的时候，他还是有些伤心。

抽屉里塞得很满，姥姥的梳子、烟盒，姥爷的茶叶，甚至还有几包花椒大料。

这个小书桌和那张床，大概是他在这个家里回忆最多的地方，特别是小书桌，台灯一打开，灯光照亮的这一小方，就是他唯一的独立空间。

他在书桌前愣了一会儿，走到沙发上躺下，拿过旁边姥姥盖腿的小被子盖上，闭上了眼睛。

"今天去看爷爷奶奶，晚上就在爷爷奶奶家住了。"

"本来想先去拳馆看看，何教练他们放假回家了，我明天一早去机场。"初一一大早发来了消息。

第十五章

晏航刚下了公交车,一边往酒店走,一边给他回了一条消息,"忘了让你再带一盒月饼回去。"

"我买了月饼了,还有水果。"

"那你今天好好陪陪爷爷奶奶,我明天去机场接你。"

"你哪儿有时间?我自己知道怎么走了。"

晏航笑了笑,走进酒店大门的时候他一边打字一边习惯性地往旁边看了一眼,不知道是幻觉还是错觉还是别的什么感觉,他觉得花圃那边有人在看他。

他停下了脚步,转头看了过去。

花圃那边是人行道,来来往往的人很多,就站这三五秒的时间里,走过去了能有七八个人。

从理论上说,无论那里有没有人看他,他应该都看不清。

"有时间,放心吧。"他给初一回了消息,走进了酒店。

每天的工作都差不多,换了新的排班方式之后,大家也都慢慢适应了,只要没有谁出错,没有客人找麻烦,他一整天的工作就是重复。

不过今天的工作稍有不同,今天是中秋,虽然是个西餐厅,但也得过中秋节,晚上的桌也都预定出去了。

他今天得盯着人把店里该布置该准备的节日相关再检查一遍。

"刚唐经理来了一趟,让我们找几个人,晚餐的时候给客人唱英文版《但愿人长久》。"张晨一脸崩溃地站在吧台。

"什么?"晏航愣住了,"唱什么?"

"明月几时有,把酒问青天……"张晨唱了一句,然后又补充了一句,"英文版,说是让小晏翻译就可以了。"

"我翻……"晏航简直无奈了,"个鬼啊。"

他直接去找了唐经理,先不说别的,晚餐的时候大家都忙得狗一样,上哪儿能安排人,还是"几个人"去唱歌,还得现学英文版?

而且歌词翻译跟平时的翻译也不一样,一样要字数和押韵,要不肯定唱不出来,还不如直接来个Fly Me to the Moon了。

"唐经理,"晏航敲了敲门进了办公室,"就那个唱歌的事儿……"

· 261 ·

"你觉得怎么样？虽然是个西餐厅，但是这也是我们的传统节日嘛，比较有气氛，也比较有意义。"唐经理笑眯眯地说。

晏航一看他这个表情，就知道取消唱歌环节估计不太可能，唐经理明显对自己的想法很满意，可能还觉得自己可以获得餐饮部的最佳创意奖。

"我是觉得唱中文的会不会更合适？"晏航只能临时退而求其次。

"为什么？让外国客人也能听懂不是挺好的吗？"唐经理说。

"这是我们的传统节日，让外国客人体会一下原汁原味的节日气氛会不会也挺有意思？"晏航说，"吃中国月饼，听中文的歌？这歌词翻译成英文反倒不好体会中国诗词的韵味了……"

"嗯，"唐经理陷入了沉思，"有道理。"

"那……"晏航看着他。

"有道理，"唐经理指了指他，"就按你说的，唱中文的。"

"好。"晏航点头。

"不——是——吧——"张晨和另外两个女服务员拉长声音，一脸悲伤。

"我已经争取过了，没让你们现学个英文的就已经是我对你们最深沉的感情了，"晏航说，"几分钟的事儿，挺一下吧美女们，这月给你们每人一个提前两小时下班的机会，哪天用自己安排。"

"可以晚来两小时吗？"张晨问。

"可以。"晏航点头。

三个女孩儿一咬牙同意了。

"其实还是给你面子，"张晨说，"要不这么尴尬的事儿，就算唐经理亲自来说，给我们一天假，我们也未必答应。"

"是的。"另两个女孩儿附和。

"谢谢。"晏航抱了抱拳。

"你还有流量吗？"

晏航发来消息的时候，初一正跟爷爷奶奶一块儿坐在天台的一众花花草草中间吃饭，风挺凉的，但是爷爷在旁边放了个小炉子，热着菜，还挺舒服。

"有啊，我都用不着。"

第十五章

"来视频,五分钟。"

"?"

晏航没有回答,直接发了视频过来,初一赶紧接了。

画面里是晏航他们餐厅,镜头晃动着,听得出那边客人很多。

"这是什么?"爷爷问。

"我朋友跟,我视,视频呢,"初一把手机屏幕转过去给爷爷看,"我朋友在,一个特别牛,的五,五星酒店西,餐厅做领,领班。"

"快看,"爷爷拉了拉奶奶的袖子,"初一的朋友,咱初一交了个五星级领班朋友。"

"哟,"奶奶一听,立马凑了过来,"哪儿呢?"

晏航的脸在屏幕上出现的那一瞬间,初一自己都不知道自己这是怎么了,就好像又已经一年没看到晏航了似的。

"这是……爷爷奶奶吗?"晏航大概是没想到这边还会有别的人出现在镜头里,愣了愣。

"我爷爷,奶奶,"初一笑了笑,指着屏幕,"晏航,我朋,朋友。"

"你好你好。"爷爷奶奶一块儿冲屏幕招手。

"爷爷奶奶好,中秋节快乐,"晏航笑着说,"正好,你们一块儿听歌吧,我们餐厅的……节目。"

那边传来了几个女孩子唱歌的声音,晏航的镜头转了过去。

初一看就有点儿想笑,几个小姐姐站在餐厅中间,手挽着手一块儿唱着:"明月几时有……把酒问青天……"

这歌初一听过,不过不会唱,他只会唱生日快乐和数鸭子。

还都唱得跟念经似的。

"这是表演节目呢?"奶奶悄声问。

"嗯。"初一笑着点点头。

"这是个吃西餐的地方,"爷爷给她说,"你看好些个外国人,也跟着一块儿过中秋呢。"

小姐姐唱完歌之后,客人们都鼓掌,爷爷奶奶跟着也鼓了鼓掌。

"挺有意思。"奶奶笑着说。

晏航的脸重新出现在镜头里，笑着问："怎么样？"

"挺好的，"初一靠回椅子里，笑着点头，"好听。"

"中秋快乐。"晏航说。

"中秋快乐，"初一说着说着鼻子又酸了，只好转过身躲到一边，"月亮可，圆了。"

"明天的最圆，"晏航说，"晚上去海边儿看。"

"嗯。"初一点点头，盯着晏航的脸。

"我得挂了，"晏航说，"这会儿正忙呢，我就是专门让你看个乐。"

"好。"初一笑了起来。

"好好陪爷爷奶奶，"晏航说，"明天我去接你。"

"嗯。"初一应了一声。

视频挂断之后他还捧着手机看了老半天，屏幕黑了他才把手机放回了兜里。

"那我是不是得先提前去买点儿吃的喝的？"崔逸把车钥匙递给晏航。

"我都买了，"晏航拿过钥匙，"晚上去吃完饭，拿上东西就直接过去了。"

"行，"崔逸点头，"那我就什么也不管了。"

"等着吃就行。"晏航笑笑。

"开车慢点儿。"崔逸指指他。

"知道了。"晏航说。

初一的飞机下午到，今天午餐时间过了之后他请了两个小时假，直接开崔逸的车去接初一，这样比较方便。

其实打车也可以，时间上比专门回来取车还能快些，但他就想让初一吃惊一下，开心开心，这两天初一的情绪都不太对，回趟家回成这样也够亏本儿的。

飞机居然没有晚点，有点儿神奇。

"我到了，"初一的电话打了过来，"到了。"

"我就在出口杵着呢，"晏航说，"你一出来就能看到我了。"

第十五章

"穿什,什么衣服?"初一问。

"灰色外套,里面是我们制服衬衣,还有制服裤子,"晏航笑了,"我没时间换衣服。"

"嗯,"初一的声音有些抖,"我跑,跑出去。"

"别跑,走就行了,"晏航说,"一会儿保安以为你要搞破坏。"

"哦。"初一应了一声。

从小跑改成快步走,没走几步初一就决定还是跑吧,有保安抓他再说。

他挨着墙边儿一路往前跑着,看到到达大厅外面站着的人群时,心里一阵激动,跑着跑着就有点儿顺拐了。

他一边往外看着,一边慢下来调整了一下步子。

晏航非常显眼,别说是他事先问了晏航穿什么衣服,就是他根本不知道晏航在外面,现在也能一眼看到第一排的他。

旁边的人时不时有人冲外面挥手,他虽然有点儿不好意思,但还是跟着举起了手,冲晏航那边挥了挥手。

晏航没看到他。

他又蹦了两下。

晏航的视线落在了他身上,笑着冲他也挥了挥手。

他跑出去的时候,晏航已经站到了出口正中间。

他边跑边张开了胳膊。

没几天之前他还觉得这么面对面地跑过去非常傻,现在全然无所谓了,包在屁股上一下下砸着也没什么感觉了,也就是这儿没有跑道,要不他能直接飞过去。

晏航也笑着迎接他。

他冲了两步扑过去捉住了晏航。

"哎,"晏航被他撞得后退了好几步才停下来,"不知道的以为咱俩有十年没见了呢。"

"一百年了。"初一用力抱紧晏航。

胳膊能感觉到晏航的身体,贴着他脖子的脸能感觉到温度,耳边能听到真切的声音,还能闻到晏航身上很淡的香水味……

一直到现在,这一秒,他对晏航的牵挂才终于落了地。

情绪仿佛是一下被四周温暖的气息烫化了,初一甚至还没感觉到鼻子发酸,眼泪就已经涌了出来。

晏航愣了愣才轻声问了一句:"你不是吧狗哥?又哭了?"

"随便,哭哭。"初一吸吸鼻子。

"真想让那些说你很酷的人看看,"晏航笑着说,"动不动就哭,到底哪儿酷了?"

晏航拿了纸巾给他,他抓过来在脸上胡乱又擦了几下,也许是情绪过于激烈,这会儿他才开始感觉到了不好意思。

认识晏航这些时间里,他就看晏航哭过一次,而他莫名其妙一言不和就哭泣的次数自己都快数不过来了。

"你跟我去餐厅吧,"晏航拍拍他的脸,"马上就到晚餐时间了,你在休息室等我,完事儿就去赏月?"

"会不会影,响你上班?"初一问。

"又不是天天去,没事儿,"晏航说,"我就看你这样子,让你先回去,怕你又哭。"

"不至于。"初一有些不好意思地笑了。

跟晏航往外走的时候,初一发现他没往出租车那边走,而是直接往停车场走。

"我们怎,怎么走?"他问了一句。

"你猜?"晏航说。

"跑回去也,也行。"他点点头。

晏航笑着说:"小土狗,今天我给你当回司机。"

"啊?"初一愣了愣,没反应过来。

"我开车过来的。"晏航从兜里掏出钥匙,拿在手里抛了抛。

"你会开,车?"初一很吃惊,他从来不知道晏航会开车,甚至没想过晏航会不会开车的事儿。

第十五章

"我十岁就会开车了，"晏航说，"我爸不知道从哪儿借个车，教了我半个月。"

"啊！"初一更吃惊了。

"啊什么？"晏航看他。

"你十，十四岁的时，候一米，四，"初一说，"十岁就一，一米吧？够得着，方向盘？"

"滚。"晏航非常简单地回答了他。

"真的十岁？"初一问。

"我十四岁的时候真的不止一米四，"晏航边乐边叹气，"也没你这么倒推的，你十岁的时候就一米高吗？"

"没准儿。"初一想了想。

晏航一通笑。

初一跟着也嘿嘿地笑着。

很开心。

这种开心是真正的开心，什么都不想，什么也都想不起来了，就觉得开心。

"车是崔逸的，"晏航按了一下遥控器，前面一辆黑色的SUV闪了闪灯，"老男人款，以后我要是买车，就不要黑色。"

"红的，好看。"初一说。

晏航看了他一眼："我以为你要说粉的好看呢。"

"也好看。"初一笑着点头。

"上车，"晏航过去拉开了副驾驶的门，"狗哥。"

初一有些兴奋地上了车，再看着晏航从车头绕过去，拉开门坐到了驾驶座上。

"安全带。"晏航关上车门。

"哦。"初一拉了拉安全带，半天也没找着插口。

"我来。"晏航靠过来，从坐垫下面把插口揪了出来。

晏航收回手准备发动车子的时候，忽然愣了愣。

（未完待续，第三册完结篇即将面世）

· 267 ·